O Mistério da Casa Incendiada

Rafael Weschenfelder |

Diretor-presidente:
Jorge Yunes
Gerente editorial:
Cláudio Varela
Editora:
Ivânia Valim
Assistente editorial:
Isadora Theodoro Rodrigues
Suporte editorial:
Nádila Sousa, Fabiana Signorini
Coordenadora de arte:
Juliana Ida
Gerente de marketing:
Renata Bueno
Analistas de marketing:
Anna Nery, Juliane Cardoso
Estagiária de marketing:
Mariana Iazzetti
Direitos autorais:
Leila Andrade
Coordenadora comercial:
Vivian Pessoa

O mistério da casa incendiada
© Rafael Weschenfelder, 2023
© Companhia Editora Nacional, 2023

Todos os direitos reservados. Nenhuma parte desta obra pode ser reproduzida ou transmitida por qualquer forma ou meio eletrônico, inclusive fotocópia, gravação ou sistema de armazenagem e recuperação de informação sem o prévio e expresso consentimento da editora.

1ª edição — São Paulo

Preparação de texto:
João Rodrigues
Revisão:
Pedro Poeira, Solaine Chioro
Ilustração e projeto de capa:
Ren Nolasco
Diagramação:
Valquíria Palma

DADOS INTERNACIONAIS DE CATALOGAÇÃO NA PUBLICAÇÃO (CIP) DE ACORDO COM ISBD

W511m   Weschenfelder, Rafael
       O mistério da casa incendiada / Rafael Weschenfelder. - São Paulo, SP: Naci, 2023.
       336 p. ; 16cm x 23cm.

       ISBN: 978-65-5881-162-6
       1. Literatura brasileira. 2. Ficção. I. Título.

2023-1381   CDD 869.8992
                                                        CDU 821.134.3(81)

Elaborado por Odilio Hilario Moreira Junior - CRB-8/9949

Índice para catálogo sistemático:
Literatura brasileira: Ficção 869.8992
Literatura brasileira: Ficção 821.134.3(81)

Rua Gomes de Carvalho, 1306 - 11o andar - Vila Olímpia
São Paulo - SP - 04547-005 - Brasil - Tel.: (11) 2799-7799
editoranacional.com.br - atendimento@grupoibep.com.br

Para todos aqueles que acreditam em fantasmas,
mas acham as pessoas mais assustadoras.

Capítulo 1

O garoto usando boné de Pokémon se enfia pelo buraco na parede.

O quarto secreto tem um chão viscoso feito pele de lagartixa e só não foi engolido pela escuridão por causa de uma janelinha retangular, alta o bastante para que ninguém além do Slenderman consiga espiar através do vidro rachado.

Descendo do teto, correntes enferrujadas com ganchos na ponta realçam a estética *creepy*.

O garoto avança a passos de tartaruga. Músculos tensos e respiração inquieta. *Está com medo*, qualquer um pensaria. Mas algo em seu comportamento não cola: o medo parece... exagerado. Um ator mirim que, aprendendo a modular as emoções, acaba passando do ponto.

— É aqui que o Açougueiro do Tatuapé pendurava o corpo das vítimas depois de asfixiá-las — anuncia o garoto para uma plateia invisível.

Ele chacoalha o gancho ao redor do pescoço, então faz uma careta e solta um grunhido que é o meio-termo entre uma porta rangendo e uma galinha no cio. A imagem treme quando o cameraman desata a rir.

Pressionando o botão esquerdo do mouse, Sabrina dá *pause*.

— O que tem de especial nesse vídeo, Gael? — Seus olhos saltam da tela do notebook para mim.

Derrotado, dou de ombros.

— Xande é engraçado.

— É pra ser um vídeo de terror, não de comédia. Quem teria medo da Samara se ela saísse do poço contando piadas?

"O Açougue Maldito" contabiliza 73.039 visualizações até então, deixando no chinelo nosso último vídeo, "Horror na Floricultura". 73.039 é um bom número, mas não é como se nosso concorrente tivesse emplacado um viral.

Nós é que flopamos.

O motivo, agora, parece óbvio: mesmo com as palhaçadas de Xande, um açougue continua sendo mil vezes mais assustador do que uma floricultura. Tá bom que o antigo dono matou dois clientes e usou seus restos mortais como adubo para orquídeas, mas floriculturas são lugares felizes. Ninguém tem medo delas.

— Se ao menos a gente conseguisse um fim de semana na casa dos Gonçalves — digo, tombando as sobrancelhas. — Como andam as negociações?

Sabrina entrelaça os dedos.

— O proprietário ficou de retornar a ligação, mas até agora nada.

— O Irmão Gastadeiro?

— Sim, o próprio — responde minha amiga, achando graça no apelido.

— Quanto ele pediu?

— Quer mesmo saber?

Reviro os olhos.

— Conta logo.

— Digamos que... o suficiente pra comprar um PlayStation 5.

— O preço de um hotel cinco estrelas — acrescento, sabendo que a última edição do videogame não sai por menos de 5.000 dolls.

— As baratas moram lá de graça.

Solto um risinho antes de pegar o mouse.

— Tá a fim de assistir ao resto do vídeo?

— Não. E, mesmo se estivesse, não daria tempo. — Sabrina consulta o horário na tela do notebook. — Temos que nos arrumar.

— Tô pronto desde que você chegou — digo, indicando meu *look*: calça jeans rasgada, camiseta da Wandinha e um tênis branco inestragável que me faz parecer mais estiloso do que sou desde que meus pés pararam de crescer.

— Por que é tão fácil pra vocês, garotos? Formatura? Balada? Jantar de família? Cinco minutos em frente ao espelho e... Abracadabra! Já nós...

Sabrina fica de pé, se espreguiça e espreme o rosto numa careta. Prestes a deixar a sala, dá meia volta com ar de aborrecimento.

— Saca minha vontade de ir — diz ela, aproximando o indicador do polegar num movimento de pinça. Por pouco não se tocam. — Só não é zero porque vai ter comida.

— Lembra o que serviram na nossa última cabine de imprensa?

Ela estreita as pálpebras, e posso apostar que o fantasma das esfirras murchas do Habib's assombra seus pensamentos.

Tempos difíceis.

Assim que Sabrina se tranca no meu quarto, desabo no sofá e saco meu celular. Lembro-me da promessa que fiz a mim mesmo de não acessar a página do nosso canal a cada cinco minutos para conferir as notificações, então rolo a lista de jogos que instalei e começo uma partida de Gartic. Ao minimizar a aba para aumentar o brilho da tela, porém, o ícone do YouTube me encara com seu vermelho lustroso e sedutor.

É muito charme para um app só, penso, antes de clicar nele.

Perco alguns segundos admirando nossa foto de capa, uma montagem propositalmente malfeita que coloca Sabrina e eu no centro de uma galáxia com emojis de fantasminhas em vez de planetas. Sobre nossas cabeças, em letras garrafais, "Assombrasil".

Clico no ícone do sininho para saber das boas novas.

Seu vídeo "Horror na Floricultura" tem dois comentários novos.

Ao perceber que o primeiro comentário é uma corrente, meu sorriso derrete feito picolé no sol.

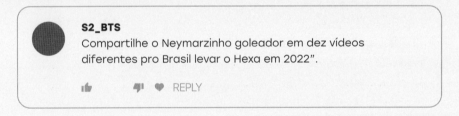

Um dos motivos por trás da minha promessa: a internet é pós-graduada em frustração de expectativas alheias.

Embora pareça impossível, o segundo comentário é ainda pior.

Trinco os dentes.

Quatro *likes* e quarenta e seis *dislikes*. Pelo menos a maioria dos nossos seguidores não é babaca/escrota/machista. Apago o comentário. Sabrina não merece ler uma merda dessas.

Acho que pensamentos atraem pessoas, pois a voz da minha sócia ecoa pelo apartamento:

— Ga, corre aqui!

Com um impulso, me levanto da cadeira e deslizo até a porta entreaberta do meu quarto.

— Me ajuda a fechar o vestido?

Depois de seis anos, me acostumei a ver Sabrina como "amiga". Mesmo assim, não consigo me controlar, e um vermelho envergonhado esquenta minhas bochechas quando me aproximo de suas costas nuas e puxo o zíper.

— *Acampamento Sangrento* é meio clichezão, não acha? — pergunta, fazendo menção ao título do filme a que vamos assistir.

— Parece até um dos nossos vídeos.

Sua risada é pura melodia, mas dura pouco.

— Acha que Draco vai estar lá?

Sem sombra de dúvidas, mas farejo o nervosismo na pergunta e escolho outra resposta:

— Foco na comida.

Percebendo minha intenção, ela ajeita a franja azul e costura um sorriso.

— Posso chamar o Uber?

— Ou 99, se estiver mais barato.

Aproveito que Sabrina está mexendo no celular e seco as mãos suadas nas calças. Não sei que monstros e criaturas sombrias dão as caras em *Acampamento Sangramento*, mas dificilmente conseguiriam ser mais assustadores do que nosso chefe.

Capítulo 2

Quando o motorista estaciona em frente ao Cine Petra Belas Artes, cai aquela garoazinha chata que só os paulistanos conhecem. Dou graças a Deus ao perceber a aproximação de um funcionário de uniforme pomposo, estilo quebra-nozes.

— Vieram pra cabine de imprensa? — pergunta ele, empunhando um guarda-chuva.

"Cabine de imprensa" nada mais é do que a exibição de um filme antes de sua estreia oficial nos cinemas. Claro, não é como se os produtores saíssem pela rua distribuindo convites. São poucos, e geralmente caem nas mãos de jornalistas, blogueiros e outros produtores de conteúdo.

Prazer, "outros produtores de conteúdo".

— Pronto? — indaga Sabrina, piscando ansiosamente assim que nosso anjo da guarda nos deixa sãos e secos sob a marquise.

Suspiro fundo.

— Pronto.

O nicho do terror brasileiro não é grande o suficiente para abrigar mais de vinte ou trinta influenciadores: *tiktokers* góticas de peles photoshopadamente brancas, moderadores de fóruns de teorias da conspiração e rockeiros satanistas. Um grupinho seleto que Sabrina jocosamente apelidou de "O Clube das Almas Penadas".

Juntando-me à multidão, visto uma máscara confiante e aceno para os conhecidos. Mas minha sócia cutuca meu ombro e aponta para o canto do salão.

— Nada de esfirras do Habib's hoje.

Meus olhos treinados identificam coxinhas de frango, empanados de calabresa e bolinhas de queijo. Tá bom que nosso "banquete" parece mais um buffet de aniversário infantil, mas minhas expectativas nunca foram altas.

Expectativas baixas, eis o segredo da vida.

Antes que alcancemos o paraíso, somos interceptados por um garoto de rosto anguloso, óculos de aros grossos e barbicha de bode.

Pablo Gaspar, terceiro maior crítico adolescente de filmes de terror do YouTube.

— Fiquei sabendo que a Artigos Macabros produziu um boneco promocional de Madame Hulu — diz, todo pimpão.

Madame Hulu é o fantasma de Acampamento Sangrento, uma mistura mais hilária do que assustadora entre a tia Anastácia e a Gretchen.

— É da nova linha que brilha no escuro. Já tá em pré-venda — Conduzo nosso triozinho até a mesa de petiscos. — Fizemos o *unboxing* antes de ontem, nos *stories*.

— Quem me dera receber esses mimos.

— De vez em quando é bom — respondo, sem graça. — Mas, mudando de assunto, você mandou bem no novo formato de vídeo-resenha. Filmar direto do celular quando a sessão acaba. Achei tendência.

— Ah, valeu! — diz ele, estufando o peito. — Aliás, o que vocês acham de aparecer na vídeo-resenha de hoje?

Com um fio de queijo escorrendo pelos lábios, Sabrina desenha um meio sorriso que Pablo interpretaria como "Ótima ideia", mas que na nossa linguagem telepática significa "Alerta de sanguessuga interesseiro".

Nem é preciso dizer que discordo da garota do cabelo azul. Quando o Assombrasil não passava de um canalzinho mixuruca, alguns youtubers maiores enxergaram nosso potencial e nos estenderam a mão. Por que não fazer o mesmo?

— Fechado — respondo, para o desgosto de Sabrina.

Passo os minutos seguintes sendo atualizado quanto às fofocas e aos babados do Clube das Almas Penadas. Teço um comentário aqui ou ali, mas só consigo pensar em como minha boca ficaria melhor mastigando aquelas coxinhas.

— Sabia que ia encontrar vocês perto da comida.

A voz pertence a um homem de meia-idade que acha que cartola e bengala são a última moda em Paris. Ele dá um tapinha em meu ombro e lança uma piscadela para Sabrina.

— Boa noite, Senhor Draco! — Pablo dá um passo à frente.

— Boa noite, Pablo, tudo bem? — O pseudocrítico está prestes a responder, mas a pergunta de nosso chefe foi meramente retórica. — Posso trocar uma palavrinha com meus garotos?

— Aaahhh, claro...

Como um pinscher enfiando o rabo entre as pernas, Pablo dá o fora.

"Meus garotos", é assim que Draco costuma nos chamar, embora pronuncie "meus" com uma ênfase exagerada, como se fôssemos sua propriedade.

De certa forma, nós somos mesmo.

Dono da Artigos Macabros, Draco entrou em nossas vidas dois anos atrás, por meio de um e-mail. Ainda me lembro da palavra mágica no fim da mensagem, capaz de acender fogos de artifício no peito de qualquer influencer: P-A-T-R-O-C-Í-N-I-O. Desde então, a linha de bonecos colecionáveis dos grandes ícones do terror criada por ele embeleza o fundo de nossos vídeos e surge "inexplicavelmente" nos cantos das casas mal-assombradas que exploramos.

Annabelle...

Pânico...

Momo...

Cuca...

ET Bilu...

Nazaré...

A lista é grande.

— Como anda o canal? — pergunta Draco, como quem não quer nada.

— Bem — respondo, mentindo na cara dura.

— Assisti ao último vídeo de vocês, o da floricultura.

Sem um buraco para me enfiar, cogito seriamente fingir desmaio. Sabrina vem ao meu socorro:

— Estamos passando por uma fase ruim, mas tudo sob controle. Fizemos uma reunião ontem pra discutir o futuro do Assombrasil, né, Ga?

— Pego de surpresa, faço que sim com a cabeça. — Já temos um plano de ação pra recuperar o engajamento.

Draco nos encara com aquele ar de diretor de orfanato que me dá enjoos.

— Uma boa notícia, considerando que as vendas pelo link do canal caíram nos últimos meses.

— A crise também não ajuda.

— Claro, a crise! — comenta Draco, rindo com seus dentes desalinhados. — De qualquer forma, a gente investiu pesado no boneco da Madame Hulu, e ia odiar que não fosse um sucesso de vendas.

Com um "Pode apostar que vai" mais xoxo do que salada de chuchu, Sabrina e eu observamos nosso chefe deslizar por entre a multidão e desaparecer atrás de um grupinho de punks frequentadores de cemitérios.

— Ele vai nos trocar — profetiza Sabrina, enrugando os lábios.

Sem saber o que responder, sou socorrido pelo diretor de *Acampamento Sangrento*, que entra no salão para anunciar que a exibição começará em cinco minutos, e usufruo do direito de ficar calado.

Sim, respondo em pensamento, desejando que, dessa vez, nossa telepatia não funcione.

Capítulo 3

Com zero vontade de assistir ao filme, entramos na fila.

— Bons sustos — diz um segundo funcionário de uniforme quebra-nozes ao receber nossos convites. Mas o bom-humor do moço não faz milagre, e nós seguimos cabisbaixos até a sala dois.

— Olha quem vem aí — sussurra Sabrina, apontando para a direita com o piercing em seu nariz.

Mal tenho tempo de virar o rosto antes que um boné do Pokémon obstrua meu campo de visão.

— Fala aí, esquisitão.

— E aí, Xande — respondo, sem disfarçar o bode.

— Tá ocupada? — quer saber ele, indicando a poltrona ao lado de Sabrina.

Uma das vantagens das cabines de imprensa são as salas vazias, antiaglomeração. Algo a ver com cada um curtir sua própria experiência cinematográfica.

Só faltou explicarem isso a Xande.

— Você não prefere se sentar do meu lado? — provoco. — Prometo tentar não ficar segurando sua mão.

Ele solta um risinho debochado de "essa foi boa" e atropela minhas pernas em direção a Sabrina.

— Quanto tempo, Sa!

— O que acha de prolongarmos esse tempo? — retruca ela, fechando a cara.

A patada arranca um sorriso cafajeste dos lábios de Xande, o que faz meus olhos revirarem até quase saltarem das órbitas.

— Esses dias me lembrei da... — o inconveniente começa a falar, ocupando a poltrona.

Alguns garotos atrás de nós continuam tagarelando mesmo depois que as luzes se apagam. Um "xiiiu" irritado perfura o ar, dando início a um bate-boca que me faz lembrar que, se tem uma coisa que o Clube das Almas Penadas gosta mais do que um filme de terror, é de um barraco. Um olho nos trailers e outro em Xande, fico de prontidão para ajudar Sabrina caso o mestre Pokémon force a barra.

Acampamento Sangrento narra as peripécias de um grupo de playboys que resolve acampar no Petar, um parque maior do que muitos países europeus e famoso por suas cavernas paradisíacas, no litoral de São Paulo. Enquanto exploram a mata, os irresponsáveis se envolvem num acidente que culmina na morte de um garotinho de uma comunidade quilombola da região, e a partir de então passam a ser sistematicamente perseguidos pelo espírito de Madame Hulu, antiga curandeira do quilombo.

Posso imaginar Pablo escrevendo comentários pretensiosos sobre o filme em seu caderninho. "Personagens unidimensionais", "Enredo sem substância", "Trilha sonora que não dialoga com as cenas" e blá, blá, blá. *Acampamento Sangrento* ganharia uma estrela, no máximo duas, e isso se ele estivesse de bom humor. Mas o que nem Pablo nem os diretores do longa sabem é que o verdadeiro terror do Petar são os morcegos que descem em rasante das estalactites.

Como sei disso?

Digamos que o acampamento para jovens da igreja do meu pai acontecia numa fazenda no Vale do Ribeira, perto do parque.

De repente, um cutucão na minha nuca.

— Mandaram te entregar — diz uma *tiktoker* gótica, estendendo um guardanapo dobrado em minha direção.

— De quem é?

Ela dá de ombros.

— Só foram passando.

Com um péssimo pressentimento, desdobro o bilhetinho improvisado. As letras em caneta hidrográfica são feias, garranchadas e... espinhosas.

Espinhosas feito cactos.

"Parabéns aos novos reis do *flop*, os exorcistas de flores."

Borbulhando de raiva, espreito a plateia atrás de mim, esperando que a primeira risadinha entregue o culpado. Mas os membros do Clube parecem brincar de estátua, os olhos na tela, absortos no filme que se encaminha para o clímax.

Sabrina chama minha atenção.

— Para de causar. O que aconteceu?

Chego a abrir a boca para falar sobre aquela mensagem agressiva, mas penso melhor.

A noite de Sabrina já está ruim o suficiente com Xande enchendo sua paciência. Não quero deixá-la ainda mais chateada.

— Nada não, Sa. Bobeira minha — respondo, socando o guardanapo no fundo do bolso.

E então passo o resto da exibição remoendo o gosto amargo daquele ataque gratuito. Quando os créditos rolam, espio por sobre o ombro uma última vez, sem sucesso.

Num acender de luzes, o burburinho inunda a sala dois. Empurro os braços da poltrona e fico de pé para apressar Xande. Se deixasse, ele ficaria xavecando Sabrina até ser expulso pelo lanterninha. O mestre Pokémon olha torto para mim e se despede com um "até mais, esquisitão" antes de se afastar pelo corredor.

— Não aguento mais esse pé no saco — desabafa minha amiga. — "Se quiser procurar fantasmas na minha casa qualquer dia desses...". Dá pra acreditar que ele mandou essa?

Juro...

Assim que deixamos a sala, descobrimos que a mesa de aperitivos foi reposta, agora com quibes, enroladinhos de presunto e queijo e cinco garrafas de Guaraná Dolly – um dos patrocinadores de *Acampamento Sangrento*, como nos mostrou a protagonista, que pediu um "Dolly bem geladinho" ao entrar no bar.

— Ainda temos uma resenha pra gravar — digo, me lembrando do combinado com Pablo.

— Ah, verdade... — Sabrina revira os olhos.

As pessoas se espalham pelo salão em poucos segundos, se reorganizando nas mesmas rodinhas. Salto de rosto em rosto à procura de Pablo, até encontrá-lo num dos cantos, segurando um pau de selfie e falando para a câmera.

Já está gravando a resenha.

Com Xande.

— Parece que ele achou alguém com mais seguidores — comenta Sabrina.

— Pois é...
— Segundo round? — indaga ela, borocochô, apontando para a mesa. Sacudo a cabeça.
— Se quiser, te faço companhia — digo.
— Acho que também perdi a fome.

Do outro lado do salão, Draco está exatamente onde queria: no centro. Uma espécie de Deus Sol orbitado por instagrammers e youtubers sorridentes.

Quase posso ler os pensamentos deles: "Depois que Vossa Senhoria der um pé na bunda no Gael e na Sabrina, podemos ser os seus garotos?"

— Esse lugar é tóxico — murmura Sabrina, sem desgrudar os olhos da multidão.

— Mais do que a própria Chernobyl.

Se pudesse, mandava soltar uma bomba no Cine Petra Belas Artes, mas sou só uma subcelebridade em decadência, e tenho que me contentar em amassar o guardanapo ofensivo por fora do bolso.

Já é quase meia-noite quando nos viramos em direção à saída e cruzamos o salão, deixando o infame Clube das Almas Penadas para trás.

Não nos despedimos de ninguém.

Capítulo 4

Pergunto a Sabrina se quer beber umas caipirinhas para afogar as mágoas, mas ela balança o indicador.

— Eu adoraria, Ga, mas acho melhor a gente começar a economizar.

Seguindo o conselho, desisto do Uber e pego um busão para casa. É estranho encontrá-lo vazio. Só eu e um grupo de universitários mais loucos que o Batman.

— Vocês viram a cara do Cauã quando a Luana pegou aquela mina? — Uma das garotas cobre a boca com a mão, como se estivesse soltando um bafão de novela mexicana. — Faltou pouco pra não chorar, tadinho.

Ao contrário do que rolou no Cine Petra Belas Artes, não aparece ninguém com um guarda-chuva para me escoltar até a portaria do meu prédio. Tenho que bater no vidro para acordar Adalberto, que se desculpa com a voz pastosa e volta a cochilar.

Deixando um rastro molhado no corredor do 22º andar, atrapalho-me com as chaves e solto meia dúzia de palavrões até conseguir abrir a porta do 220. Não ligo o interruptor. As luzes da cidade que escoam pela varanda guiam meus passos em direção ao quarto.

Com a garoa como música de fundo, tiro minhas roupas e tombo na cama. Meu olhar rodopia pela escuridão antes de pousar na cadeira *gamer* furada, no frigobar com dez marcas diferentes de refrigerante e nos pôsteres dos meus filmes de terror prediletos.

Suspiro fundo.

O apê pode ter quarenta metros quadrados e ficar nos confins da Zona Leste, mas, ainda assim, fiz dele meu lar.

E tudo graças ao Assombrasil.

Se perdêssemos o patrocínio da Artigos Macabros, eu seria despejado, e não teria escolha a não ser voltar a morar com minha mãe. Isso depois de jurar por tudo o que é mais sagrado que nunca mais colocaria os pés naquela casa.

Sem falar que seria dar razão aos meus tios, que vivem me dizendo para fazer faculdade e arranjar um emprego "de verdade". Na visão de mundo deles – baseada em fake news e mensagens bregas de bom-dia –, youtuber nem é gente.

Faço um esforço consciente para pensar em coisas boas, mas a conversa que tivemos com Draco no Cine Petra Belas Artes parece ter se agarrado às caudas dos meus neurônios.

Os sorrisos falsos.

As ameaças veladas.

O tom de "Essa é a última chance de vocês".

Sim, seremos trocados, como bonecos colecionáveis.

"Meus garotos".

E o pior é que nem posso culpá-lo por isso.

Ultimamente, o gráfico de visualizações do Assombrasil mais parece uma descida de montanha-russa. Mas nem sempre foi assim... Quando começamos, cinco anos atrás, éramos o primeiro canal de casas mal-assombradas do Brasil. Isso numa época em que o YouTube de terror se resumia a adolescentes emos que contavam causos macabros e engraçadinhos que se fantasiavam de palhaços assassinos para matar transeuntes de ataque cardíaco.

Os mais chatos torceram o nariz para nós, argumentando que essa história de exploradores paranormais era uma maluquice sem tamanho. Mas a maioria gamou e, em poucos meses, nós emplacamos um vídeo que ultrapassou mais de dois milhões de *views*.

Com a fama, surgiram os copiões, que felizmente flopavam antes mesmo de crescer o suficiente para rivalizar com o Assombrasil. Canais de casas mal-assombradas não são como vlogs do dia a dia, em que a pessoa só precisa de um celular na mão e uma ideia na cabeça para viralizar. Requerem equipamentos de filmagem, conhecimentos nada básicos de edição, coragem e muita cara de pau para invadir lugares abandonados.

Mas alguns canais sobreviveram à provação inicial. Entre eles o "Explorando com Xande".

E Xande é mais engraçado do que eu.

"Fala aí, esquisitão."

Pensando nas piadas e trocadilhos que eu faria em nosso próximo vídeo, acabo caindo no sono.

Capítulo 5

Acordo com um som estridente furando meus ouvidos, e não é o despertador. Cubro a cabeça com o travesseiro, torcendo para que o atormentador de sono alheio desista.

A campainha volta a berrar.

Com a certeza de que fui uma pessoa horrível na vida passada, me levanto da cama.

— Acorda, dorminhoco!

É a voz de Sabrina...

Figurinha carimbada no meu apartamento, agora entendo porque o porteiro não se deu ao trabalho de interfonar. Não faz nem três meses desde a última vez que minha amiga apareceu sem avisar. Uma madrugada regada a choro em que fiquei dando tapinhas em suas costas enquanto ela desabafava sobre o ex.

Agora Sabrina está solteira.

Não que isso signifique alguma coisa, claro. Só para pontuar.

Desamassando o rosto, paro em frente à porta e desviro a chave.

— Mas que demora, Ga — dispara, deixando o bom-dia de lado. — Estamos atrasados.

— Não me lembro de ter marcado nada.

O par de cicatrizes na testa dela reluz enquanto me encara com ar de mistério.

— Temos um encontro com o Irmão Gastadeiro pra pegar a chave.

— Chave? — Minhas pupilas se agigantam. — Quer dizer que...

— Sim, a gente conseguiu a casa! Eu consegui, na verdade. Enquanto uns dormem, outros movem montanhas pra salvar canais em apuros.

— Puta que pariu! Como você...

Mas ela coloca o indicador rente aos meus lábios antes que eu termine a pergunta.

— Te explico no caminho. Agora tira esse pijama do Scooby-Doo, que te faz parecer uma criança de nove anos, e bota uma roupa decente.

O entusiasmo me torna imune às alfinetadas, e disparo em direção ao meu quarto.

Tirando a cabine de imprensa, ontem, eu e Sabrina quase não nos vimos durante a semana. Isso porque ela me deixou cuidando do canal enquanto virava o mundo de ponta-cabeça para descolar um passe para a casa mal-assombrada mais disputada do Brasil.

Ficou quase dois dias sem responder minhas mensagens? Sim.

Eu gostei? Não.

Mas o que importa é que ela descolou o passe!

Em menos de cinco minutos, reapareço na sala de shorts, camiseta e cara lavada.

— Bora lá — digo, ajustando a alça da mochila.

Assim que saímos do prédio, encontramos o Fiat Uno de Sabrina à nossa espera. Com o banco de trás atulhado de equipamentos de filmagem, não preciso de visão de raio-X para saber que não cabe nem mais um fio de cabelo no porta-malas.

— Quantos dias de hospedagem conseguimos? — pergunto, sentando-me no banco do carona.

— Oito.

— Conseguiu baixar o preço?

Ela suspira, emburrada.

— Dez por cento.

As noites em claro jogando Banco Imobiliário me ensinaram a sempre deixar as negociações nas mãos de Sabrina. Reza a lenda que, num passeio à feira do Brás, ela convenceu um vendedor a lhe pagar vinte reais para levar um óculos da Ray-Ban.

Foi ela quem contou, então deve ser verdade.

— O Irmão Gastadeiro é impossível de dobrar. Nem um pouco razoável. Disse que era pegar ou largar.

— Como se tivéssemos escolha.

Sabrina dá de ombros, desanimada com a ideia de raspar a caixinha do Assombrasil.

— Que versão você contou pra ele?

— Estudantes de Jornalismo.

Mesmo pagando, algumas pessoas não curtem a ideia de expor de maneira sensacionalista as tragédias de seus familiares mortos. Compreensível, eu diria. Para contornar o problema, nós criamos versões alternativas de nós mesmos. A dos estudantes de jornalismo escrevendo o TCC é um clássico. Nunca falha.

Meia hora depois, estamos na Zona Central de São Paulo.

Sob um solzinho gostoso, deixamos a Avenida Paulista e nos embrenhamos pelas ruas arborizadas do bairro Higienópolis.

— Só esperando até ter dinheiro suficiente pra morar num lugar desses — comento com Sabrina.

— Ainda bem que sonhar é de graça.

Sem as manchetes bombásticas dos noticiários, a casa não se destaca das demais. Exceto, claro, pelas pichações no muro:

"Meu eterno prefeito"
"Kd justiça?"
"Somos todos Marcão"

Um homem de camisa polo e óculos escuros nos espera em frente à garagem, parecendo um cosplay do Agostinho Carrara.

O Irmão Gastadeiro...

— Nos desculpe pelo atraso. — Sabrina adoça o humor. — Alguém aqui dorm...

— Trouxeram o dinheiro?

Bom dia pra você também, babaca, respondo em pensamento.

Sem se abater, minha sócia abre a bolsa e pesca de suas profundezas um envelope pardo.

— Pode conferir.

Ele rasga o lacre e espia o interior. Posso apostar que as oncinhas fazem os olhos dele cintilarem por trás dos óculos.

— Sejam discretos — diz o Irmão Gastadeiro, tirando um chaveiro do bolso e o entregando a Sabrina. — Nada de chamar a atenção dos vizinhos.

— Entendido, senhor André.

Sem mais nem menos, ele aponta para mim.

— Esse é seu amigo viciado em crimes sangrentos de quem você me contou?

Sabrina, sua palhaça...
Quase posso escutar as gargalhadas mentais dela.
— Prazer, Gael — digo, entendo a mão.
— Se quer um conselho meu, procure um psicólogo. Isso não é normal. — Então, virando-se para Sabrina: — Não o deixe fazer nada de estranho, ok?
Ela suspira como uma irmã preocupada.
— Prometo ficar de olho.
Com um aceno, ele enterra as mãos no bolso e se afasta pela calçada.
— Amigo viciado em crimes sangrentos? — indago, assim que nosso anfitrião vira a esquina.
— Ah, vai, foi boa.
Sem querer admitir, costuro um meio sorriso.
— Se Xande me acha esquisitão, imagina se ele conhecesse o Irmão Gastadeiro.
Claro, quem colocou esse apelido no coitado foi Sabrina e seu humor peculiar. Os quatro irmãos Gonçalves nasceram ricos, mas André conseguiu perder até o último centavo de sua parte na herança apostando em bingos e cassinos clandestinos de São Paulo.
Quando tentamos descolar a casa, dois anos atrás, cometemos o erro de falar com Otávio, o segundo mais velho depois de Marcos. Mesmo usando diferentes estratégias de abordagem, recebemos sete nãos, e só não chegamos ao oitavo porque ele ameaçou nos processar por Perseguição e Perturbação do Sossego.
Não sinto orgulho nenhum de me aproveitar do vício do Irmão Gastadeiro para conseguir o que quero, mas, quando a água bate na bunda, ninguém mais é santo.
— A casa é toda nossa — anuncia Sabrina, balançando o chaveiro como um chocalho. — De nada.
Faíscas de empolgação incendeiam minha pele quando ela destranca o portão, que desliza pelas dobradiças soltando um "crack" enferrujado.
O jardim da frente se transformou numa minifloresta, o mato alto criando volume sobre a terra enquanto ervas daninhas enfiam raízes pelas rachaduras dos muros.
— Sério, um chafariz antigo? — comenta Sabrina, apontando para a escultura cinzenta ao lado dos pés de manga. — E não é que viramos protagonistas de um clichezão de terror?

O anjinho de olhos esbugalhados dá um toque gótico exagerado, como se o artista quisesse assustar as pessoas só de sacanagem.

O riso transborda dos meus lábios.

— Só falta o piso da casa ser de madeira e ranger à noite.

Uma planta fina e mequetrefe faz minhas canelas pinicarem enquanto percorro a estrada de cascalhos. Subimos a escadinha de dois degraus que dá para a casa. Com piso de ladrilho e três cadeiras de balanço, o alpendre parece nos convidar para uma soneca pós-almoço.

— Tá preparado? — pergunta Sabrina, encaixando a chave na fechadura da porta da frente.

Faço que sim com a cabeça.

A porta está emperrada, e temos que puxá-la duas vezes para abrir passagem. Quando os dedos luminosos do sol tocam a sala de estar, meu rosto se acende em surpresa. Em cinco anos de Assombrasil, visitamos dezenas de casas mal-assombradas, mas a dos Gonçalves tem algo que a torna única:

Móveis.

— Bendita disputa judicial! — comemora Sabrina, passando o dedo pela grossa camada de poeira que recobre a cômoda.

O corpo de Marcos mal tinha esfriado quando seus irmãos começaram a mexer os pauzinhos para abocanhar a casa. Sabe aquelas histórias sanguinolentas da Idade Média, de famílias que brigavam pelo trono e acabavam em pedacinhos?

Tá, não é para tanto, mas o ponto é que não foi tranquilo.

Augusto, caçula e fiel escudeiro do falecido, surgiu sabe-se lá de onde com uma declaração, assinada por Marcos, que riscava André e Otávio do testamento. Ele dizia que o primogênito estava pistola com os irmãos, pois, além de não apoiarem sua candidatura, abandonaram a mãe deles numa casa de repouso. O Irmão Gastadeiro e Otávio, claro, contestaram a autenticidade do documento, que passou pelas mãos dos maiores peritos brazucas e se provou tão verdadeiro quanto uma nota de três reais. Com Augusto fora do jogo, André achou que se daria bem, mas ficou sabendo pela ex-esposa de Otávio que o irmão planejava puxar seu tapete e ficar com o casarão só para ele. A partir de então, tacou o foda-se e resolveu empacar a disputa só de birra.

O resultado é um litígio que já se arrasta por dez anos.

Fonte: Google.

— Sorte do próximo morador — comenta minha amiga, erguendo uma nuvem de ácaros ao desabar no sofá. — Só passar um aspirador e pronto.

— Sorte? — questiono. — Sorte ele vai ter se conseguir dormir à noite.

— Seu medroso.

Sabrina tira sarro, mas, no fundo, sabe que falo sério.

Considerando que a casa foi palco do crime mais chocante de São Paulo desde os casos Nardoni e Richthofen, as pessoas não morariam nela nem se recebessem o aluguel em vez de pagá-lo.

Capítulo 6

Passamos o resto da manhã descarregando o Fiat Uno de Sabrina, ritual que repetimos toda vez que nos hospedamos numa casa nova.

— Cuidado pra não derrubar os refletores — berra ela do portão, embora eu os esteja carregando de uma forma perfeitamente segura.

— Entendido, capitã.

Tranqueira suficiente para rebaixar a lataria do carro: câmeras, tripés, escada, lanterna, caixa de ferramentas, roupa de cama - lavada mas nunca passada -, garrafas de água, embalagens de Toddynho e comidas industrializadas recheadas com conservantes.

Músculos cansados e porta-malas vazio, nós partimos para o "reconhecimento" do local: três quartos - todos suítes -, um banheiro comum, uma sala de estar, uma sala de jantar, uma biblioteca, uma cozinha, uma lavanderia e uma varanda gourmet ao lado da piscina.

Em outras palavras, uma casa que faz meu apartamento na Zona Leste parecer uma gaiola de hamster.

Na verdade, uma gaiola de hamster bebê.

Já passa das duas quando pedimos hambúrguer e damos uma pausa para forrar a barriga. Usamos panos velhos que Sabrina trouxe de casa para espantar a poeira da mesa, mas o cheiro de mofo não sai nem com reza brava.

— Biblioteca ou corredor? — pergunto, tirando o tomate do meu lanche.

— Todo mundo sabe que os fantasmas aproveitam o tempo livre pra ler todos os livros que não leram em vida — brinca Sabrina.

A gente ia adorar transformar a casa num Big Brother paranormal, mas são cômodos demais para câmeras de menos.

— Biblioteca, então.

Almoçados, largamos as embalagens engorduradas no canto da mesa e nos preparamos para a segunda etapa do ritual.

A instalação das câmeras em si não demora, mas Sabrina é uma cinegrafista exigente, e insiste em trocá-las várias vezes de lugar enquanto me equilibro sobre a escada, em busca do ângulo perfeito.

Ela para, sintoniza a imagem no celular e, para o desespero das minhas mãos dormentes, faz cara de quem comeu e não gostou.

— Vamos tentar perto da porta.

E assim acabamos deixando a sala de jantar por último, pois ela seria nosso quartel-general. Enchemos os colchões infláveis e acomodamos o nosso notebook na mesona de mogno. Em seguida conectamos o plugue à extensão de quatro tomadas que abrigaria, ainda, os carregadores de nossos celulares.

Quando avisamos o Irmão Gastadeiro que precisaríamos de energia, ele torceu o nariz. Disse que teria que aumentar o preço da diária para pagar as contas de luz atrasadas.

Não reclamamos.

Eu relanceio a janela que dá para o corredor lateral da casa e percebo que o sol escapuliu para o outro lado do globo. Sabrina segue meu olhar.

— Hora de gravar — anuncia, caminhando em direção à pilha de equipamentos de filmagem sobre os sofás.

Incomodado com as pizzas debaixo dos braços, troco meus trapos suados pela camiseta temática do Assombrasil, uma versão menos brega do uniforme dos caça-fantasmas.

Preparados, Sabrina e eu passamos da sala de jantar para a de estar e abrimos a porta da frente. O jardim nos recebe com o bafo de poluição de São Paulo, escondendo seus mistérios sob a sombra dos pés de manga. Acima de nós, um céu cinzento e sem estrelas acena como o vazio existencial de alguém que acabou de levar um pé na bunda.

Um cenário mais do que perfeito para as gravações!

Sem perder tempo, Sabrina ordena que eu fique ao lado do chafariz e ataca meus olhos com a lanterna da câmera. Mais alguns ajustes e ela ergue a mão num gesto de "Tô pronta".

Com o roteiro na ponta da língua, preparo minha imitação fajuta de locutor de rádio.

3, 2, 1, valendo!

— Se você tem mais de...

— Corta! — Sabrina dá um tapa no ar. — Arruma essa camiseta. Tá torta.

Encabulado, puxo o tecido barato de poliéster até as letras de "Assombrasil" ficarem retas e em destaque. Mandamos fazê-las grande demais. Um acidente de percurso.

Limpo a garganta antes de recomeçar:

— Se você tem mais de vinte anos e não é um completo alienado, com certeza conhece essa casa. — Sabrina aponta a câmera para a cerca elétrica que circunda a construção. — Em 15 de setembro de 2012, uma alma mal-intencionada passou por esses muros. — Faço uma pausa dramática antes de completar: — Foi o último dia de vida da Família Gonçalves.

Espero a câmera voltar para mim e percorro a estradinha de cascalhos em direção ao alpendre. Com uma careta medrosa — que também é para ser engraçada —, abro a porta da frente e mergulho sala de estar adentro.

— Marcos Gonçalves era candidato a prefeito de São Paulo quando foi assassinado. Não tava liderando as pesquisas, mas, faltando duas semanas para as eleições, subiu do quarto pro segundo lugar, crescendo, em média, um ponto percentual por dia.

Seguindo o *script*, caminho até o aparador e exibo para a câmera o porta-retratos empoeirado. Nele, um homem de costeletas grossas e furinho no queixo posa ao lado de uma mulher chiquérrima usando um colar de pérolas. Ao centro, uma adolescente sardenta que, sem contrariar seus genes, forma uma mistura equilibrada dos dois.

Sabrina filma a sala de estar por mais alguns segundos, dando um close nos sofás antes de partirmos para o corredor. Ao alcançarmos a primeira porta, à esquerda, giro a maçaneta.

A luz da câmera revela pufes fofos e uma cama desarrumada. Os anos de abandono se encarregaram de desbotar as cores dos papéis de parede, deixando manchas de infiltração que lembram pão embolorado.

— Esse é o quarto de Jéssica, filha única de Marcos — digo, enquanto Sabrina enfoca o ursinho de pelúcia jogado no chão.

Parte da magia dos vídeos do Assombrasil é mostrar objetos aleatórios das vítimas para nossos seguidores pensarem: "Meus Deus, aquilo pertenceu a uma pessoa morta".

Quanto mais velhos e empoeirados, melhor.

Depois, escancaramos o guarda-roupa para mostrar as camisetas da Abercrombie, Hollister, Aeropostale e outras marcas que perderam seu encanto na década de 2010. Quando o uniforme de um colégio particular famosinho aparece, sorrio internamente. Mesmo que sejamos obrigados a borrar o nome no vídeo para evitar processos, qualquer garoto ou garota paulistano reconheceria as inconfundíveis — e feiosas — listras amarelas no ombro.

— Jéssica era campeã paulista de tênis — conto para a câmera, ao encontrar duas raquetes e uma embalagem de bolas Wilson lacrada na estante superior. — Ia disputar o campeonato brasileiro no final do ano se não tivesse sido assassinada.

Exposed concluído, fechamos o guarda-roupa e deixamos o quarto da filha de Marcos. Sim, seria mais fácil se Sabrina desligasse a câmera. Eu poderia dar uma respirada. Mas, se nossa cinegrafista acha que a filmagem contínua fica mais *cool* e realista, quem sou eu para discordar?

Silenciosos, passamos pelo quarto de hóspedes - com duas camas de solteiro e um baú do tesouro vintage como mesa de cabeceira -, pela biblioteca e seguimos até o último quarto do corredor. Mesmo tendo inspecionado a suíte principal algumas horas antes, é difícil conter a exclamação quando abrimos a porta.

Caminho até onde o piso de madeira abandona seu tom claro para se tornar um buraco negro. No centro do quarto, o esqueleto metálico de uma cama *king size*, rodeado por paredes tão escuras quanto o chão.

Engulo em seco.

Sim, Marcos foi um dos candidatos à prefeitura de São Paulo mais amados em anos, mas o que realmente chocou o Brasil em 2012 foi...

O estado em que os corpos foram encontrados.

Repulsa e entusiasmo quicam em meu peito feito bolas de basquete. Se ainda restavam dúvidas de que esse é o caso que levará o Assombrasil de volta aos holofotes, elas acabam de evaporar.

Encarando a câmera, saboreio cinco segundos de silêncio antes de anunciar:

— Foi nessa cama que os corpos de Marcos, Damares e Jéssica Gonçalves foram encontrados, carbonizados.

Capítulo 7

O tempo passa voando, e perto das 22h30 abandonamos a gravação e retornamos à sala de jantar para começar a live.

Elas não faziam parte do pacote quando fundamos o Assombrasil. Nasceram da mente empreendedora de Sabrina – que, com seus 19 anos, dá de dez a zero em muito engravatado com MBA – e funcionam da seguinte forma: da meia-noite às sete da manhã, enquanto dormimos, deixamos que nossos seguimores sejam nossos olhos e vigiem a casa através das câmeras de segurança.

"O cara tem que ter fumado umas pra passar a noite assistindo a filmagens de uma casa abandonada", argumentei na época.

Como sempre, estava errado.

Mais do que uma estranha modalidade de *stalking*, as lives se tornaram uma espécie de parquinho para entusiastas do sobrenatural. Protegidos pelo anonimato de contas fakes, eles compartilham memes tenebrosos e falam grosselha sem medo de serem felizes. Coisas do tipo: "Quais são os monstros mais gatos dos filmes *slasher* dos anos 80?" e "Será que o sal do Himalaia é tão bom quanto o sal grosso para afastar energias negativas?".

E por aí vai.

— Valendo uma paçoca — diz Sabrina, enquanto configura a luminosidade da webcam. — Quantas pessoas vamos ter na live de hoje?

Sem tempo para bolar uma superestratégia de marketing, aproveitamos os trinta minutos de viagem entre meu prédio e a casa dos Gonçalves para mendigar divulgação e enviar convites para os corajosos que assinam nossa newsletter.

— Trezentas e vinte? — arrisco, me lembrando do nosso recorde.

Sabrina faz careta, como se eu tivesse acabado de dizer que a Terra é plana.

— O seu problema, Gael Francisco da Silva Teixeira, é que você pensa pequeno.

— Qual o seu palpite, então? — indago, sabendo que minha sócia só usa meu nome completo quando quer dar palestrinha.

— Pelo menos quinhentas.

Segurando um "só nos nossos sonhos", já consigo sentir o gostinho do amendoim se desmanchando na minha boca.

Faltam dez minutos para a meia-noite quando logamos na Twitch, infinitamente melhor do que o YouTube para transmitir lives. Então nos sentamos e colocamos o boneco da Madame Hulu sobre a mesa para fazer aquele merchandising maroto.

À meia luz da sala, ele brilha como uma pedra radioativa.

— Preparado? — pergunta Sabrina, sem esconder o entusiasmo.

Faço que sim com a cabeça.

Segue-se uma pausa dramática antes que ela aperte o play.

— Boa noite, assombrados do meu coração! Estamos ao vivo diretamente da casa mais trevosa do Bras...

Mas, à medida que o número de espectadores aumenta, paro de prestar atenção.

15.

46.

88.

137.

184.

247.

— Planeta Terra chamando. — Sabrina estala os dedos na minha frente.

— Mals, gente. Tava pensando nas contas atrasadas que vou conseguir pagar se vocês fizerem a boa e clicarem na caixinha de doações.

Risos.

Quando termino de contar a piadoca, a contagem de pessoas assistindo já ultrapassa os 500.

E não para de crescer.

Capítulo 8

O sucesso da live me faz sonhar com cardumes de notas de cem reais e acordar de bom humor no dia seguinte, apesar da tarefa nada tranquila que nos espera.

Cansados da sala de jantar, passamos um pano na mesa da cozinha e preparamos nosso café da manhã: bolacha recheada e Toddynho para dar aquele gás matinal. De barriga cheia, tiramos meia hora para checar os comentários do chat e nos aprontar para o trabalho de campo.

Entrevistar vizinhos e conhecidos das vítimas é parte essencial do processo. Passa confiança, veracidade. Resumindo: nossos seguidores gostam de saber que as histórias que contamos não são lendas urbanas criadas por adolescentes com excesso de tempo livre.

— Minha nossa, que Sol é esse? — questiona Sabrina, erguendo a mão esquerda para proteger os olhos, enquanto a direita carrega a câmera e o tripé.

— Eu bem que insisti pra fazermos bonés temáticos do Assombrasil, mas alguém aqui achou brega.

Sem itinerário definido, começamos pelo vizinho da frente, dono de uma muralha tão impenetrável quanto a dos Gonçalves. Eu estendo a mão e toco o interfone.

— Quem gostaria? — soa uma voz masculina do outro lado da linha.

— Bom dia! Aqui é o Gael, e essa é minha colega, Sabrina. — Ela sorri para a câmera, simpaticona. — Somos estudantes de jornalismo da Mackenzie e estamos escrevendo nosso TCC sobre o caso da Família Gonçalves, seus antigos vizinhos. Se você puder nos ceder quinze minutos do seu tempo pra responder a algumas perguntas, seria de grande ajuda.

Silêncio...

— Faz sete anos que minha esposa e eu moramos aqui. Não chegamos a conhecer os Gonçalves.

Obrigado, de nada, e desligamos.

Suando como um porco já aos cinco minutos do primeiro tempo, seco a testa com a manga da camiseta.

— Ele tá mentindo, não?

— Pode apostar que sim — responde Sabrina.

Detectar mentiras por interfone é uma habilidade rara e, na maioria das vezes, inútil, mas que aperfeiçoamos como frequentadores de casas mal-assombradas.

Não somos bem-vindos, e sabemos disso.

Sem contrariar as estatísticas, o morador da casa ao lado lamenta a falta de tempo e se livra de nós. Mesmo assim, consegue ser um perfeito cavalheiro se comparado à vizinha dele:

— Jornalistas? Jornalista é o William Bonner, querida. Que tal parar de usar a desgraça dos outros pra ganhar confete?

Acostumada a ataques gratuitos, minha sócia dá de ombros.

Nosso primeiro sucesso só rola na quarta tentativa. A casa fica no fim da quadra, e é uma das únicas com grades em vez de muros. Provavelmente de uma época em que as pessoas não morriam de medo de "perder" a carteira e o celular ao se aventurarem pela selva de pedra que é São Paulo.

— Não tem interfone — observa Sabrina.

— Quer tentar a próxima?

Em vez de "não", ela responde com palmas.

Minha amiga mal começou a acordar a vizinhança quando uma senhorinha abre a porta da frente e caminha em nossa direção. Tão rápido que é difícil não pensar que estava nos espiando pela janela.

— Bom dia, somos... — diz Sabrina, jogando a conversa-fiada de sempre.

Ela escuta com atenção, então abre um sorriso estilo Dona Benta.

— Claro, entrem.

Tirando o chaveiro do bolso, a senhorinha abre o portão.

— Obrigado, dona...

— Filomena.

Seguimos Filó pela estradinha de paralelepípedos que conduz à casa. Tento adivinhar sua idade. Setenta? Oitenta? Seus movimentos são lentos, como os de uma marionete de show itinerante cujas articulações ficaram rígidas e precisam urgentemente de óleo.

A sala de estar é espaçosa. As três cristaleiras enfileiradas – repletas de louças de porcelana – e os quadros barrocos passam um ar de sofisticação retrô.

Ela ocupa o sofá e indica as duas poltronas logo à frente.

— Podem se sentar.

Fingindo timidez, obedecemos.

Fico esperando Filó nos oferecer um cafezinho, biscoitos, bolo ou qualquer gostosura que as vovós sabem fazer como ninguém, mas ela endireita a postura e manda o papo reto:

— E então, o que gostariam de saber?

— Primeiro, deixa eu perguntar — arrisca Sabrina, cerimoniosa —, a senhora se incomoda se a gente filmar a conversa?

Filó nos encara por um instante, intrigada.

— Vou aparecer na TV?

— No YouTube. É quase a mesma coisa. Ele é um...

— Sei o que é o YouTube.

Filó 1 × Sabrina 0.

— Ah, claro — concorda minha sócia, sem graça. — Gael vai ser o entrevistador.

Com um aceno de cabeça, Sabrina se levanta e começa a armar o tripé. Eu sorrio para preencher o silêncio.

— A senhora já foi entrevistada antes, dona Filomena?

— Só entrevista de emprego.

Risos.

— E a senhora passou?

— Passei, mas meu marido não me deixou trabalhar.

— Hum... — murmuro, segurando-me para não xingar aquele homem que mal conheço e já desconsidero pacas —, sinto muito.

— Não sinta, querido. Eram outros tempos.

Detrás da câmera, uma Sabrina concentrada ergue o polegar para me salvar daquela torta de climão.

— Se alguma pergunta incomodar a senhora ou quiser que a gente pare de gravar, é só avisar — digo, mudando de assunto.

— Obrigado, mas acho que não vai precisar.

— Podemos começar, então?

A vovozinha dá uma piscadela.

— Claro.

— Dona Filomena — digo, vestindo a máscara da seriedade —, a senhora mora em Higienópolis há muito tempo?

— Desde que me casei — responde, e imagino que isso signifique um "sim".

— E conhecia os Gonçalves?

— Todos conheciam.

— Digo, era próxima deles?

Ela pensa por alguns segundos.

— Não diria "próxima", mas eles eram um dos únicos da vizinhança a se importarem com essa velha aqui. De vez em quando, Damares até aparecia pra conversar comigo.

A sociedade é ingrata com seus velhinhos. Se a família não faz um esforço para visitá-los, frequentemente ficam abandonados, jogados às moscas. Não sei se é o caso de Filó, mas achei maneiro os Gonçalves lhe darem um pouco de atenção.

— E conversavam sobre o quê? — pergunto.

— O de sempre. Novelas, cozinha, artesanato... E tinha a Jéssica, filha deles. Costumo tomar sol no jardim depois do café da manhã, e todo dia ela passava na frente de casa, indo pra escola. Muito educada. Nunca se esquecia de me cumprimentar. — Um brilho saudosista relampeja em seus olhos. — A família perfeita não era só propaganda de margarina.

Família perfeita... Não é a primeira vez que escuto esse termo.

Casal branco e rico.

Esposo estreante na política, ficha limpa, com discurso anticorrupção e contra "os maconheiros da USP".

Esposa bela, recatada e do lar, coordenadora de projetos de caridade.

Filha campeã de tênis, melhor aluna da sala.

Plantada pelos marqueteiros do PBREU — Partido Brasileiro República e União, ao qual Marcos pertencia — e disseminada pelos grupos de WhatsApp daquele seu tiozão reaça, a ideia vendeu feito água. Não é à toa que, após a tragédia, criaram uma escola e uma fundação para crianças com leucemia com o nome da Jéssica, que só faltou ser santificada.

— E quanto a Marcos? — questiono.

— Era um homem ocupado.

— Não dava as caras na vizinhança?

— Não muito. Principalmente durante a campanha. — Filó amassa os lábios. — Não era seguro.

Um ponto de interrogação quica sobre minha cabeça.

— Como assim?

— Você devia ser criança na época, mas essas eleições... As pessoas não tavam pra conversa. Ficaram ignorantes.

— Tipo as eleições presidenciais de 2018?

— Pior.

Sem chance, penso, sabendo que pior do que 2018 só mesmo um apocalipse zumbi.

Percebo Sabrina apontando para não-sei-o-quê e sigo a linha de seu indicador até o porta-retratos sobre a mesinha. A foto é analógica, com aquelas granulações que as pessoas colocam propositalmente nas selfies para dar um ar vintage. Nela, um homem que provavelmente era o tal inimigo do trabalho feminino sorri abraçado a uma versão mais jovem de Filó.

— E seu marido, também os conhecia?

— Ah, não. — A senhorinha ajeita o porta-retratos. — Ele se foi antes de os Gonçalves se mudarem pra cá.

Mordo o canto interno da boca.

— Desculpe. Eu não sabia.

— Tudo bem.

Espero ver dor e saudade vazando pelas rachaduras do rosto de Filó, mas sua expressão se mantém neutra feito sabonete de bebê.

Talvez tenha superado a perda depois de tantos anos.

Ou só não gostasse do falecido mesmo.

— E quanto a vocês dois — diz ela, por fim —, estão namorando há quanto tempo?

Fazendo que não com a cabeça, apresso-me em desfazer o mal-entendido, mas minha amiga é mais rápida:

— Quatro anos.

O vermelho das minhas bochechas deve ter me traído, pois minha recém-descoberta namorada solta uma risadinha.

— O que foi, amor, fiz a conta errado?

Filó alarga um sorriso.

— Namoro sério é coisa rara nos dias de hoje — afirma, satisfeita. — Vocês estão de parabéns.

Sabrina retribui o sorriso e eu tento imitá-la, me perguntando se aquela mentira tinha mais a ver com falar o que Filó gostaria de ouvir ou com um certo prazer secreto em me trollar. Primeiro, foi ela dizendo ao Irmão Gastadeiro que eu era um esquisitão obcecado por crimes sangrentos. Agora isso.

Mas minha sócia não brinca em serviço, pois limpa a garganta e veste novamente a máscara da seriedade.

— Agora, voltando à entrevista — diz, ajeitando a franja —, a senhora ainda se lembra do dia da tragédia?

Filó demora alguns segundos para se reconectar ao aqui e agora, então assente com a cabeça.

— Como se fosse ontem.

— Imagino que estivesse dormindo quando o incêndio começou.

— Acordei com a sirene do caminhão de bombeiros e saí pra rua só com a roupa do corpo — ela começa, sombria. — Os vizinhos tavam todos lá, na calçada, encarando a fumaça que subia da parte de trás da casa e as chamas que vazavam pela janela. No começo, achei que tivesse dado pane na fiação ou algo do gênero. Acontece que... ninguém saía da casa. Seria a primeira coisa a se fazer em caso de incêndio, certo? Mas o tempo foi passando, os bombeiros controlaram o fogo, entraram e saíram da casa várias vezes, e nada de Marcos, Damares e Jéssica aparecerem. — Filó interrompe o relato, o olhar perdido dentro de si mesmo. — Foi quando comecei a desconfiar que o pior tivesse acontecido.

Preparando o terreno para a pergunta-chave da entrevista, deixo a lembrança se assentar, espalhar seus tentáculos pela sala.

— Sei que não tem uma resposta certa, dona Filomena, mas... quem a senhora acredita que foi o responsável pelos assassinatos?

Dá água para o vinho, a tristeza se transforma em raiva.

— Os malditos comunistas do PLUS, claro.

Versão mais aceita na época, o PLUS (Partido Liberdade Unificada Socialista) concorreu com o PBREU de Marcos nas eleições municipais. Por falta de provas, não foi condenado pelos tribunais, embora não se possa dizer o mesmo da sociedade paulistana, que não dormiria em paz enquanto não encontrasse - ou criasse - um culpado.

Claro, a imaginação dos grupos de WhatsApp não conhece limites, e em menos de uma semana brotaram dezenas de teorias da conspiração para explicar os assassinatos, como a que acusava o próprio PBREU, ao estilo "óbvio que foi o governo dos Estados Unidos que causou os atentados do World Trade Center. Só não vê quem não quer". O motivo? Marcos estava usando o partido como trampolim e planejava abandoná-lo assim que chegasse à prefeitura. Se faz sentido, não sei, mas essa teoria até que é de boa se comparada às que envolviam os Illuminati e um suposto esquema de corrupção organizado pela Ursal que Marcos estava prestes a descortinar.

Dez anos depois, tudo ainda é escuridão.

— Deu pra perceber que a senhora apoiava a candidatura de Marcos — comento, aproveitando o gancho.

— Apoiava? Eu não perdia um comício. — Filó revira os olhos, fazendo-se de ofendida. — Ainda tenho os santinhos. Querem ver?

Antes que eu diga "não precisa" ou "não queremos dar trabalho", ela se levanta e mergulha no corredor em direção ao interior da casa.

— A velha é fanática por ele — cochicha Sabrina atrás de mim.

— Sim, meio estranho.

— "Meio" é gentileza sua.

Uma bola de espinhos entala na minha garganta.

Já vi aquele tipo de devoção cega antes.

Dentro da minha própria casa.

Não tem como dar certo.

Filó reaparece cinco minutos depois, trazendo uma caixa de sapatos desbotada e caindo aos pedaços. Pela primeira vez desde que chegamos, a velha parece entusiasmada.

Sabrina tira a câmera do tripé, aproxima-se e me manda sair da frente.

Dentro da caixa, uma infinidade de papeizinhos gêmeos: Marcos com um sorriso de propaganda de creme dental, ao centro. Embaixo, o lema: "Deus, pátria e família". Ao lado, o número "88" em verde e amarelo.

— São... muitos — é a única coisa que consigo dizer. — Como conseguiu?

— As calçadas ficavam cheias.

Quando Filó engata numa série de causos a respeito das eleições — brigas de bar, pais que pararam de falar com os filhos por divergências políticas e panelaços —, percebo que não iríamos embora antes do entardecer. Sem coragem de interrompê-la, sorrio com educação. O golpe de misericórdia vem de Sabrina, que desliga a câmera e fecha o tripé.

Cruel...

Entendendo o recado, Filó se cala. As sobrancelhas tombadas.
— A senhora tem WhatsApp? — a rainha do gelo indaga.
— Tenho sim.
Sacando o celular, minha sócia anota o contato.
— Assim que o vídeo ficar pronto, a gente envia o link pra senhora, pode ser?
Ela acena em resposta. Tenho a impressão de que não entendeu a parte do "link", mas não se sentiu à vontade para perguntar.
— Obrigado pela entrevista, Dona Filomena — digo, com sinceridade. — Vai ajudar muito.
— Imagina, meninos. O prazer foi meu.
Bicos fechados, refazemos nossos passos pela estradinha de paralelepípedos. Meu corpo já está metade para fora do portão quando volto a escutar a voz roca de Filó:
— Se quiserem, voltem qualquer dia desses. É bom ter alguém com quem conversar.
Consigo sentir o desespero daquele pedido, uma energia solitária em seu sorriso enrugado.
— Claro, pode deixar — responde Sabrina.
Mas provavelmente não voltaremos. E, de alguma forma, aquilo me entristece.

Capítulo 9

Cansados e desidratados, saímos à procura do primeiro estabelecimento que vendesse uma Coca de dois litros.

A "Grão Fino" fica na esquina da quadra dos Gonçalves e é daquelas padarias chiques que mais parecem um saguão de hotel de um filme do 007. Nas prateleiras, barras de chocolate suíço e suco detox.

Como exploradores de casas mal-assombradas que se prezam não dormem no ponto, aproveitamos a oportunidade para arrancar informações do cara do caixa. Pós-graduado em calcular troco e escutar conversa alheia, o sujeito poderia ser o redator-chefe da revista de fofocas do bairro.

— Falem com o garoto Gustavo. Rua Minas Gerais, 52. Ele e a filha de Marcos eram grudados um no outro.

Fingimos surpresa, mas pesquisas prévias nos forneceram a ficha completa de Gustavo: vizinho dos falecidos, primeira pessoa a perceber o incêndio, ligou para os bombeiros às 03h26.

Informações coletadas, Sabrina e eu matamos o resto da Coca e retornamos a campo com nossas "barrinhas de tolerância a patadas e xingamentos" recuperadas. Seguindo as instruções do caixa, chegamos à casa do "garoto Gustavo". Mesma quadra da casa dos Gonçalves, mas na rua de trás, o que me faz questionar se os quintais não se tocariam. O sobrado é atarracado feito um hidrante de rua, mas, em vez de vermelho, é bege descascado. Brotando do topo dos muros, cacos de vidro coloridos conferem à construção um *look* ao mesmo tempo artístico e letal.

Sabrina ergue a mão e toca o interfone.

Cruzamos os dedos.

— Quem é? — pergunta uma voz masculina alguns segundos depois.

Seria Gustavo?

Nos identificamos e explicamos sobre o TCC.

— Vão embora.

Se fosse qualquer outra casa, enfiaríamos o rabo entre as pernas e passaríamos para a próxima. Mas Gustavo é uma peça importante nesse quebra-cabeça.

Voltamos a apertar a campainha.

— Já falei pra irem embora.

— São só algumas perguntas. Prometo que vamos ser rápidos.

O infeliz desliga na nossa cara.

— Merda — resmungo, mais triste do que bravo.

— Amanhã a gente tenta de novo.

Não sei o que dá em mim, mas avanço e pressiono o botão pela terceira vez.

— Ele não vai atend... — Antes que Sabrina termine, entretanto, o canal reabre com um chiado.

— Ouvimos falar que você era o melhor amigo de Jéssica — disparo, rápido demais para respirar.

Mais uma desligada na cara

— Chega, Ga. Desse jeito ele vai chamar a polícia.

Já estamos de costas para a casa quando o portão destranca num "crack" metálico.

— Vão ficar aí parados? — volta a soar a voz.

Troco um olhar vitorioso com Sabrina antes de entrarmos.

Ao contrário das casas de Marcos e Filó, a de Gustavo não tem jardim, só um piso cimentado cruzado por varais de grampos solitários e lençóis tremulando ao sabor do vento.

O homem que nos espera ao lado da porta está longe de ser um garoto, como o fofoqueiro do caixa disse. Com algo entre 25 e 30 anos, ele espeta os olhos em nós como um gato rabugento desconfiado das visitas.

— Gustavo? — pergunto, fazendo joinha num gesto de bons amigos.

Ele arqueia as sobrancelhas.

— Como sabem meu nome?

— Conversamos com algumas pessoas do bairro.

Velho truque, ajuda a passar confiança. Se seus vizinhos toparam conversar com a gente, por que você não toparia?

— Hum, entendi — retruca ele, indiferente.

Com um aceno, nos convida para entrar e oferece o sofá vazio. Espera que a gente se acomode e ocupa uma poltrona em frente a um aquário com poeira em vez de peixes.

— Estão no último ano?

— Sim — responde Sabrina, e, após uma pausa, acrescenta: — Graças a Deus.

Gustavo solta uma risadinha, exibindo os dentes amarelos típicos de fumante.

— Tema difícil esse que vocês escolheram pro tcc.

— Eu bem que sugeri fazermos a respeito da história do jornalismo, fake news, ou algo assim. — Dou de ombros, encarnando o personagem. — Mas minha colega aqui é viciada em crimes sangrentos.

Sabrina cora quando Gustavo a encara, um olho espanto e o outro curiosidade.

O troco estava dado.

— Tudo bem se a gente filmar a conversa? — Ela muda de assunto.

— Eu preferia que não.

— Podemos borrar o rosto e distorcer a voz, igual fazem na TV.

Os lábios de Gustavo se fundem numa linha tensa, e ele balança a cabeça em negativa.

— Tranquilo. — Sabrina veste seu melhor sorriso falso enquanto abandona a câmera e o tripé no canto do sofá. — Só conversar, então.

— Não deve ser a primeira vez que alguém aparece pra encher o seu saco sobre o assunto — digo, para descontrair.

— Hoje bem menos. As pessoas esquecem. Afinal de contas, já faz dez anos.

A sala me lembra daquele *reality show* estadunidense sobre acumuladores compulsivos. Tá, não é para tanto, mas o mar de correspondências sobre a cômoda e a montanha de caixas de compras on-line ao redor da mesa formam a própria geografia do desleixo.

— E você continuou a morar aqui? — pergunta Sabrina, pousando o celular sobre a mesa de centro.

— Sim. — Talvez com medo de ser julgado, complementa: — Minha mãe tá doente, precisa de cuidados.

— Não se faz mais filhos como antigamente.

Se ela quis conquistar a simpatia de Gustavo, conseguiu. O sorriso é discreto, mas, ainda sim, um sorriso.

— Será que podemos começar falando um pouco sobre Jéssica? — pergunto.

Dura uma fração de segundo, mas a simples menção ao nome da falecida é suficiente para fazer os músculos faciais de Gustavo se contraírem.

— Claro, o que querem saber? — pergunta ao se recompor.

— Tudo — brinco, erguendo a palma das mãos. — Como eu disse ao interfone, fiquei sabendo que vocês eram melhores amigos.

Gustavo reprime mais um sorriso.

— Higienópolis é um bairro de velhos. Não tinha muita gente da nossa idade, então era natural que acabássemos nos aproximando.

— Vocês estudavam na mesma escola?

Já sabemos a resposta, mas nossa vasta experiência com interrogatórios de vizinhos diz que é melhor não deixar as pessoas saberem que somos *stalkers*.

Gustavo faz que sim com a cabeça.

— O colégio fica a poucas quadras daqui. Então a gente ia junto.

— Mesma sala?

— Não, eu estava um ano na frente — responde. — O que não significa que Jéssica não me ajudasse a estudar pras provas, aquela CDF.

Rio entredentes, contente que Gustavo esteja se soltando.

— E você costumava frequentar a casa dos Gonçalves?

— Se fui quatro ou cinco vezes quando criança, foi muito. Até que, entre o oitavo e o nono ano, comecei a ter alguns... desentendimentos com a minha mãe. — Gustavo faz careta, como se as lembranças azedassem seu paladar. — Tudo que eu menos queria era ficar em casa, então comecei a passar as tardes com Jéssica. Foi nessa época que estreitamos a amizade.

— Namorados? — dispara Sabrina, dando uma de dona Filó.

Encabulado, ele dá de ombros.

— Não. Só amigos.

— Entendo — ela murmura, com cara de quem não engoliu aquela lorota, mas não está a fim de criar intriga. — Sei que faz tempo, mas... imagino que deva sentir falta dela.

Gustavo hesita por um instante, então responde:

— Um pouco.

Mas algo em sua voz sugere que não estamos num clima muito literal, e que "um pouco" quer dizer "muito".

Na falta do cricrilar dos grilos, esfrego as mãos para preencher o silêncio.

— Será que podemos dar uma olhada na varanda? — pergunto, por fim.

Em qualquer outro momento da "entrevista", Gustavo provavelmente recusaria meu autoconvite folgado, mas parece aliviado com a mudança de assunto.

Esse é o truque.

— Sem problemas.

Com um impulso, Gustavo ergue-se da poltrona e atravessa a sala rumo à escada. Recebo um olhar de "nada mal" da minha sócia, que guarda o celular no bolso e acerta uma peteleco na minha orelha.

Seguimos nosso anfitrião até seu quarto, no segundo andar. Antes de entrar, relanceio a última porta do corredor. Com uma plaquinha de "não perturbe" pendurada na maçaneta, imagino a mãe de Gustavo chumbada na cama, cabelos desgrenhados e cateter de oxigênio preso ao nariz.

"Minha mãe tá doente."

— Aqui — anuncia, puxando a porta da varanda.

Com formato de meia-lua, é suficientemente grande para um jogador de basquete ficar deitado, mas só de conchinha. Eu apoio as mãos no parapeito e observo a paisagem, reconhecendo o quintal da casa dos Gonçalves uns dez metros à frente.

— Dava pra ver o incêndio daqui? — pergunto, sabendo que o quarto de Marcos e Damares ficava do outro lado da casa.

Os olhos de Gustavo se esvaziam, se voltam para dentro.

— O fogo, não, mas a fumaça. Tinha um cheiro horrível.

Cheiro de carne queimada, penso.

— E onde você viu o vulto?

— Vulto? Vocês fizeram mesmo o dever de casa antes de vir, hein? — debocha Gustavo, sem saber da missa a metade. Em seguida, aponta para o muro entre a casa dos Gonçalves e a do vizinho que não deu trela para nós. — Ele saiu correndo pela porta da cozinha, cruzou o quintal e pulou o muro.

Além de ser o bom samaritano que acionou os bombeiros, Gustavo é o mais próximo de uma testemunha ocular do crime. Sua versão, porém, foi duramente criticada pela polícia, que não identificou pegadas com a luz negra.

"O garoto estava sob muito estresse. Era natural que confundisse as coisas", declarou o delegado responsável pelo caso em entrevista.

— Só por curiosidade — começa Sabrina, cheia de tato —, o que você tava fazendo acordado de madrugada?

— Sempre tive dificuldade pra dormir.

Com aquele ar de Norman Bates, nosso anfitrião não poderia parecer mais suspeito.

Mais uma dúvida ou duas e então deixamos o quarto, que é tão bagunçado quanto o resto da casa. Fitando as costas de Gustavo enquanto descemos a escada, me pergunto se o cara conseguiu seguir em frente depois dos assassinatos ou se simplesmente... parou no tempo.

Ao chegar à sala, caminho até o sofá para pegar a câmera e o tripé, Sabrina já se adiantando em direção à porta.

— Depois de responder a tantas perguntas, será que posso fazer uma? — a voz de Gustavo corta o ar.

— Claro — responde Sabrina.

— Por que vocês invadiram a casa da Jéssica, ontem?

Pega desprevenida, minha sócia perde a pose.

Poker face.

— Imagino que tenha nos visto pela varanda — digo, como se não fosse nada de mais.

Seu silêncio diz "sim".

— Nós não invadimos. Conversamos com o irmão de Marcos. Ele nos deixou dar uma olhadinha — acrescento, com a impressão de que Gustavo não ficaria feliz em descobrir que nossa "olhadinha" na verdade consistia numa estadia de oito dias.

— Não sabia que tinham aberto a temporada pra excursões.

— Vai ver ele se lembrou dos tempos de faculdade e ficou com pena de nós.

Claro, o único curso que o Irmão Gastadeiro fez foi "como torrar a fortuna do papai no jogo de pôquer", mas isso não vem ao caso.

— Só tomem cuidado.

Sabrina franze a testa.

— Como assim?

— Existem pessoas que não gostariam que essa história fosse desenterrada.

Sem maiores explicações, Gustavo desliza até a cozinha, desengancha o interfone a aperta o botão sob o monitor. Podia fazer como dona Filó e dizer que voltássemos a qualquer hora, mas quem faz as honras é Sabrina:
— Quem sabe da próxima vez você não perde o medo das câmeras? — provoca ela, ao cruzar a porta da frente.
Gustavo não responde. Apenas sorri de lábios selados.
Não preciso girar o pescoço para saber que está nos observando enquanto nos afastamos pelo pátio de concreto.

Capítulo 10

— Esse esquisitão era cem por cento caidinho pela Jéssica — digo, abrindo o portão da casa dos Gonçalves. — Na verdade, fala como se ainda fosse.

Sabrina empaca no meio do gramado e me lança uma expressão curiosa.

— Caidinho?
— É, ué.

No silêncio do jardim, a risada debochada dela soa alta demais.

— O Gustavo é gay.
— Como você sabe disso?
— Sabendo.

Reviro os olhos.

— Ele pode ser bi.
— Disse o cara que tem o pior gaydar do mundo. — Estala a língua no céu da boca de uma forma irritante que só ela sabe fazer. — Você se lembra de quando meu primo te chamou pro apê dele pra jogar videogame e você realmente achou que era pra jogar videogame?

— Ué, e não era?

Ela balança a cabeça, decepcionada.

— Sério, você é péssimo.

Acostumado com o bullying de Sabrina, dou de ombros.

— Só fico triste mesmo por não termos filmado a conversa.

Mas as surpresas não param por aí.

O rosto da minha sócia se desmancha numa expressão de "espere só um pouco, querido". Num gesto teatral, saca o celular do bolso.

1 segundo de confusão...
2 segundos de confusão...
3 segundos de confusão...

E então a ficha cai.

— Você gravou escondido — murmuro, lembrando-me de quando a espertinha deixou o celular na mesa de centro da sala de Gustavo.

— Pelo bem do nosso TCC.

Com dedos ligeiros, ela desbloqueia a tela e dá play na gravação.

Ao fundo, minha amiga termina de fazer uma pergunta. Gustavo responde em seguida, a voz amplificada pela maior proximidade com o celular. Sabrina percebe que estamos no começo da conversa e acelera a gravação, distorcendo e afinando as vozes como numa conversa de formigas de desenho animado.

Ela para e logo acelera de novo, como se procurasse por um trecho específico.

"...saiu correndo pela porta da cozinha, cruzou o quintal e pulou o muro..."

"Só por curiosidade, o que você tava fazendo acordado de madrugada?"

"Sempre tiv..."

— Aqui! — dispara Sabrina, pausando a gravação.

— Aqui o quê?

— Presta atenção. — Ela repete o trecho. — Gustavo responde rápido demais.

Ativo minha superaudição de lebre, mas não noto a tal rapidez.

— E daí que ele responde rápido demais?

— Dãaã... Significa que tá mentindo.

Coitado dos rappers, então, penso, embora tenha que concordar que Gustavo é um cara esquisito.

Claro, o envolvimento num crime dessas proporções, bem como a pressão da mídia na época, que insistia em rotulá-lo como "peça-chave da investigação", podem ter desmiolado o coitado.

***

Passamos o resto da tarde editando a entrevista de Filó – transformar duas horas de papo-furado em cinco minutos de vídeo é uma arte que poucos dominam – e selecionando os melhores trechos do áudio clandestino de Gustavo.

À noite, aproveitamos para gravar mais alguns *takes*. O jardim decrépito e a biblioteca são os cenários da vez, pois, segundo Sabrina, davam um "ar hollywoodiano" à produção. Em seguida visitamos a área externa, nos fundos da casa. Eu deixo minha sócia fazendo experimentos cinematográficos com a piscina vazia e aproveito para dar uma espiada na varanda gourmet. Tem até forno de pizza. Não daqueles portáteis que sua tia compra no saldão das Casas Bahia, mas um dos grandes, de pizzaria.

Brocado de fome, me pergunto se ainda funciona.

— Me ajuda a subir!

Olho para o lado e percebo que Sabrina ficou presa no buraco da piscina.

Nem tento segurar o riso.

— Vai pra parte rasa.

— Não tem parte rasa, idiota.

Resgate feito, faço uma ou duas piadas com a garota naufragada antes de consultar o celular e perceber que não temos mais tempo para enrolar. Com uma pitada de cansaço e outra de má vontade, tomamos banho no quarto de hóspedes e vestimos nossos uniformes do Assombrasil.

É meia-noite em ponto quando iniciamos a live na Twitch.

— Olar, assombrados! Aqui é a Madame Hulu falando diretamente da casa mais trevosa do Brasil. — Minha sócia balança o boneco fosforescente da Artigos Macabros em frente à webcam para cumprimentar as 749 pessoas que nos assistem.

Com as câmeras sintonizadas, desligamos as luzes e nos preparamos para a segunda noite. A garoa tamborila no telhado como um apostador ansioso, algo que até poderia me ajudar a relaxar, não fosse a casa amaldiçoada e colchão de ar nada confortável, que envolve meu corpo num abraço murcho.

É o que temos para hoje.

Mas algo mudou. Algo importante. Pela primeira vez em semanas, me permito pensar que o canal que criamos com tanto carinho ainda tem salvação.

Saboreando essa ideia, fecho os olhos.

Capítulo 11

— Ei, acorda!

Cubro o rosto com o cobertor num gesto de "dá o fora daqui".

Sabrina volta a me cutucar.

— O que foi, Sa?

— Alerta de MS!

A animação em sua voz me dá dor de cabeça.

— Que horas são?

— Seis e meia.

— Não acredito que você me acordou cedo por causa disso.

Sabendo que eu era incapaz de ficar genuinamente bravo com ela, Sabrina dá de ombros e caminha até o notebook.

Eu esfrego a remela dos olhos, cato o celular e acesso a página do Assombrasil na Twitch. Rolo os comentários da live de ontem. Às 02h27, depois de uma discussão superprodutiva sobre qual era o melhor músico de *dark lo-fi* da atualidade, CurupiraDasTrevas04 digitou:

Passo os olhos pela enxurrada de mensagens escandalizadas e cheias de erros de digitação que se seguem, mas fico com preguiça e volto a fechar as pálpebras.

"ms" é a sigla para "manifestação sobrenatural". Se você trabalha no ramo de exploração de casas mal-assombradas, cedo ou tarde vai dar de cara com elas. Quando o canal ainda estava engatinhando, qualquer alerta de ms fazia meus ossos tremerem. Então fui percebendo que as mss eram tão "sobrenaturais" quanto enrolar a língua ou plantar bananeira debaixo d'água.

Afinal, qualquer porta rangendo ou cortina esvoaçando se transforma em fantasma se você está disposto a acreditar nisso.

Lembro que uma das mss que entraram para o hall da fama do Assombrasil aconteceu numa fábrica abandonada no bairro da Mooca. As lives noturnas transcorriam com o tédio de sempre quando, no terceiro dia, um vulto surgiu no galpão. De longe, a imagem desfocada mostrava pernas e braços magricelas, e um jeito estranho, meio torto, de andar.

"Satanás, é você?", questionou um dos nossos seguidores.

O vulto continuou a nos visitar nas noites seguintes, causando alvoroço no chat. Claro, até descobrirmos que a assombração tinha nome: Lindovaldo, eletricista que ficou desempregado durante a pandemia de Covid-19 e acabou despejado de casa.

Mistério solucionado, presenteamos nosso novo amigo com um pf e um litrão de cerveja, um pagamento insignificante para os mais de cinco mil inscritos que trouxe para o canal.

E é por isso que Sabrina gosta tanto de manifestações sobrenaturais.

— Ga, vem cá!

— Uhum — murmuro, com zero vontade de sair da cama.

— Sério, não me obrigue a dar com o travesseiro na sua cara.

Atingido pela grosseria, fico de pé e me arrasto em direção à mesa, onde uma Sabrina com tremeliques e unhas roídas me espera.

Apesar do filtro esverdeado de visão noturna, a imagem do quarto de Jéssica é boa, nada amadora. Consigo distinguir o porta-lápis sobre a escrivaninha, a transição entre o piso e o tapete, e também...

O ursinho.

Relanceio o canto superior do vídeo: 4:00.

— O que foi? — pergunto, começando a ficar agoniado.

— Xiiiu. — Sabrina ergue o dedo em frente aos lábios.

Antes que eu possa retrucar, o ursinho está pegando fogo.

Capítulo 12

Durante cinco minutos e trinta e quatro segundos, assistimos às chamas devorarem o ursinho. Suas orelhas, seus contornos, até o reduzirem a um montinho de cinzas.

Sem dizer nada, Sabrina e eu atravessamos a sala e o corredor, então paramos junto à porta do quarto de Jéssica. A mancha preta nos encara do chão. Tem o tamanho de uma aranha-caranguejeira e, não fosse pela filmagem, não faríamos a menor ideia de como foi parar ali.

Eu me agacho e passo o indicador sobre o rastro de fuligem.

— Do que é feito um ursinho de pelúcia? — pergunta Sabrina, a voz tensa.

Dou de ombros.

— Sei lá... Algodão? Lã?

— São substâncias inflamáveis, certo?

— Acho que sim.

— Será que com o tempo seco...

— O tempo não tá seco — retruco, me lembrando da garoa chata de ontem à noite.

— Não mesmo.

Nos entreolhamos por um instante. Uma competição secreta de quem tem o maior ponto de interrogação sobre a cabeça.

— Melhor assistirmos ao vídeo de novo. Podemos ter deixado algo escapar — sugere ela, erguendo-se e caminhando em direção à porta.

Ao perceber que continuo encolhido sobre a mancha feito um tatu-bola, Sabrina gira o tronco.

— Vai ficar aí?

— Pode ir na frente. Já te alcanço.

Ela faz que sim com a cabeça, mas hesita.
— Tá com medo? — provoco.
— Ha-ha-ha, até parece.
Então ela é engolida pela boca do corredor.
A quem estamos tentando enganar? Estamos morrendo de medo. Cagando, para falar a verdade.
No meu caso, não é só medo. É um negócio que chacoalha minhas vértebras, aquece meu sangue e desliza pela minha pele como um fio elétrico desencapado.
Um negócio... bom.
Desde que fundamos o Assombrasil, cinco anos atrás, eu tenho esperado. Casa mal-assombrada após casa mal-assombrada, MS após MS.
E agora, finalmente, pode ser que...
Esfrego o indicador no polegar para espantar as cinzas, mas tudo que consigo é trocar um dedo sujo por dois. Com um suspiro, ando em círculos pelo quarto em busca de pistas que possam jogar alguma luz ao caso do ursinho flamejante.
O que estou procurando?
Não faço ideia...
Minha atenção é repentinamente capturada pelo mural de fotos acima da escrivaninha. Presas ao metal por ímãs em formato de joaninha, as fotos mostram Jéssica ao longo dos anos.
Ela na praia com Marcos e Damares, usando uma boia de crocodilo. Na cara, uma mancha de protetor e o olhar apreensivo de uma criança que tem vergonha de admitir que não sabe nadar.
Ela em frente ao muro bege do colégio, o sorriso banguela e os dedos sapecas fazendo chifrinho por trás das amigas.
Ela na Disney, adolescente, sorrindo de boca fechada — aposto que para esconder o aparelho — ao lado das versões em carne e osso da Mulan e da Jasmine.
Mas é a primeira foto que faz minhas pernas bambearem.
Baby-Jéssica exibe para a câmera uma carinha fofa de propaganda de fralda. O berço e as prateleiras recheadas de brinquedos confundem, mas reconheço pela janela retangular o quarto onde estou. Mesmo sendo uma foto, percebo que a pequena está engatinhando em direção a...
Seu ursinho de pelúcia.
Volto a relancear o borrão preto no chão.

E se o ursinho pegando fogo for... uma tentativa do espírito de Jéssica de se comunicar?

Meu cérebro petrifica por alguns segundos, digerindo a ideia.

Ansioso para saber mais a respeito do nosso primeiro contato com o além, dou uma olhada na escrivaninha e seus farelos de borracha esparramados sobre o fichário aberto. É quase como se Jéssica tivesse dado uma pausa para ir ao banheiro e fosse voltar daqui a cinco minutos

E de repente cinco minutos se transformaram em dez anos.

O papel desbotado dificulta, mas consigo ler "Guerra de Canudos" na primeira linha. Título em azul, subtítulo em verde, observações em vermelho. A letra tombada para a esquerda é diferentona, quase artística, como a de alguém que continuou a treinar caligrafia mesmo depois do jardim de infância.

Curioso, folheio o fichário e percebo que o padrão se repete, impecável, dia após dia.

Ainda mais curioso, abro a primeira gaveta.

Sobre uma superfície forrada por folhas A4, encontro post-its, adesivos, etiquetas e durex estilizados.

A louca da organização e dos artigos de papelaria... Como era de se esperar da Filha Perfeita.

— O que você tá fazendo, seu tchongo? Vem logo! — A voz de Sabrina estremece as paredes da casa.

— Só um minutinho — respondo.

Sem querer deixar a bisbilhotice pela metade, estendo a mão e abro a segunda gaveta.

No começo, acho que é só uma falha transitória na Matrix.

Pisco para corrigi-la.

De novo.

Outra vez.

Mas o colar continua ali, me sugando para dentro da gaveta com sua pedra lilás hipnotizante.

Eu o reconheço.

É o mesmo colar que....

— Ei, o que você tá fazendo?

O penteado desengonçado e azul de Sabrina surge pela porta do quarto. Sobrancelhas enrugadas de quem não está com toda a paciência do mundo.

— Nada, não. — É a única coisa que consigo dizer. Aproveitando que estou entre minha amiga e a escrivaninha, deslizo os dedos sorrateiramente pela gaveta e enfio o colar no bolso.

— E eu pensando que a medrosa da dupla fosse eu. — Ela apoia as mãos nos joelhos e solta um riso debochado. — Você tá mais branco do que leite desnatado.

— O que a falta de sol não faz, né? — Tento sorrir, mas não consigo.

E, me perguntando se o fantasma de Jéssica estaria nos observando, fecho a gaveta e me junto a Sabrina.

Capítulo 13

— Presta atenção! — reclama Sabrina, acertando um peteleco na minha orelha.

Com a cabeça nos ares, tento me concentrar na tela do notebook, que reproduz o trecho do ursinho flamejante pela milésima vez.

— Só consigo pensar numa explicação pra isso — diz ela.

Intuindo a resposta, comprimo os lábios.

— Combustão espontânea — Sabrina completa.

Não era essa...

— Isso não existe — retruco.

— Prefere acreditar em fantasmas?

"Fantasmas existem", a frase faz cócegas na minha garganta, então me lembro das longas discussões que tivemos sobre o tema - sempre de madrugada, depois de algum filme de terror - e a engulo de volta.

— Os relatos de combustão espontânea são raros — argumento. — E geralmente envolvem seres vivos, não objetos.

Sabrina bufa tão forte que chega a ser dramática.

— Detalhes.

O caso mais famoso talvez seja o de Mary Reeser, uma senhorinha de 67 anos encontrada carbonizada em sua casa, na Flórida. "Encontrada" é um termo gentil, já que só sobraram um punhado de cinzas e sua perna esquerda — curiosamente intacta — para contar a história.

Flertando mais com o científico do que com o sobrenatural, não é de se espantar que a combustão espontânea tenha sido deixada de escanteio nos fóruns de paranormalidade. Quem curte esoterismo quer explicações do tipo entidades demoníacas e magia, não elétrons e reações químicas. Dessas o mundo está cheio.

— A combustão espontânea explicaria a morte dos Gonçalves — afirma Sabrina, com um ar de Enola Holmes.

— Muita coincidência os três pegarem fogo ao mesmo tempo — rebato. — Sei que não acredita nessas coisas, mas, se parar pra pensar, Jéssica morreu queimada. E agora, justo quando alguém resolve se hospedar na casa, seu ursinho pega fogo. Não acha que pode ser uma tentativa de se comunicar com a gente?

— E por que o espírito dela ainda estaria na casa depois de dez anos?

— Talvez porque o crime não tenha sido solucionado.

Ela pensa por um instante, então diz:

— O fato de Jéssica e o ursinho terem pegado fogo pode simplesmente significar que a casa possui alguma propriedade especial que faz objetos entrarem em combustão, algo a ver com o material com que ela foi construída, por exemplo. Além do mais, quem disse que os três pegaram fogo ao mesmo tempo? O mais provável é que tenha começado com Jéssica, que ficou desesperada e correu pro quarto dos pais. Não se esqueça de que os corpos foram encontrados juntos na cama de Marcos e Damares.

Posso imaginar Deus fazendo Sabrina: uma pitada de "charme", duas de "inteligência" e DEZ de "cabeça-dura".

Por que ela não pode dar o braço a torcer pelo menos uma vez na vida? Se ela soubesse do colar...

— Marcos era candidato a prefeito de São Paulo nas eleições mais acirradas dos últimos tempos — disparo. — Você realmente acha mais provável que a filha dele tenha entrado em combustão espontânea do que ele ter sido assassinado por adversários políticos?

— Considerando que não encontraram sinais de arrombamento, digitais ou amostras de DNA do assassino, sim.

— Tá, tá, tanto faz.

Sabrina abre a boca, fazendo-se de ofendida.

— Ui, ficou irritadinho.

Reviro os olhos, mas não me dou ao trabalho de responder à alfinetada.

— Seria bom conferir os outros cômodos pra ver se mais alguma coisa queimou — digo.

— Precisávamos de mais câmeras, assim a gente cobria a casa inteira.

— Se não tivéssemos usado quase todo o dinheiro do canal pra pagar o Irmão Gastadeiro, poderíamos comprar mais câmeras.

Com o olhar vazio, Sabrina parece me ignorar. Estou prestes a chamar a atenção dela quando percebo que sua mente está trabalhando a pleno vapor.

— Eu consigo as câmeras — afirma ela, por fim.

— E como você vai fazer isso?

— Meu pai... Ele é um daqueles fotógrafos melosos que criam apego pelos equipamentos. Posso entrar no depósito e pegar escondido.

— Huuummm... Entendi — murmuro, disfarçando o entusiasmo. — E se ele descobrir?

— Aí vamos ter que nos virar com a câmera do celular. — Ela ri entredentes, um equivalente para "deem as mãos e façam as pazes" no mundo adulto.

Aceitando a trégua, sorrio em resposta.

E assim passamos o resto da manhã revirando a casa de cabeça para baixo à procura de rastros de fuligem. Antes, claro, examinamos as filmagens do banheiro, da biblioteca, da sala de jantar e do quarto de Marcos, para o caso de nossos seguimores terem deixado alguma coisa passar batida.

Sabrina acha que as câmeras antigas do pai estão em bom estado de conservação, mas talvez precisem de alguma troca de peças.

Ou seja, mais gastos.

— É melhor irmos — diz, conferindo o horário no celular. — Não sei quanto tempo vai demorar.

Enquanto percorremos a estradinha do jardim decadente, ensaio a melhor forma de dizer que deixarei Sabrina na mão, mas todas soam inadequadas e mesquinhas. Equipamentos de filmagem são mais pesados do que parecem, e algo me diz que ela não vai curtir a ideia de carregá-los e descarregá-los sozinha.

Acontece que eu preciso passar em outro lugar.

Agora.

E sem ela.

Assim que a gente tranca o portão, espero Sabrina virar à direita em direção ao Fiat Uno e fico plantado na calçada com cara de más notícias.

— O que foi? — pergunta ela, girando o pescoço.

— Seria muita sacanagem se eu não fosse com você?

Sabrina torce o nariz, como se eu tivesse acabado de xingar a mãe dela.

— O que pode ser mais importante do que nossa primeira manifestação sobrenatural de verdade?

— Eu não pediria se não fosse importante.

Ela me analisa com um ar de juíza criminal, então diz:

— Pelo menos me conta que compromisso é esse que é tão urgente. Não precisa ficar fazendo mistério.

Engulo em seco.

Sabrina e eu somos amigos desde o colégio. O que começou com "essa teoria da conspiração é TUDO!!!", logo se transformou em "pensando bem, acho que você é a pessoa que mais sabe sobre a minha vida depois de mim mesmo".

Sim, ela me conhece bem... Bem até demais.

Mas isso não significa que tenha a chave de todos os meus baús de segredos.

— Não posso — digo, seco como a Caatinga.

— É sério isso?

— Olha, guardei cinquenta reais pro jantar de hoje. — Pego a carteira, saco uma onça-pintada e a estendo em sua direção. — Pode usar pra pedir alguma coisa gostosa. Eu como salgadinho de novo.

— Agora vai dar uma de passivo-agressivo e fazer com que eu me sinta culpada? *Sorry*, mas não vai funcionar.

— Não. É sério. Pode pegar.

— Você é inacreditável, Ga... Inacreditável. — Ela bate palmas cínicas antes de me dar as costas e sair andando. No quinto passo, vira-se novamente. — Se eu descobrir que você tá indo se encontrar com uma das suas namoradinhas, considere-se um homem morto.

A maneira como Sabrina falou "suas namoradinhas", como se estivesse com ciúmes, provavelmente encheria minha barriga de borboletas se um assunto mil vezes mais sombrio não estivesse em rota de colisão com o Planeta Gael.

Até mesmo o ursinho de pelúcia flamejante se torna um detalhe irrelevante.

Certificando-me de que o colar de Jéssica não pulou para fora do meu bolso, assisto a Sabrina desaparecer ao dobrar a esquina. Enfim só, espio por entre as grades do portão uma última vez e caminho em direção ao ponto de ônibus.

A casa dos Gonçalves pode ser assustadora, mas ainda é fichinha perto da que estou prestes a visitar.

Capítulo 14

Apesar de parecer, a implicância de Sabrina com minhas "namoradinhas" não é exagerada.

Caso número 1: Tábata Soares, estudante de teatro. Nos conhecemos no Tinder. Boa de papo, fascinada por filmes e livros ambientados na Segunda Guerra Mundial, e adoradora de hambúrgueres malpassados. Um combo promissor se deixarmos de lado o fato de que sempre me manipulava emocionalmente e me fazia sentir culpado nas brigas. Cinco horas depois que terminamos, ela me ligou dizendo que ia se jogar do Viaduto Sumaré.

Palmas para Sabrina, que bancou a psicóloga e a convenceu a descer do parapeito.

"Esse merdinha não vale a sua vida, mana."

Prazer, merdinha.

Caso número 2: Luna Siqueira, terceiro ano de cursinho para medicina e frequentadora assídua de raves. Pensei que tínhamos uma conexão especial até ela passar no vestibular e meter um pé na minha bunda. Na minha e na dos outros dois namorados que ela mantinha em segredo. Chorei no chuveiro por duas semanas.

Mas, ao descer no ponto de ônibus, minha vida amorosa é a menor das minhas preocupações.

A rua é o mesmo quadro mal pintado de dois anos atrás, quando juntei minhas tralhas e debandei para a Zona Leste. O Boteco do Tatu, na esquina, segue com sua clientela de homens de meia-idade barrigudos e com barba desgrenhada, enquanto o restaurante Dedinho de Minas encanta a vizinhança com o aroma hipnotizante de tutu de feijão.

Eu enterro o queixo no peito e aperto o passo.

Não quero ser reconhecido.

Ao chegar ao número 220, paro. Com exceção da fachada de pedra – herança das revistas de arquitetura dos anos noventa –, não há nada que distingua esta casa das demais. O formato cúbico, o telhado meia-água e as janelas de alumínio dão a ela um ar sem graça de subúrbio.

Mesmo assim...

Estendo a mão em direção à campainha, mas o gesto morre no meio do caminho. Suspiro fundo e faço uma nova tentativa.

"Um elefante".

"Dois elefantes".

"Três elefantes".

"Quatro elefantes".

"Cinco ele..."

A porta se abre e uma mulher de cabelos castanhos surge através dela.

— Gael?

— Oi, mãe.

Seus lábios repuxam num sorriso tímido à medida que se aproxima. Ao alcançar o portão, ela ergue o molho de chaves e destranca o cadeado.

Nós nos cumprimentamos com um abraço protocolar e cruzamos o jardim que suas mãos regaram e apararam com a obstinação de uma paisagista profissional. Uma visão agradável, digna de um fundo de tela de notebook. Mas um magnetismo obscuro afasta meu olhar dos arranjos florais, atraindo-o para a janelinha feiosa e quadrada aos pés da casa.

A janelinha do porão.

Ao entrar pela porta da frente, paro sobre o tapete felpudo e encaro o sofá de quatro lugares, sem saber se me sento ou se fico em pé.

— Que tal uma limonada? — As palavras da minha mãe se apressam a preencher o silêncio.

— Acho que vou aceitar.

Nos entreolhamos por um instante. Então ela acena e mergulha na cozinha.

Aproveito que estou sozinho e examino a sala. O relógio de pêndulo que papai pechinchou num antiquário prestes a fechar as portas e o vaso indígena que tio Valdomiro trouxe lá do Vale do Ribeira continuam em seus postos, mas a mobília preenchendo cada metro quadrado não faz a sala parecer menos vazia.

Avanço em direção à porta da frente com passos lentos e pensativos. Riscos feitos a lápis delimitam duas progressões de estatura, uma de cada lado da moldura.

Com delicadeza, passo o polegar sobre as marcações do lado direito. A última pertence ao Gael de quinze anos, idade em que parei de crescer, embora os médicos mintam dizendo que "Homens crescem até os dezoito". Em seguida, dou meia-volta e examino os riscos do lado esquerdo.

Sempre um palmo acima dos meus, eles acabam em janeiro de 2012.

Quase dou um pulo quando o badalar do relógio anuncia cinco horas da tarde. Com a mão sobre o coração desembestado, giro o tronco e me deparo com minha mãe segurando a jarra de limonada.

Há quanto tempo estava me observando?

— O jardim. — Aponto para o gramado, para disfarçar. — Tá bonito.

— Obrigado, filho. — Sua voz adoça com o elogio. — Tento me dedicar a ele um pouquinho todos os dias. Me ajuda a relaxar.

— As orquídeas são novas? — pergunto, seguindo-a até a cozinha.

— Comprei no fim do ano passado, na Feira da Liberdade. Tavam na promoção.

Surpreso com a resposta, puxo uma cadeira e me sento à mesa.

— Faz tempo que eu não apareço, né?

— Tudo bem, filho. Sei que é um garoto ocupado.

Ao segurar a colher para misturar a limonada, minha mãe contrai a mão num gesto que a vi fazer a vida inteira por causa da artrite. Primeiro enche o meu copo, depois o dela.

— Como vai a Sabrina?

— Bem. Fazendo uns bicos como fotógrafa em formaturas.

— Vi os *stories* dela, ontem — minha mãe comenta. — É incrível como tá cada vez mais bonita, né?

— Hum, acho que sim — respondo, sem graça

— Onde vocês tavam?

Faço careta, confuso, então me lembro da selfie que minha amiga insistiu em tirar em frente ao forno da casa dos Gonçalves. "Só não esquece de ocultar da minha mãe, tá?", mas parece que meu pedido entrou por um ouvido e saiu pelo outro.

Como sempre.

— É a casa dos pais dela — comento, soltando a primeira lorota que me vem à cabeça. — Tá passando por umas reformas.

Um tremor discreto percorre o canto de seus olhos e desaparece.

— Eles são legais?

— São.

Sem saber o que fazer com as mãos, pego o copo e experimento a limonada. Está gelada, num casamento perfeito entre o azedo e o doce, mas não desce bem pela minha garganta trancada.

— Será que posso dar uma olhada no meu quarto?

— Claro, filho, ele é seu. Tá procurando alguma coisa?

— Meu certificado de inglês — minto, pela segunda vez. — Vou começar um curso de marketing digital na semana que vem. Eles pediram.

— Quer ajuda?

— Não precisa. Acho que sei onde tá.

Termino a limonada num gole só, pego os copos e me dirijo até a pia. Minha mãe estala a língua no céu boca e manda um "deixa que eu lavo depois", mas eu o faço mesmo assim.

Aproveito que ela está guardando a jarra na geladeira e vou atrás do tal "certificado". No mini-hall que separa a cozinha da sala, o aparador parece deslocado em frente à porta vermelha do porão, obstruindo a passagem como um cão de guarda esculpido em madeira.

Com um mal-estar súbito, desvio o olhar e me enfio no corredor.

Quatro portas: um banheiro e três quartos. O primeiro, à direita, é meu; e o último, ao centro, dos meus pais. Espiando por sobre o ombro para me certificar de que minha mãe não me seguiu, deixo meu quarto e o banheiro para trás e estaco em frente à porta da esquerda.

Seco minhas mãos na calça e envolvo a maçaneta com os dedos suados, torcendo para que não esteja trancada.

Não está.

Abro a porta e entro no quarto.

Capítulo 15

Faz dez anos que não piso no quarto da minha irmã.

Estranhamente, é um retrato fiel das minhas lembranças: a mochila da Kipling pendurada atrás da porta, os crocs beges ao pé da cama, o caderno da Hello Kitty sobre a escrivaninha.

Por um instante, parece que estou de volta à casa dos Gonçalves.

No quarto de Jéssica.

Com um cuidado sobre-humano, cruzo o piso em direção à estante. Passo o dedo pelas lombadas de uma fileira de fantasias infanto-juvenis: nem um grão de poeira.

É... Minha mãe continua fazendo faxina.

Uma vez por semana.

Duas quando a saudade aperta.

Era assim antes de eu me mudar.

Deixo a biblioteca particular de Eloá e caminho até a penteadeira. Minha irmã me encara do porta-retratos, a clássica foto de estúdio que as garotas tiram antes de completar quinze anos. "Não sou mais criança, ok?", diz de cara fechada, em preto e branco.

A festa de debutante foi um sucesso. Época de vacas gordas, alugamos um salão chique em Santo Amaro. "Só faltaram cinco convidados, e dois estão doentes", minha mãe se gabava, orgulhosa do buffet e da decoração, sem desconfiar de que a adesão maciça tenha tido mais a ver com o fato de o Caio Castro ter sido contratado para a valsa do que com as cortinas de seda e o filé mignon ao molho madeira.

Sim, era um pouco estranho para o Gael de dez anos ver a irmã toda emperiquitada num vestido rosa e com um penteado rococó das madames da corte francesa. Mas uma coisa ele não tinha como negar: Eloá estava feliz, a ponto de sorrir 99% do tempo e chorar de emoção quando seus colegas começaram a prestar os depoimentos.

Quando penso nessa felicidade, sinto meu coração murchar.

Uma piada de mau gosto...

Uma ironia...

Afinal, três meses depois, minha irmã estava morta.

A tragédia acabou com cada um de nós de uma forma diferente. Eu virei um zumbi: não falava, não comia, não tomava banho; a cabeça afundada no travesseiro dezesseis horas por dia na esperança de que os sonhos me fizessem esquecer, nem que por algumas horas, aquelas cenas horríveis.

Tudo o que eu queria era que minha mãe viesse conversar comigo.

E esperei.

Dias...

Semanas...

Meses...

E, quando ela finalmente colocou a mão em meu ombro e disse: "Hora de seguir em frente, filho", eu soube...

A gente nunca ia conversar sobre o que aconteceu.

Ninguém nasce fissurado em fantasmas e casas mal-assombradas. Nem mesmo eu. Foi com a morte de Eloá que essa nóia começou. Então no quinto ano, desisti do Minecraft e do futsal para mergulhar no universo do ocultismo, da demonologia e dos fenômenos sobrenaturais.

Eu não tinha muitos amigos.

Oito anos depois, quando Sabrina sugeriu que a gente gravasse na casa dos Gonçalves, pesquisei acerca do caso e descobri que Marcos, Damares e Jéssica tinham sido assassinados no mesmo dia em que Eloá morrera: 15 de setembro de 2012.

Sou investigador paranormal, não um tonto supersticioso. Coincidências existem, e o fato de seu sobrinho pentelho acertar em que mão está a bolinha cinco vezes seguidas não significa que é uma boa ideia levá-lo para apostar no jogo do bicho.

Acontece que não é só a data que bate.

Engolindo em seco, enfio a mão no bolso e pego o colar que encontrei no quarto de Jéssica. Em seguida, comparo com o da minha irmã, sobre a penteadeira.

A mesma pedra lilás.

A mesma alça de cipó.

Os mesmos símbolos de uma língua estranha – que não consigo encontrar no Google – entalhados no suporte de madeira.

Sou trazido de volta ao planeta Terra pelo toque do meu celular. Nem preciso espiar a tela para saber que é Sabrina. A essa hora, ela já deve ter conseguido descolar as câmeras.

Recuso a chamada e mando uma mensagem dizendo que não demoro a chegar.

Com um suspiro, olho de relance para a foto de Eloá uma última vez antes de enfiar os colares no bolso e deixar o quarto.

— Conseguiu encontrar o diploma? — pergunta minha mãe quando entro na sala.

— Não. — Balanço a cabeça. — Vou ter que pedir pra imprimirem na escola de inglês.

— Que horas eles fecham?

— Hum... Acho que às sete.

— Posso dar carona, se quiser.

— Não precisa.

Ela se levanta do sofá e caminha até o porta-chaves. Eu, logo atrás. De forma inconsciente, meus olhos procuram a chave do porão, mas não a encontram.

Será que minha mãe a jogou fora?

Cruzamos o jardim em silêncio, embalados pelas buzinas dos carros engarrafados na avenida. Ela destranca o portão, e eu já estou com metade do corpo para fora quando sua voz atinge minhas costas:

— Sei que não tá indo pra escola de inglês, filho. — Seus lábios amassam uma linha estreita. — Aquela casa que apareceu nos *stories* de Sabrina... Posso te levar até lá.

Fazendo uma nota mental de "brigar com Sabrina" por não ter ocultado os *stories*, encaro minha mãe com severidade.

Não é surpresa para ninguém que ela desaprova o que faço no Assombrasil. Diz que tem a ver com o que aconteceu com a minha irmã.

"Já faz dez anos, filho. Tá na hora de deixar pra trás, esquecer."

— Não, mãe, obrigado.

Sentindo o peso de sua preocupação, seguro a respiração e me afasto pela calçada sem olhar para trás.

Só solto o ar ao virar a esquina.

Ela não tem o direito de me criticar. Não quando se nega a enxergar o que realmente aconteceu com Eloá.

Cerrando os dentes, enfio a mão no bolso para me certificar de que não esqueci os colares, a ponta das pedras fazendo cócegas no meu polegar. Deixo os cipós deslizarem por entre meus dedos e os espremo com força.

Cruzo a avenida em direção ao ponto de ônibus sem ligar para o sinal verde e as buzinas dos carros. Da Zona Sul ao Centro, sete quilômetros me separam da casa dos Gonçalves.

Mas minha mente já está lá.

Sem sinais de arrombamento, digitais ou amostras de DNA. Não é à toa que a chacina deixou a polícia mais perdida do que barata tonta e regou a imaginação das pessoas.

O que elas não sacaram é que falta uma peça nesse quebra-cabeça: o assassino de Marcos, Jéssica e Damares é o mesmo da minha irmã.

Asmodeus.

E ele não é humano.

Passado

47 dias antes da morte de Eloá

Depois de muito vai-ou-não-vai, deixo o corredor em direção à sala. Mamãe está no sofá, uma bacia de pipoca no colo enquanto assiste ao Domingão do Faustão. A videocassetada da vez mostra um cachorro serelepe que pula em sua dona e derruba a coitada na piscina.

— Oloco, bicho! — berra o apresentador.

Faço minha melhor cara de bezerro desmamado e cutuco o braço da mamãe.

— Diga, querido — responde ela, sem desgrudar os olhos da tv.

Eu abro a boca, mas volto a fechá-la. As palavras estão entaladas na minha garganta, como quando a gente come pão seco e não bebe água por cima.

— Por que a mana pode ir ao acampamento e eu não? — arrisco, por fim.

Uma pausa eletrizante antes que mamãe vire o rosto na minha direção.

— Como o próprio nome diz, o acampamento é pra jovens. — Ela estica um sorriso triste. — Quando você for um, vai poder ir.

— Mas papai é dono da igreja.

— O dono da igreja é Deus, filho.

— Tá, mas ele é o pastor.

O Acampamento para Jovens é o evento mais aguardado do ano para os garotos e garotas da Igreja do Paraíso Eterno. São três horas dentro de um ônibus cantando "se o espírito de Deus se move em mim, eu danço como o Rei Davi" e "Harry Potter não me confundiu, na bruxaria que ele mesmo caiu", até a fazenda Recanto Feliz, do tio Valdomiro.

Papai diz que o tio Valdomiro é um homem sábio e de muita fé, mas eu desconfio de que essa admiração tenha mais a ver com ele ser rico e caprichar nas doações.

— Sim, você é filho do pastor — retruca mamãe, calma como uma monja. — E por isso tem que dar o exemplo e seguir as regras.

"Regras", a segunda pior invenção da humanidade depois do motorzinho do dentista.

— Se o problema é ficar sozinho, eu tecnicamente não vou — argumento, orgulhoso por usar "tecnicamente", uma palavra difícil. — Eloá também vai estar lá.

— Mas ela não consegue ficar de olho em você o tempo todo.

Sinto que só preciso insistir mais um pouco para dobrar mamãe. Insistência, esse é o segredo para descolar uma fatia extra de bolo depois do jantar, ficar jogando videogame até tarde e assistir a filmes de "jovens" no cinema.

— Prometo ficar perto da mana o tempo todo e não sair nunca, nunquinha.

— Luigi e Enzo não vão estar lá — replica ela, lambendo os lábios para tirar o excesso de sal da pipoca. — Com quem você vai brincar?

— Posso fazer novos amigos.

A porta da frente se abre num "vraaam" emperrado e quase dou um pulo quando um homem de terno preto atravessa a sala e para na nossa frente.

O ar esfria.

Papai...

— O que tá acontecendo? — pergunta ele, usando seu faro certeiro para brigas.

Cruzo os dedos e juro que, se mamãe soltar um "nada, não" ou "ah, coisa de criança", eu nunca mais tento manipulá-la emocionalmente para conseguir o que quero.

— Seu filho tá fazendo birra porque não pode ir ao acampamento.

Aff.

Papai não fala nada. Não precisa. Seu olhar gelado feito freezer de picolé fala por si só. Ele agacha até ficar na minha altura, nossos narizes quase se tocando. Então pousa a mão em meu ombro e costura um sorriso.

— Filho, que bom que tá animado, mas só são permitidos maiores de doze anos no acampamento — diz ele, apertando meu ombro um pouco mais forte do que o necessário. — Estamos entendidos?

Encolho o tronco e faço que sim com a cabeça.

Assunto encerrado.

Durante o jantar, tenho que me esforçar para engolir a frustração junto com a salada de brócolis que mamãe preparou para o jantar. Papai reclama do atraso na reforma do salão de eventos da igreja e, quando pergunta sobre a escola, abro alas para Eloá tagarelar sobre seu projeto para a feira de ciências:

— A Fran e a Lau querem fazer um esmalte que muda de cor com a luz, mas eu fiquei tipo... — Revira os olhos de maneira exagerada, como uma personagem de anime. — O tema da feira é "Formas de melhorar o mundo", e não é como se pintar a unha de branco fosse trazer a paz mundial ou algo do gênero.

O tipo de história que me faria rir de boca cheia e cuspir grãos de arroz semimastigados, mas não hoje. A tristeza me obriga a comer quieto e deixar a mesa antes de todo mundo. Engolindo o choro, mergulho no corredor em direção ao meu quarto e desabo na cama como um prédio atingido por um míssil.

Me lembro de sexta-feira, eu e meus amigos formando rodinha no pátio da igreja, depois do culto. Os garotos mais velhos faziam propaganda do acampamento.

Os churrascos...

As tardes preguiçosas tocando violão...

Os campeonatos de queimada e pique-bandeira...

— Se tiver sorte, dá até pra beijar garotas — disse Emerson, dando um peteleco na aba do boné.

Eu e os garotos mais novos nos entreolhamos. A curiosidade roía nossos corações como ratos famintos, mas a vergonha era maior.

— Como é beijar uma garota? — arrisquei, por fim.

Emerson deu um passo para trás, como se não esperasse uma pergunta tão direta, mas logo recuperou a pose.

— É como andar de montanha-russa.

Já andei na montanha-russa do Hopi Hari duas vezes. Dá medo no começo, e você pode acabar botando o milkshake que bebeu para fora. Mas não tem nada melhor do que alcançar o topo do mundo e descer com tudo. Sentir como se estivesse voando, tipo o Homem de Ferro.

O Emerson sabe mesmo das coisas!

Mas, para mim, nada de beijar garotas. Eu ficaria mofando em casa no fim de semana do acampamento. No máximo iria ao apartamento de Luigi para jogar videogame.

"Estamos entendidos?"

Meus olhos viram torneirinhas de lágrimas, que escorrem pelo rosto e deixam um gosto salgado na boca. Cubro a cabeça e abafo o choro no travesseiro.

A vontade é bater a porta com força, igual aos casais que brigam nas novelas, mas uma das regras de ouro da família Teixeira é "nada de portas fechadas".

Claro, "nada de portas fechadas", a não ser que seja a dos meus pais.

— Ah, maninho, fica assim não.

A voz de Eloá quase me faz ter um treco. Estava tão concentrado em chorar as pitangas que nem percebi minha irmã se enfiando dentro do quarto.

Descubro a cabeça e a engulo com meus olhos aguados.

— Como assim "fica assim não"? Só tá dizendo isso porque pode ir ao acampamento.

— Não é tão legal quanto parece. — Ela enxuga minhas lágrimas com as costas das mãos.

— Você não me engana — retruco, me lembrando dos sorrisos açucarados nas fotos do acampamento do ano passado, que ela postou no Facebook.

— Hum... Que bico é esse?

Chacoalho a cabeça.

— Não tô fazendo bico.

— Tá sim.

Ela me prende com as mãos e se lança num ataque de cócegas. Meus pulmões se cansam de tanto rir enquanto tento me libertar. Quase faço xixi na cama.

— Prometo trazer uma pinha bem grandona pra você — diz ela ao me soltar.

Arqueio as sobrancelhas.

— Tem araucárias no acampamento?

— Eu dou um jeito de achar alguma.

É uma brincadeira nossa de quando passávamos as férias no Paraná, no sítio da vovó Elma – que Deus a tenha. A casa dela fica perto de um bosque de araucárias que é perfeito para pega-pega e esconde-esconde. Mas o que realmente nos fazia perder o sono era a competição-secreta-dos-Irmãos-Teixeira para ver quem achava a maior pinha.

— Maior do que a que você encontrou ano retrasado, perto do rio? — questiono, com cara de não-vou-cair-nesse-blefe.

Eloá estreita as pálpebras como quem não gosta de ser desafiada.

— Pode apostar que sim.

Ela acerta um beijo babado na minha testa antes que eu consiga desviar, então se levanta e caminha em direção à porta.

Quando dou por mim, estou sorrindo, as lágrimas secando nas bochechas grudentas. Eloá foi para o seu quarto, mas deixou o cheiro do hidratante que passa depois do banho. Ele me dá náuseas, mas gosto mesmo assim.

Encaixo a cabeça no travesseiro e fecho os olhos.

É bom você cumprir sua promessa, penso com meus botões, antes de apagar.

Capítulo 16

Segundo a Wikipédia, o demônio que possuiu e matou minha irmã é um anjo caído nada tranquilo, que ocupa o cargo de príncipe do inferno. No total são sete príncipes, um para cada pecado capital.

Lúcifer representa o orgulho.
Belzebu, a gula.
Mamom, a avareza.
Belphegor, a preguiça.
Azazel, a ira.
Leviatã, a inveja.
E Asmodeus? Ele simboliza a luxúria...
É nesse embuste que estou pensando enquanto volto de busão, espremido entre o braço troncudo de um maromba e as compras de uma sacoleira da 25 de Março.
Pela trigésima vez desde que deixei a casa de mamãe, apalpo os colares por fora do bolso.

"Tem algo dentro de mim, Ga. Algo ruim."

Estou cinco quadras à frente da Avenida Angélica quando percebo que perdi o ponto. Aperto o botão de parada para avisar o motorista e desço xingando o vazio. Em seguida, pego o celular e uso o GPS para me guiar até a casa dos Gonçalves.
Os últimos raios de sol despontam no horizonte como os cabelos do Cebolinha. Cafeterias e padarias de decoração requintada fecham as portas, e portões de garagem engolem carros de trabalhadores cansados. Aos poucos, a vizinhança sai do modo bairro-de-velho-rico para entrar no

modo metrópole-gótica. Ao passar em frente às casas de Gustavo e Filó, meus ossos tremem, e não consigo me livrar da sensação de que estou sendo observado.

Que brisa...

Sabrina me espera na calçada com seu sorriso zombeteiro de canto de boca.

— E aí, garoto problemático — dispara ela —, resolveu seu lance urgente?

— Resolvi — minto, sem querer entrar em detalhes.

— Só não me diga que voltou com a Tábata.

— HA-HA-HA, muito engraçado — retruco, mas agradeço internamente por Sabrina não me metralhar com perguntas. — E quanto às câmeras?

Com um gesto de mãos, ela indica as duas malas de rodinha ao seu lado.

— Adivinha quantas consegui?

— Pra não reclamar do meu atraso, o suficiente.

Ela revira os olhos.

— Tive que levar três pra assistência técnica pra substituir peças defeituosas, mas já estão funcionando.

— Com que dinheiro? — questiono, sabendo que raspamos a caixinha do Assombrasil até o talo para pagar o Irmão Gastadeiro.

— Então, essa é a parte complicada... — explica ela, suspirando com sofrência. — Eu roubei do meu pai.

— Você o quê?!

— Deixei um bilhetinho na carteira dele dizendo: "Desculpa, é por uma causa maior". — Ela saca o celular e exibe no histórico de chamadas as 23 ligações não atendidas do pai. — Mas parece que ele não botou muita fé.

Balanço a cabeça em negação, mas não consigo conter o riso. A quem estou querendo enganar? Eu faria igual - ou pior - se estivesse no lugar de Sabrina.

É como diz o ditado: "Um por todos, e todos pelo Assombrasil".

Ainda estou imaginando a cara de wtf? do pai dela ao descobrir o bilhetinho quando, num gesto automático, olho de relance a rua vazia.

— Onde tá o carro? — questiono.

— Sumir com o dinheiro, tudo bem. Mas sumir com o dinheiro e não devolver o Uninho Mille seria demais pro velho. Ele mandaria o bope atrás de mim.

Com uma piscadela, Sabrina tira a chave do bolso e destranca o portão. Só então percebo que ficou me esperando do lado de fora, passando frio e abusando da sorte nas ruas perigosas de São Paulo.

Afinal, quem são os trombadinhas paulistanos na fila do pão se comparados ao ursinho flamejante?

Eu tiro sarro, mas me arrependo de não ter deixado as luzes da casa acesas. A sala de jantar nos recebe com os mesmos colchões amarrotados e as mesmas embalagens engorduradas de hambúrguer sobre a mesa de mogno.

Parece que nenhum outro objeto foi queimado.

Ainda.

— Por onde começamos? — pergunta Sabrina, acomodando as malas ao lado do sofá.

Seria mais rápido se nos separássemos, mas o cagaço nos obriga a firmar um pacto não enunciado de proteção mútua. Afinal, basta assistir a qualquer filme *trash* de terror para saber que a merda acontece assim que os personagens se separam.

Guia de Sobrevivência para
Exploradores de Casas Mal-Assombradas

Regra número um: sempre ir de um cômodo para o outro acompanhado, de preferência de mãos dadas. Portas podem se fechar sem mais nem menos.

Regra número dois: se ouvir um sussurro, chamado ou barulho bizarro, corra na direção oposta.

Regra número três: tá bom que assustar o amiguinho e postar nos *stories* é uma tradição do Assombrasil, mas não dessa vez.

Instalamos câmeras na cozinha, no quarto de hóspedes, no corredor e na lavanderia. Chegando à área externa, optamos por colocar duas, uma de cada lado da piscina, de modo a pegar a varanda gourmet, a boca do corredor lateral e toda a extensão de muros.

Ao contrário das câmeras do canal, que cobriam a sala de jantar, a sala de estar, os quartos de Marcos e Jéssica, a biblioteca e o banheiro comum, as do pai de Sabrina não seriam transmitidas em live.

Mas, pelo menos, nos ajudariam a flagrar novas MSS.

— Já conferiu a página do canal? — pergunta minha sócia, do topo da escada.

Dou de ombros.

— Não. Por quê?

— Melhor ver com seus próprios olhos.

Curioso, saco o celular e clico no ícone do YouTube. Quase mordo a língua ao abrir a última notificação:

"Você tem 2.732 novos inscritos."

— Pai amado! — berro, sem acreditar.

Nossa live mais badalada até o momento, numa estação de trem abandonada na Água Branca, rendeu cerca de 1.200 inscritos. Isso somando as quatro noites que passamos em vagões fedendo a ferrugem, na companhia de uma família de ratos e borrachudos que mais pareciam filhotes de pássaros.

2.732 é simplesmente... surreal!

— Eu não mentiria pro meu pai — diz Sabrina, enquanto desce os degraus, o piercing no nariz refletindo a luz da lua. — Realmente é por uma causa maior.

Embalados pelo entusiasmo, damos um gás e transformamos a casa no *reality show* mais assombrado do Brasil antes das dez. Ao conferir as câmeras no notebook, descobrimos que a resolução não é das piores, e que as sujeirinhas nas lentes dão um ar de anos 80 às filmagens, estilo *It: A Coisa* e *Stranger Things*.

Estou prestes a abrir um pacote de salgadinho para matar minha larica quando Sabrina ergue a mão num gesto imperioso, anunciando que pedirá pizza com borda de chocolate para comemorar.

Se me sinto culpado por pedir comida com o dinheiro que ela roubou do pai?

Sim, mas meu estômago, não.

Às 23h55, minha amiga apoia o notebook sobre a embalagem de pizza e loga na Twitch. Aninhando o boneco de Madame Hulu em seu ombro como os gigantes fazem com os personagens dos livros de fantasia, ela espera a confirmação de que estou pronto e clica em "iniciar transmissão".

3...
2...
1...

— Boa noite, assombrados! — diz, energizando a voz. — Sei que muitos de vocês ficaram de queixo caído com as cenas dos últimos capítulos. E, se isso serve de consolo, nós também ficamos!

Uma enxurrada de emojis trevosos de morcegos e caveiras inunda o chat. O "plim" da caixinha de doações jorra pela saída de áudio.

— Queremos agradecer a todos que nos ajudaram a detectar a MS de ontem. — Sabrina faz pose e manda um beijo para a webcam. Instantaneamente, CurupiraDasTrevas04 impulsiona seu comentário para o topo: "Conte sempre com a gente!". — Então peço que continuem sendo nossos anjos da guarda e fiquem de olhos abertos e ouvidos atentos enquanto nós dormimos.

Passamos mais dez ou vinte minutos interagindo com nossos seguimores. Em seguida, nos despedimos e sintonizamos as câmeras da casa.

— Devíamos ter pedido o resto das chaves pro Irmão Gastadeiro — lamenta Sabrina, fechando a porta do corredor e arrastando uma cômoda para obstruir a passagem.

Penso em dar aquela zoada básica, mas percebo que as pernas dela estão tremendo. Me lembrando do aparador em frente ao porão da casa da minha mãe, faço o mesmo com a porta que dá para a sala de estar.

Capítulo 17

— Acorda — chama a voz preocupada de Sabrina, me arrancando de um pesadelo.
— O que foi? — pergunto, espiando no celular que ainda faltam cinco horas para o sol raiar. — Outra MS?
— Escutei um som.
— Tem certeza de que não tava sonhando?
Ela revira os olhos.
— Presta atenção.
Aguço os ouvidos e esvazio a mente por um instante.
Ao longe, para além do murmúrio da noite e da respiração entrecortada de Sabrina:

Xick, xick
Xick, xick
Xick, xick

— Tá dentro da casa — digo, me colocando de pé e caminhando até o notebook para checar as filmagens.
Maximizando as janelas, confiro o corredor, a biblioteca, o banheiro, o quarto de hóspedes, a suíte principal e o quarto de Jéssica.
Nada...
— Será que tá vindo dos banheiros dos quartos? — sugiro, pois são os únicos cômodos sem câmeras.
— Não dá pra saber daqui. — Sabrina enruga os lábios e indica o corredor com um gesto de cabeça. — Dessa vez, as damas *não* vão na frente.

Contrariando a regra número dois do "Guia de Sobrevivência para Exploradores de Casas Mal-Assombradas", deslizo até a porta do corredor, arrasto a cômoda da frente e rezo para as dobradiças não rangerem quando giro a maçaneta.

O interior da casa é escuro como insulfilm de viatura policial, mas o que falta de luz sobra em som, que agora está mais alto:

Xick, xick
Xick, xick
Xick, xick

Eu avanço na ponta dos pés, confiando nos milhares de olhos que zelam por nós, prontos para discar 190 ao menor sinal de perigo.

Como se fantasmas tivessem medo de pessoas armadas com distintivos.

Sabrina cutuca minhas costas e aponta para a última porta do corredor, que dá para a suíte de Marcos e Damares. Mesmo que não tenha aparecido nada de suspeito nas filmagens, não restam dúvidas: é de lá que vem o som.

Tremendo na base, enfio o pescoço pela porta entreaberta e escaneio o interior do quarto, tão vazio e escuro quanto o resto da casa. Em seguida, contraio o abdômen e entro, Sabrina logo atrás.

Paramos em frente ao closet fechado.

Xick, xick
Xick, xick
Xick, xick

Me equilibrando entre a curiosidade e a vontade de sair correndo, troco olhares com a minha amiga.

Mas é tarde demais para recuarmos.

Sabemos disso.

Com a adrenalina a mil, ergo os dedos e começo a contagem regressiva:

3...
2...
1...

Em sincronia, empurramos a porta, sentindo a madeira se chocar contra uma superfície dura. Seja lá quem – ou o quê – for, não tem mais onde se esconder.

Caído no chão, espremendo o rosto de dor enquanto massageia a nuca, nem um fantasma, nem um ladrão, mas...

Gustavo.

— O que tá fazendo? — disparo, sem dó.

O vizinho esquisito nos recebe com uma expressão indignada, quase ofendida.

— Eu que pergunto: o que *vocês* tão fazendo aqui? — Ele se ergue com dificuldade. — Não sabia que eram os donos da casa.

— Não somos — intervém Sabrina —, mas, como eu disse, a gente negociou com o dono, e ele nos deixou ficar.

— Vocês falaram que ele deixou dar uma olhadinha.

Ela bufa com desdém.

— E não é o que estamos fazendo?

Gustavo sacode a cabeça.

— Vocês... não sabem nada sobre Marcos e Damares. Não sabem nada sobre Jéssica! — ataca ele, erguendo a voz. — Além do mais, não são estudantes universitários coisa nenhuma. Pesquisei sobre vocês na internet. São... aproveitadores.

O tipo de comentário que faria meu sangue ferver, mas a preocupação de Gustavo com os Gonçalves – ou, pelo menos, com Jéssica – amolece minha carapaça.

Perco a vontade de retrucar, mas Sabrina, não.

— Ora, ora, parece que temos um xeroque rolmes entre nós — alfineta ela. — Podemos não ter sido cem por cento sinceros em nosso primeiro encontro, mas você nos *stalkeou* e descobriu o que queremos com a casa. Tá em vantagem. — Sabrina sustenta o olhar de Gustavo, criando uma pausa dramática antes de passar a bola: — Mas e quanto a você? O que tá fazendo aqui?

Ele dá um passo para trás, chocando-se contra o fundo do armário. Agora que minhas pupilas se afeiçoaram à escuridão, percebo a folha de papel preta em sua mão esquerda.

— É só que... — Desvia o olhar. — Nossa conversa me fez lembrar da Jéssica. Tenho tantas lembranças nessa casa. Queria me sentir mais... próximo.

E cheirar as roupas dos pais dela é uma ótima forma de matar as saudades, penso, mas a réplica sai editada:

— Se sente falta da Jéssica, por que tá trancado no closet de Marcos e Damares?

Os músculos de Gustavo se tensionam tanto que fazem seu corpo encolher.

— Vocês não entenderiam.

Com o canto do olho, observo o invasor de casas alheias enfiar malandramente a folha preta no meio de uma pilha de camisolas.

— O que você tá tentando esconder aí?

Ele até tenta dar uma de perdido, mas não cola:

— Nada...

Torcendo para que Gustavo não faça besteira, me obrigando a usar os conhecimentos de artes marciais que adquiri maratonando *Cobra Kai*, avanço até o fundo do armário e começo a fuçar nas camisolas de Damares, dobradas em quadrados de seda perfeitos.

Estou prestes a botar as mãos no segredinho de Gustavo quando acontece...

Como um elefante desembestado, ele dispara em direção à entrada do closet. Sabrina tenta segurá-lo pelo braço, mas ele se desvencilha com um puxão e vaza pelo corredor.

— Tá machucada? — pergunto, indo ao socorro da minha amiga.

Ela faz uma careta e chacoalha a mão.

— Relaxa, tô bem.

Não convencido, faço uma nota mental para perguntar novamente depois.

— Será que vou atrás dele? — questiono.

— Ele já deve estar longe — responde Sabrina. — Além do mais, do que adiantaria? Não é como se pudéssemos fazer o coitado de prisioneiro.

Com um suspiro frustrado, volto ao fundo do armário e ergo uma camisola verde reluzente que deve ter custado mais do que o meu notebook. Sob seu tecido macio, a folha preta.

No momento em que meus dedos roçam a superfície áspera, porém, percebo que não é uma folha.

É uma lixa.

Capítulo 18

Com a lixa de Gustavo na mão e um ponto de interrogação na cabeça, retornamos à sala de jantar para conferir as câmeras.

Meus dedos tremem quando desbloqueio o notebook e me deparo com o chat da live em polvorosa: mensagens em caixa-alta, turbinadas com pontos de exclamação, sobem mais rápido do que meus olhos conseguem ler. Sabendo que, se uma imagem vale mais do que mil palavras, então uma filmagem deve valer pelo menos um milhão delas, minimizo a página da Twitch e clico no ícone do software de vigilância.

Um a um, retângulos esverdeados mostrando os cômodos da casa pipocam na tela. Examino-os rapidamente para me certificar de que Gustavo não está mais entre nós e maximizo o retângulo do quarto de Marcos e Damares.

Sem saber quando e por onde ele entrou, começo a voltar o vídeo.

Assistimos a Gustavo (des)correr para dentro do closet, onde tretava com a gente. Acelero a filmagem até eu e Sabrina (des)caminharmos até a sala, para o quentinho de nossos colchões de ar. Retrocedo mais, esperando Gustavo (des)entrar no closet.

Nada...

Aumento a velocidade para x10.

Nada...

Quanto tempo o desgraçado passou lá dentro?

O relógio marca 00:48 quando ele se (des)esgueira pelo corredor, (des)passa pela cozinha e (des)atravessa a área externa. Crente de que aquela (des)visitinha *creepy* tinha chegado ao fim, arrasto o cursor para pausar o vídeo, mas, antes que clique no botão direito do mouse, Gustavo nos surpreende de novo e...

(Des)entra no forno da varanda gourmet.

— Que porra ele tá fazendo? — questiona Sabrina.

Os segundos se transformam em minutos e nossa agonia cresce. Aumento novamente a velocidade para x10, mas Gustavo continua lá.

x20...

x30...

— Eu não ficaria impressionado se ele estivesse dormindo — brinco, mas não soa engraçado.

São 00h25 quando ele (des)sai do forno e (des)escala o muro, perna esquerda no hidrômetro e braço direito na luminária, como um ninja.

— A escada... — sussurra Sabrina.

Arqueio as sobrancelhas.

— Quando fomos à sacada do quarto de Gustavo, tinha uma escada apoiada no muro — ela explica. — Pensei que fosse pra podar os pés de manga, mas...

— Você tá sugerindo que... — murmuro, sacando aonde minha sócia quer chegar.

— Não é a primeira vez que Gustavo resolve dar uma passadinha na casa dos Gonçalves sem ser convidado.

Me lembro do olhar cinzento dele ao falar de Jéssica, do abandono tristonho de sua casa.

Talvez Gustavo nunca tenha superado a morte da amiga.

Um tanto atordoados, mas decididos a solucionar o mistério, pegamos nossas lanternas de cabeça - item mais do que essencial para um explorador de casas mal-assombradas - e nos deslocamos para a área externa. Sabrina com a câmera na mão, pronta para registrar nossa reação ao que quer que Gustavo tivesse aprontado dentro do forno.

A estrutura de tijolos lembra uma abóbora de Halloween cortada ao meio, grande o suficiente para assar umas cinco pizzas. É como os fornos do Quintal do Bráz, da Viridiana e da 1900, paraísos gastronômicos que eu costumava frequentar na era de ouro da igreja. Papai é pizzólatra assumido, e todo mês nos levava para conhecer uma pizzaria diferente.

Isso antes de...

— Planeta Terra chamando. — Sabrina estala os dedos a dois centímetros do meu nariz. — Não vamos entrar?

— Dessa vez, as damas vão na frente — respondo, numa referência à frase que a própria Sabrina disse quando acordamos com o barulho de Gustavo. — Eu fico aqui fora vigiando a entrada.

Ela revira os olhos, mas aceita a "gentileza". Entrega a câmera para mim, abre a portinhola e enfia a cabeça na boca do forno, iluminando o interior com a lanterna.

— Se você me fechar aqui dentro, pode dizer adeus aos seus dentes — alerta, ameaçadora.

Abro a boca num gesto teatral de "estou morrendo de medo" e empurro as pernas da valentona para ajudá-la a entrar. Seus pés desaparecem pela portinhola.

E, então, silêncio.

Silêncio pontuado por gritinhos de sabiás-laranjeira, o único pássaro de São Paulo que passa a madrugada cantando em vez de dormindo.

— Tá viva? — pergunto, por fim.

— Essa droga tá che...

Mas a frase é interrompida por um espirro escandaloso, que abala as estruturas da casa. E mais outro, e outro.

— Vem cá — chama Sabrina, assim que recupera a capacidade de falar.

Eu passo a câmera para minha sócia catarrenta e encolho os ombros para me juntar a ela. Desajeitado como sou, quase desloco o quadril ao passar as pernas para dentro.

Sabrina está de cócoras na borda do forno, suja de pó da cabeça aos pés como um filé de frango empanado. Relanceio a manga da minha camiseta e percebo que o mesmo aconteceu comigo.

Ela se desmancha em mais um espirro.

— Que porra é essa? — indago, passando o indicador pela grossa camada de pó que recobre o piso.

— A lixa. — Sabrina aponta para a parede de tijolos do forno.

Faço careta.

— Tá dizendo que Gustavo passou meia hora lixando um forno de pizza?

— É o que parece.

Erguendo a gola para proteger o nariz, examinamos cada centímetro daquele casco de tartaruga em busca de pistas. Não bastasse as paredes, Gustavo também lixou a face interna da portinhola. Ainda dá para ver a cor original, um cinza escuro e fosco que deu lugar a um mais claro, reluzente.

Controlando a claustrofobia da qual eu nem sabia que sofria, espero Sabrina gravar alguns *takes* e me arrasto para fora. Ao sair, bato em minhas roupas para tirar a sujeira, mas os grãos de poeira parecem ter se fundindo às estruturas moleculares do tecido.

Entramos na casa com mais perguntas do que quando saímos e seguimos até a suíte principal. Uma espiada rápida e percebemos o que passou batido durante o interrogatório de Gustavo: a face interna da porta do closet também foi lixada.

Por dentro, para fazer menos barulho.

— O cara é doido, só pode — digo, balançando a cabeça.

— Talvez ele quisesse apagar algo — sugere Sabrina.

— Tipo o quê?

— Sei lá... Um desenho, um sinal, uma mensagem.

— Dentro de um forno de pizza?

Ela dá de ombros.

— Tô só pensando alto.

Saturados daquele absurdo, refazemos nossos passos até a sala. Escuto a voz de Sabrina novamente às minhas costas e giro o pescoço, mas a bonita não está falando comigo.

— Só passando rapidinho pra dizer que estamos bem — anuncia, com um suspiro preocupado, para o celular. — Se quiserem descobrir quem é o homem misterioso que invadiu a casa e o que ele aprontou, não deixem de conferir o vídeo oficial no canal, semana que vem.

Ela aponta a câmera para mim e dou um tchauzinho. Por reflexo, relanceio o canto superior da tela, que mostra o número de pessoas assistindo.

2.492...

— Melhor trancarmos a porta que dá pra área externa — sugiro, assim que Sabrina fica off-line.

Ela arqueia as sobrancelhas.

— Com que chave, gênio?

O calor do momento me fez esquecer que o Irmão Gastadeiro nos deixou apenas com as chaves do portão e da porta da frente.

— Que tal a gente ligar pra ele?

— Às duas da manhã? — retruca minha amiga. — Além do mais, o que a gente ia dizer? Que precisamos das chaves porque um cara estranho invadiu a casa pra lixar os móveis?

Espremo a mão contra a testa, impaciente.

— O que você propõe, então?

— Que a gente só entre em contato com o Irmão Gastadeiro em caso de vida ou morte. Claro que nossa segurança vem em primeiro lugar, mas, se André aparece e descobre que enchemos a casa de câmeras, ele vai nos botar pra correr sem nem pensar duas vezes.

Engulo em seco, sem querer admitir que Sabrina está certa. Pela milionésima vez.

— Só espero que aquele esquisitão não volte pra nos matar a machadadas — brinco.

— Vira essa boca pra lá!

Sem as chaves, fazemos uma gambiarra: usamos o rolo de barbante que Sabrina encontrou na cozinha para amarrar os puxadores da porta da área externa. Depois voltamos ao nosso QG e arrastamos as cômodas para bloquear a passagem para a sala de estar e para o corredor.

Meio médio, meio merda.

Antes de apagar as luzes, espio as câmeras uma última vez para me certificar de que estamos sozinhos e deixo o resto nas mãos de Deus - também conhecido como CurupiraDasTrevas04. Em seguida, pego uma cartela de analgésicos no bolso da minha mala e a deixo ao lado do colchão de Sabrina, junto com um Toddynho.

— O que é isso? — ela questiona, franzindo a testa.

— Percebi que você ficou evitando apoiar o peso na sua mão esquerda enquanto tava dentro do forno. Imagino que tenha se machucado quando tentou segurar Gustavo.

— Hum... — ela murmura, parecendo surpresa. — Muito reparador, você.

Sabrina abre a cartela e joga um comprimido para dentro da boca, então arranca o canudinho do Toddynho e o enfia no furo da embalagem.

— Obrigada — diz, após acabar com o achocolatado num só gole.

Há uma pausa tensa em que não encontro as palavras.

— E só que, bem... — digo, coçando a cabeça. — Como você vai operar a câmera com a mão machucada?

Sabrina ri entredentes.

— Seu interesseiro!

Sorrio aliviado e dou de ombros.

— Coloca o despertador pras dez — Ela solta um bocejo de urso. — Se não, vamos virar zumbis.

Assentindo com a cabeça, cato meu smartphone e mudo o alarme das oito para as dez. "Você ainda tem 6 horas e 24 minutos de sono", anuncia a caixinha de más notícias na porção inferior da tela.

Penso melhor e programo para as onze.

Assim que o celular se apaga, me cubro até o pescoço para espantar o frio. Tento esvaziar a mente, mas as imagens do forno e do closet lixados ressurgem, insistentes como pernilongos zumbindo ao pé do ouvido.

— Que merda você tava fazendo, Gustavo? — me pergunto, antes de cair no sono.

Passado

36 dias antes da morte de Eloá

— Fiquem com Deus, irmãos — anuncia papai, do altar.

— Aleluia! — respondem em coro os fiéis.

Um montão de palmas depois, eles se erguem dos bancos e empurram uns aos outros em direção aos corredores laterais.

O culto tinha terminado.

Não sei dizer quantas vezes assisti àquela cena desde que meus pais começaram a me trazer para a igreja – aos zero anos e zero meses de idade –, mas foi o suficiente para eu perceber que...

Algo está diferente.

E não é um diferente "bom".

— Ei — a voz aguda de Luigi quase me faz dar um mortal para trás. — Que tal me ajudar a carregar a caminhonete com as doações? Foram mais de 40 quilos de comida hoje.

— Pode ir na frente — respondo, com um sorriso xoxo. — Já te alcanço.

Ele semicerra os olhos, desconfiado.

— Conheço essa história...

Dou um soquinho no ombro dele. Luigi ri entredentes e me faz jurar que não o deixarei na mão.

— Juro — digo, em alto e bom som.

— Pela sua mãe?

Bufo em protesto e faço uma careta de "isso é realmente necessário?", mas ele não se intimida.

— E então? — pressiona.

— Tá, tá, pela minha mãe — respondo, impaciente.

Parecendo satisfeito, Luigi dá uma piscadela e some na multidão.

Dois bancos à frente, as senhorinhas, que são sempre as primeiras a chegarem e as últimas a irem embora, soltam risadinhas de hiena.

Antes de o culto começar, elas cochichavam entre si, lançando olhares venenosos para o meu pai, que testava o microfone no púlpito. E não foram só elas. O resto das fiéis também.

Mais de uma vez, elas espiaram por sobre o ombro, para o canto do último banco à esquerda, bem onde Eloá e eu costumamos ficar.

Mas hoje estou sozinho.

Ela não veio.

Espero a igreja esvaziar e me dirijo ao pátio externo, onde faz um frio de congelar os ossos. Do outro lado do terreno, sacos de cimento e madeira cercam o esqueleto metálico de um quase-galpão. Papai pegou dinheiro emprestado com o banco – essa parte só sei porque escutei mamãe falando com a tia Kátia no celular – para construir um "espaço de convivência", também conhecido como "o novo *point* das festinhas da igreja".

Contorno um monte de gente e avisto a rodinha dos garotos, perto do estacionamento.

— Como assim você não tem o vídeo? — escuto Emerson falando, ao me aproximar.

— Eu me esqueci de salvar quando mandaram — responde Christopher, com um dar de ombros. — De qualquer forma, já vi por mim mesmo, ao vivo e a cores.

— Mas é um mentir...

Christopher percebe minha presença e dá um pontapé em Emerson, que fecha a matraca.

— Fala, chefinho. Como vai?

Christopher é filho do tio Valdomiro e um babaca de carteirinha. Ele aplicou um cuecão lendário em Luigi no bazar do ano passado, condenando meu amigo a sofrer de hemorroidas por dois meses. Para falar a verdade, acredito que ele só me trata de igual para igual e me chama de "chefinho" porque sou filho do pastor.

— Bem — respondo, sem graça.

Então os dois engatam numa conversa sobre "a moto da hora que Waltinho ganhou de aniversário de dezoito anos", mas até eu que tenho dez percebo que só mudaram de assunto porque cheguei.

Quero perguntar sobre o vídeo, mas sei que retrucariam "que vídeo?", com a maior cara de pau.

Pelo canto do olho, avisto Luigi com Dona Lourdes na barraca de doações. Faço um ou dois comentários aleatórios sobre a moto de Waltinho e me despeço para socorrer meu amigo.

— Ainda precisa de ajuda? — pergunto, com cara de coitado.

— Já separei os seus — responde Luigi, seco. Em seguida aponta para a pirâmide torta de sacos de arroz e feijão.

Não reclamo. Cumprimento Dona Lourdes e começo a carregar a caminhonete que partirá para o Orfanato Dente de Leão amanhã de manhã.

Caçamba cheia, puxo Luigi de lado.

— O que foi? — indaga ele.

— Tá todo mundo falando sobre o vídeo, né?

Ele morde a bochecha. Hesita por um instante, então responde:

— Sim.

— Você assistiu?

Estou perguntando porque ele me prometeu que não ia assistir, da mesma forma que meu pai me fez prometer, ontem à noite.

Foi depois do jantar. Ele se sentou ao meu lado no sofá e disse que tinha um assunto muito importante para conversar comigo.

"Você já deve ter ouvido falar de um vídeo do acampamento pra jovens que anda circulando entre os fiéis. Não é coisa de Deus, filho. Tá cheio de mentiras, manipulação."

Em seguida, me lembrou de uma passagem da Bíblia em que uma mulher era apedrejada por descumprir uma promessa que fez a um líder religioso.

— Claro que eu não assisti — responde Luigi, se fazendo de ofendido. — Eu prometi, esqueceu?

Sorte de Luigi que estamos em 2012 e não apedrejam mais as pessoas, pois ele é um péssimo mentiroso. Suas pernas bambas e as pizzas debaixo dos braços gritam mais do que qualquer confissão.

— Acho que vou indo nessa, Ga — diz ele, sutil como uma batida de carro. — Meus pais tão esperando.

Finjo que acredito e me despeço com nosso toque especial: duas batidas e uma explosão:

Pfffssshhhhhhhhhhhh!!!

Observo meu amigo se afastar da barraca e correr em direção aos pais, entretidos demais conversando com os pais de Christopher para estarem "esperando pelo filho".

Ao perceber que Luigi também está me evitando, me sinto mais sozinho do que nunca. E não encontrar meus pais – por mais que eu salte de rosto em rosto na multidão. Uma, duas, zilhões de vezes – só faz aumentar essa sensação.

Ele é o pastor e ela é a esposa do pastor. Eles deveriam estar ali. Sempre estão.

Realmente, algo está diferente.

E não é um diferente "bom".

Nesses momentos, é Eloá quem costuma me abraçar e dizer que vai ficar tudo bem. Mas, ao contrário de Luigi e dos meus pais, ela tem uma boa desculpa para não estar comigo, hoje.

Afinal, parece que o tal vídeo proibido é sobre ela.

Capítulo 19

"Tem mais alguma coisa que queira me contar sobre a sua irmã?"

Acordo com um sobressalto, o pijama empapado de suor, como se tivesse acabado de sair da máquina de lavar.

Passado o susto, tombo as costas no colchão e espero o coração amansar. Não era a primeira vez que acontecia, nem seria a última.

Pedaços de pesadelo orbitam meu cérebro. Me esforço para agarrá-los, mas eles fogem, escapam por entre os dedos dos meus neurônios.

Deslizo a mão pelo chão para alcançar meu celular. Pressiono o botão *home* e relanceio a tela:

04:00

Eu e minha mania de acordar às quatro da manhã em ponto...

Ao meu lado, o tórax de Sabrina sobe e desce sob o edredom como as ondas de uma praia tranquila.

Sem saber por quê, o comentário que minha mãe fez sobre a minha amiga surge em minha mente:

"É incrível como tá cada vez mais bonita, né?"

Estou começando a achar que as mães têm sempre razão quando me dou conta do quão *creepy* é ficar observando uma garota dormindo e chacoalho a cabeça.

Com uma sede do cão, fico de pé e caminho até a mesa. Cato a garrafa de água e viro-a com tudo, deixando as gotas escorrerem pelo pescoço.

Da quina, as pedras dos colares me encaram como seus olhos lilases de alienígena.

Medo...

Ainda me lembro do dia em que minha irmã apareceu em casa com ele. Foi logo depois do acampamento. Eu estava na sala, fritando os miolos com a tarefa de gramática.

— Foi um presente — respondeu ela, quando apontei para seu pescoço.

— De quem?

— Segredo.

— Aaahhh, fala!

— A curiosidade matou o gato, maninho.

Eu devia ter insistido mais...

Sufocado pelas paredes brancas e mofadas do nosso hotel cinco estrelas, arrasto a cômoda que bloqueia a passagem para a sala de estar, cruzo seu piso gelado e destranco a porta da frente.

A brisa noturna me atinge como o sopro de um ventilador industrial. Desço o alpendre e sinto a textura macia do gramado sob meus pés: creck... creck... Se eu fumasse, seria o momento em que acenderia um cigarro para desestressar.

Pinço o ar e levo um cigarro imaginário aos lábios. Trago e solto fumaça.

Rio sozinho.

Perguntando-me se aquele jardim maltrapilho conheceu dias melhores, observo uma Damares imaginária aparar os arbustos ornamentais enquanto uma Jéssica imaginária brinca de pega-pega com uma versão adolescente - e graças a Deus imaginária - de Gustavo.

Até que, no dia 15 de setembro de 2012...

Os muros barram as luzes dos postes, mas a lua queijosa ajuda a tornar a noite menos noite. Pelo menos, o suficiente para que eu consiga distinguir o contorno das coisas.

Estaria Asmodeus disfarçado na escuridão, esperando para me matar de susto? Talvez eu devesse voltar para dentro e me esconder debaixo das cobertas, mas me sinto estranhamente atraído pelo mistério daqueles pés de manga.

O jardim é maior do que parece, com balanços pendurados nos galhos e uma clareira com bancos de alumínio. Só percebo que existia uma trilha quando meus pés inconscientemente seguem o trecho em que a grama era dois ou três dedos mais baixa.

Abraçando meu corpo para me proteger do frio, avisto um objeto marrom ao lado de um tronco. Me abaixo para pegá-lo.
Uma pinha.
É áspera, pontuda e com cheiro de terra molhada. Grande, também. Grande o suficiente para me libertar da promessa que fiz doze anos atrás, de presentear Eloá com uma pinha maior do que a que ela encontrou perto do rio.
Só então percebo o erro...
Pés de manga não dão pinhas.
Minha mente ainda está tentando consertar o *bug* quando capto um brilho com o canto dos olhos. A princípio, não ligo, penso ser os faróis dos carros refletidos na janela. Mas o brilho insiste, cada vez mais intenso
Giro o tronco.
Está vindo da sala de estar.
Com um mau pressentimento, deixo o matagal, me apresso até a varanda e aproximo o rosto do vidro.
Então eu vejo.
Brotando de dentro dos sofás, escurecendo o estofado...
Em pânico, corro para o interior da casa e não paro até alcançar Sabrina, que está em seu décimo sono.
— Acorda, Sa!
Nada...
Seguro minha amiga pelos ombros e a chacoalho sem dó, fazendo-a pular do colchão.
— O que foi? — pergunta ela, de olhos esbugalhados.
— Os sofás tão pegando fogo!

Capítulo 20

Acompanhado por uma Sabrina remelenta, cruzo a cozinha em direção à lavanderia. Encontramos dois baldes velhos dando sopa no tanque e os enchemos até a metade para não pesar demais.

O cheiro de fumaça me faz tossir.

Nesse meio-tempo entre acordar a bela adormecida e retornar à sala, o fogo cresceu, alastrando-se para os braços dos sofás como linguinhas demoníacas. Por sorte, não estão encostados em nenhum móvel de madeira e o piso de mármore funciona como isolante.

Pegando impulso, arremesso o primeiro jato de água.

— Porra, Ga! — protesta Sabrina, quando metade da água passa por cima do encosto.

São necessárias quatro viagens para controlar o incêndio. O calor é difícil de suportar. Parece que vai derreter minha pele, mas me forço a chegar suficientemente perto para compensar minha mira ruim.

Só paramos a encheção de baldes quando afogamos a última das labaredas.

De frente para os restos mortais do sofá maior, avaliamos o estrago, torcendo para que nenhum vizinho tenha chamado os bombeiros. Em seguida, eu me sento no chão para recuperar o fôlego, mas Sabrina dispara em direção ao notebook com a pressa dos atrasados do ENEM.

— Vamos, vamos! — ela xinga o software de vigilância, que dá aquela travada básica antes de abrir.

Quando as imagens da sala de estar brotam na tela, Sabrina retrocede a filmagem. Confesso que parte de mim esperava que Gustavo surgisse com um galão de gasolina e uma caixa de fósforos, mas quem diz que o universo liga para as nossas expectativas?

Imitando o ursinho flamejante, os sofás pegam fogo do nada.

Com os dedos tremendo sobre o mouse, minha amiga reprisa o momento em que a primeira chama emerge do estofado. De novo e de novo, como se o *loop* infinito pudesse revelar um incendiário invisível.

— Chega — peço, pousando a mão em seu ombro.

Há uma pausa tensa em que as linhas de expressão da minha sócia se contorcem. Sem dizer nada, Sabrina se levanta e caminha em direção ao corredor.

— Espera aí, Sa — digo, indo atrás.

Ela atravessa a cozinha, arrebenta os nós dos elásticos que seguravam a porta de correr e sai para a área externa. Chego a pensar que vai se jogar na piscina vazia, mas apenas se senta na borda, abraçando os próprios joelhos.

— Não é combustão espontânea — sussurra ela, por fim.

Arqueio a sobrancelhas.

— Por que mudou de ideia?

— Os sofás pegaram fogo ao mesmo tempo. Seria coincidência demais.

— Mas eles eram feitos do mesmo material. Pode ser que...

— Não eram, não — diz ela, me cortando enquanto chacoalha a cabeça. — O maior era de couro, o menor de sarja.

O silêncio eletrifica o ar. Fico sem saber o que dizer.

— Você tá certo — continua ela. — Tem algo de errado, muito errado, acontecendo nessa casa.

Ela não diz com todas as letras, mas é o mais próximo de um "eu acredito em fantasmas" que saiu da sua boca desde que nos conhecemos.

— Só me pergunto o que teria acontecido se você não estivesse acordado quando o fogo começou. — Num gesto brusco, Sabrina olha para trás: — Nós... nós temos que dar o fora dessa casa o quanto antes.

— Podemos instalar detectores de fumaça.

Ela faz que não com o indicador.

— Hoje foram os sofás, amanhã pode ser a gente!

— Isso não vai acontecer.

— E como você sabe?

Continuo a achar que os incêndios são os espíritos querendo nos contactar, não nos enxotar.

Mas achismos não servem de nada.

— Desculpa, Sa, mas eu não posso desistir agora — digo, me esforçando para não parecer um babaca. — Tudo bem você parar por aqui, eu super entendo. Mas me deixa terminar o vídeo pra gente.

Ela estreita as pálpebras.

— Tá tentando fazer com que eu me sinta culpada?

— Não... — Mostro as palmas das mãos, como um jogador que recebeu cartão vermelho. — Dá pra perceber que você tá no seu limite. Eu mesmo, que sou seu melhor amigo, nunca te vi desse jeito.

— "Desse jeito"? Claro que tô "desse jeito"! Você tem noção do que acabou de acontecer naquela sala? Não é possível que não esteja com medo.

— Morrendo de medo, mas... — Comprimo os lábios. — O Assombrasil tá morrendo, e duvido muito que surja outra oportunidade como essa.

— Nós damos um jeito. Sempre damos.

— Dessa vez é diferente. Não temos tempo. Draco foi direto e reto na cabine de imprensa: se o boneco da Madame Hulu não vender feito água, a gente tá no olho da rua.

Minha amiga abre a boca para retrucar, mas volta a fechá-la. Sabe que tenho razão.

— Eu não fiz faculdade, não sou engraçado como Xande ou talentoso como você. — Dou de ombros, sem graça. — Sem esse canal, não sou nada.

— Não fale assim de você! Isso não é verdade!

Sorrio, mesmo sabendo que elogio de melhor amiga é igual a elogio de mãe: não conta.

— Você sempre foi a grande mente por trás do Assombrasil — continuo. — A ideia das lives, as estratégias de marketing, as negociações com os proprietários das casas... Tudo nasceu dessa cabecinha aqui. — Dou três batidas carinhosas no topo do seu crânio. — Que tal deixar eu ser o herói por um dia?

Há uma pausa recheada de significado em que Sabrina me encara com admiração. Grilos saltam em meu peito, mas sustento o olhar.

Se não conhecesse minha amiga, acharia que está prestes a me beijar.

— Quer saber? — anuncia ela, de repente, colocando a mão direita sobre o coração. — Diga ao povo que eu fico!

Rio entredentes com a imitação de Dom Pedro, mas faço que não com a cabeça.

— Você não precisa fazer isso, Sa.

— Eu quero.

— Mas...

— Não vou ser a garota que largou o melhor amigo numa mansão endemoniada e cheia de fantasmas — interrompe ela. — Somos exploradores, não abandonadores de casas mal-assombradas!

E eu provavelmente me deixaria levar por essa super declaração de amizade se não estivesse em meio a uma crise de consciência. Afinal, não é que eu não queira salvar o canal, mas não é por isso que escolhi ficar.

A culpa entala em minha garganta feito espinha de peixe. Por uma fração de segundo, penso em destrancar meu baú de segredos e contar sobre Eloá, os colares e a entidade maligna que acredito estar por trás de sua morte.

Não consigo.

— Eu não te mereço — digo, com sinceridade.

— Claro que merece, seu bobo. — Sabrina estapeia o ar. — Só prometa que, se as coisas ficarem feias, a gente dá o fora.

— Prometo.

Mas meus dedos estão cruzados atrás das costas.

Capítulo 21

Sabrina quer me ajudar a limpar a sala, mas faço que não com a cabeça.

— Pode deixar comigo — digo, com uma piscadela. — Se os fantasmas aparecerem, eu saio voando com a vassoura.

Ela revira os olhos e solta uma risadinha.

— Bom saber que vai me deixar sozinha com eles.

Lado a lado, caminhamos até o nosso QG. Seus membros já não tremem, e o choro se desmanchou em soluços cada vez mais espaçados. Mesmo assim, me sento em frente ao seu colchão e fico conversando bobagens até sua voz ficar grogue de sono.

— Te vejo amanhã — despede-se ela, com um bocejo. — Programa o despertador pro meio-dia. A gente merece.

Dois minutos depois, Sabrina já está em Nárnia.

Embalado por seus roncos graciosos, desbloqueio a tela do notebook e passo os olhos pelo chat da live. A preocupação dos nossos seguimores, querendo saber se estávamos bem, me envolve como um abraço caloroso.

Fofos, penso. Mas o comentário que grudou em meu cérebro é outro:

Com um suspiro, dou um pulo na lavanderia e cato rodo, pá e vassoura, batendo as cerdas no chão para espantar as teias de aranha. Encontro um puxa-saco de corujas na cozinha. Sem saber quanta fuligem se desprendeu dos sofás, pego logo uns cinco.

O chão de mármore já não estava lá essas coisas quando chegamos, mas agora parece o mar depois do naufrágio de um petroleiro.

Sem mais delongas, pego o rodo e arrasto o excesso de água, despejando-o no alpendre. Tento secar o piso, mas o pano fica preto em cinco segundos e percebo que só estou espalhando as cinzas. Frustrado, espero o chão secar sozinho e me arrisco com a vassoura.

Uma mãozinha de Sabrina viria a calhar, mas, se tem alguém que merece dormir por doze horas seguidas e sonhar com carneirinhos, esse alguém é ela.

Ainda consigo vê-la na borda da piscina.

O maxilar emperrado...

As pupilas saltadas...

O rosto drenado de toda cor...

Não lembrava em nada a garota que desfilava pelos corredores da escola de nariz empinado, pouco se lixando para as invejosas que criticavam seu moletom de caveira e as unhas pretas com desenhos de raios.

Está aí uma história que merece ser contada: Sabrina e eu.

Não vou dizer que daria um filme, ou um livro.

No máximo um post no Instagram.

Foi quatro anos depois da morte de Eloá, época em que eu já tinha perdido 200% dos meus amigos: 100% dos antigos e os outros 100% dos que eu poderia conhecer, mas que não curtiam a ideia de gastar tardes inteiras discutindo esoterismo e paranormalidade.

Eu costumava passar o recreio na arquibancada do ginásio, lendo ou simplesmente contemplando o vazio. O escolhido da vez era um exemplar surrado de *50 fatos inexplicáveis*.

Então Sabrina surgiu.

— Aposto que não tá entendendo nada — disparou ela, do degrau de cima. — Tem que comprar a edição comentada pelo Padre Quevedo.

Ergui os olhos das gravuras e encarei, metade acuado, metade fascinado, aquela menina que mais parecia a vocalista de uma banda emo.

Desde então, somos como arroz e feijão: o garoto que ficou esquisitão depois que perdeu a irmã e a garota que ficou esquisitona depois que...

Banalidades do dia a dia vêm com facilidade: "Sabe aquele filme de terror coreano sobre o qual tá todo mundo falando? Muito bom, nota dois", ou "Meu Deus, que mundo cruel, meu pai não me deixou colocar um piercing no umbigo". Mas as questões mais cabeludas demoram a dar as caras. Ficam emboladas no peito e não saem de jeito nenhum.

Mesmo para dois adolescentes solitários.

É por isso que Sabrina desconversava quando eu perguntava sobre as cicatrizes.

"Caí da escada quando era criança."

"Bati na quina da mesa."

"Fui atacada por um gavião."

E ela nem se preocupava em contar sempre a mesma história.

Fui descobrir a verdade dois anos depois, quando uma pane nos trilhos fez o trem-fantasma do Hopi Hari parar no meio do caminho.

Sob uma réplica mequetrefe do Zé do Caixão, Sabrina contou que nasceu com uma má-formação congênita chamada hemangioma. Segundo ela, uma "bolota vermelha formada por vasos sanguíneos que nasce no seu rosto pra ferrar com a sua vida".

Acontece que minha amiga perdeu na loteria da genética e nasceu não com um, mas com dois hemangiomas, um de cada lado da testa, o que lhe rendeu o apelido de...

Demoniazinha.

Os "chifres" magnetizavam olhares por onde quer que ela passasse. Principalmente das outras crianças, que não conseguiam disfarçar. E não se engane, ao contrário do que sugerem os desenhos do Discovery Kids, crianças podem, sim, ser cruéis.

Muito cruéis.

Zoada até falar chega, Sabrina se tornou uma garotinha insegura e arisca, que preferia ficar em casa com suas bonecas a sair para brincar na rua. As mudanças constantes de colégio para fugir do bullying não ajudaram, e a mãe dela chegou a ponto de cogitar tirá-la da escola.

Foi só na adolescência que minha amiga criou forças para reagir. Cansada de se esconder, abraçou a personagem: pintou o cabelo de vermelho – depois de verde, amarelo e rosa antes de adotar o azul-celeste que usa hoje em dia –, lotou o guarda-roupa de *looks* góticos e trocou o All Star surrado por botas de cano alto.

Mais trevosa do que a Malévola.

Aos quatorze, depois de longa espera, chegou sua vez na fila de cirurgias do Hospital das Clínicas.

E, com dois cortes de bisturi, os chifres se foram.

Embalado por lembranças açucaradas dos nossos tempos de colégio, continuo a dançar com a vassoura, enchendo sacos e descobrindo fuligem enfiada nos lugares mais improváveis.

Até que o celular vibra no meu bolso.

Paro de varrer.

"Número desconhecido", diz o anúncio na tela.

Sem saco para telemarketing ou golpes de "deposite um milhão na minha conta ou atiro na sua filha", arrasto o botão vermelho para recusar a chamada.

Antes que desgrude os olhos da tela, porém, o mesmo número desconhecido manda mensagem pelo WhatsApp:

> Nesse crime, nada é o que parece

Meu sangue chega a trinta graus negativos.

Leio e releio a mensagem, mas não restam dúvidas a respeito de qual crime a pessoa está falando.

Que porra é essa?!, penso, tamborilando os polegares sobre o teclado.

> Pq diz isso?

Experimento os dez segundos de "digitando..." mais tensos desde que Luna terminou comigo por mensagem.

> A versão da polícia é falsa

> Como vc sabe?

> Sou CurupiraDasTrevas04

Cinquenta graus negativos.

A não ser que ele seja um frequentador assíduo das nossas lives querendo me trollar, não tem como ser mentira. De que outra forma conheceria CurupiraDasTrevas04, o detector de manifestações sobrenaturais mais rápido da internet?

> Quer ligar?

> Prefiro conversar pessoalmente

Mesmo me lembrando do caso famoso de um *serial killer* que abordava garotos indefesos pelo Tinder, empurro o cagaço para debaixo do tapete.

> Onde?

> Rua da Consolação, 1660

Faço uma pesquisa rápida no Google e descubro se tratar de um... Curupira só pode estar tirando com a minha cara.

> É o endereço do Cemitério da Consolação

> Setor 7, corredor F

> Pq ñ nos encontramos num lugar mais movimentado?

> Lugares movimentados têm mais pessoas, e ñ queremos ng escutando nossa conversa

Um arrepio percorre minha espinha.
É exatamente o que um *serial killer* diria.

> E como posso ter certeza de q vc é quem diz ser?

Um minuto...
Dois minutos...
Cinco minutos...
Nada.
Com essa bomba jogada no meu colo aos quarenta e cinco minutos do segundo tempo, termino de varrer a sala e carrego os sacos com cinzas até a área externa. Aproveito a ducha da piscina para me lavar. A água é fria e me faz bater os dentes, mas nem a pau eu me arriscaria a tomar banho nas suítes de Marcos ou Jéssica.

Limpo e cheiroso, retorno à sala de jantar, onde Sabrina dormia seu sono de pedra. Em seguida, visto meu moletom do Coringa e mergulho debaixo das cobertas.

Minhas costas doem, e meus braços estão mais moídos do que molho bolonhesa. Confiro o celular e percebo que CurupiraDasTrevas04 ainda não respondeu à minha mensagem, mas estou exausto demais para ficar matutando a respeito do informante misterioso, então ajusto o alarme para o meio-dia, conforme Sabrina pedira.

E assim durmo pela terceira vez naquela noite, pedindo a Deus para não ser acordado por Gustavos, incêndios fantasmagóricos ou o que quer que fosse.

Passado

17 dias antes da morte de Eloá

— Como foi o culto hoje? — pergunta mamãe enquanto coloca os pratos na mesa.

— Bom — responde papai, com um ar de na-verdade-não-tão-bom-assim.

— Muitas contribuições?

Uma pausa tensa.

— Não o bastante pra pagar as dívidas.

Estou esparramado no sofá, jogando Minecraft, meus pés apoiados na lateral do relógio de pêndulo e as orelhas em pé, atentas às fofocas de casa. Papai tenta disfarçar, mas não é de hoje que está preocupado com a igreja.

Quando eu tinha seis ou sete anos, ele costumava me chamar para o púlpito para recitar trechos da Bíblia. Eu me lembro de ver as pessoas se acotovelando no fundo do salão, sem ar-condicionado, no maior calorão. Dizia a mim mesmo que o fiel tinha que ser muito fiel para assistir a duas horas de pregação sem desmaiar.

Mas, no culto de domingo, as quatro últimas fileiras de bancos estavam largadas às moscas.

É por causa do vídeo. Sei que é. Escutei Dona Lourdes dizendo que não podiam mais confiar em papai para "guiar o rebanho", seja lá o que isso significasse.

— A janta tá pronta! — grita mamãe da cozinha.

Tendo devorado metade de um pacote de Negresco depois do lanche da tarde, ocupo meu lugar à direita de papai sem um pingo de fome. Mamãe pousa a jarra de suco sobre a mesa, tira o avental e se junta a nós.

— Loá não vem jantar? — pergunto, relanceando a cadeira vazia ao lado de mamãe.

— Sua irmã não tá se sentindo bem — responde papai, após uma pausa longa demais. — Sua mãe vai levar comida pra ela mais tarde.

— O que ela tem?

O olhar dele atravessa meu corpo como uma flecha congelante.

— Por que você não faz a prece hoje, filho?

Sem pensar duas vezes, engulo minha resposta malcriada. Em seguida, damos as mãos num círculo que hoje está mais para um triângulo. Fecho os olhos, penso por alguns segundos e começo:

Digo uma frase...

Eles repetem...

Digo outra frase...

Eles repetem...

Às vezes eu escolhia frases compridas de propósito, só para ver papai e mamãe tropeçando nas palavras e murmurando coisas sem sentido por não conseguirem memorizá-las. Fitando Eloá por entre as pálpebras, ríamos internamente.

Não tem graça sem ela.

Assim que terminamos de agradecer a Deus, Jesus, aos fazendeiros e à chuva, mamãe estala as articulações doloridas e começa a servir papai.

— Já levaram a mana pro doutor Conrado? — pergunto.

Doutor Conrado tinha uma caixona de Lego e prescrevia xaropes horríveis que mamãe nos obrigava a tomar por quase uma semana.

— Não — responde papai, com a frieza de sempre.

— E não vão?

— Tô vendo você esconder as ervilhas embaixo da pele do frango — interrompe mamãe, mudando de assunto.

Mas eu não caio na armadilha dela. Continuo a encarar papai, sem piscar. Um berro silencioso por respostas.

— Nem toda doença pode ser tratada por um médico, filho.

Engulo espinhos.

O jornal que mamãe assiste depois do almoço disse que está tendo um surto de Febre Amarela em São Paulo. Talvez Eloá tenha sido picada por um mosquito enquanto procurava por pinhas no acampamento.

A repórter tinha dito: "Em caso de sintomas, procure um médico".

Será que papai não sabia disso?

— É grave? — insisto.

Ele e mamãe se entreolham por um instante, ao estilo explicamos-ou-mandamos-ele-para-o-quarto?

Mas minha carinha curiosa parece convencer papai, que abandona o corpo na cadeira e suspira fundo.

— Sim, filho. É grave.

Mordo os dentes.

— E... não tem cura?

— Deus cura tudo, filho — responde ele, os lábios colados numa linha tensa. — A gente só precisa ter fé.

Espio mamãe e percebo que está trancando lágrimas atrás dos olhos. Meu coração murcha.

— Vou orar bastante — digo, com a voz tremida. — Prometo.

Com um sorriso triste, papai estende a mão e dá três tapinhas na minha cabeça.

Ele nunca foi tão caloroso.

Os minutos seguintes são barulhos de mastigação, talher no prato, talher contra talher e, claro, o elefante cor-de-rosa no canto da cozinha, que escolhemos ignorar. Papai não se serve novamente dessa vez, e o jantar acaba mais cedo. Despejo a carcaça do frango e as ervilhas escondidas no lixo, deixo o prato na pia e escapo pelo corredor.

Respiro aliviado.

É estranho ver os dois preocupados desse jeito. Não parece certo. A última vez foi no começo do ano passado, quando vovó Elma teve um derrame e precisou ser internada.

Será que a mana está tão ruim assim?

Com mil minhocas na cabeça, paro em frente à porta do quarto dela. Não tem luz vazando pela fresta. Nem barulho, como confirmo ao encostar a orelha na madeira.

Sem conseguir me segurar, giro a maçaneta.

Está trancada...

E, na casa dos Teixeira, as portas nunca são trancadas.

Inclino o pescoço e espio pelo buraco da fechadura. Fecho o olho esquerdo e espero o direito se acostumar com a escuridão.

A cadeira da escrivaninha está vazia.

E também o puff cor-de-rosa da Princesa Jujuba.

A cama, perfeitamente arrumada.

"Sua mãe vai levar comida pra ela mais tarde", disse papai.
Sem entender nada de nada, arrasto os pés corredor adentro, em direção ao meu quarto. Uma pergunta fazendo mais barulho do que todas as outras:
Cadê Eloá?

Capítulo 22

Ignoramos o alarme e acordamos à uma da tarde com a sensação de que somos a própria fênix, renascida das cinzas. É quase como se os acontecimentos aterrorizantes da noite anterior não fossem reais e fizessem parte de um filme de terror que maratonamos de madrugada.

Mas o clima de paz, amor e pão com mortadela do café da manhã dura pouco. Mais especificamente, até eu contar a Sabrina sobre as mensagens misteriosas de CurupiraDasTrevas04.

— Como ele pode ter informações reveladoras sobre um crime que nem a polícia conseguiu solucionar?

Dou de ombros.

— Sei não, hein — murmura, desconfiada. — Tô achando essa história muito, *muito* estranha.

— Eu também, mas não estamos falando de uma pessoa comum — argumento. — É CurupiraDasTrevas04. Não acha que ele merece um voto de confiança?

— Depois de marcar nosso encontro num cemitério, não.

Reviro os olhos.

— Assim você não ajuda.

Aproveitamos a tarde para editar o vídeo do YouTube, atrasado por motivos de incêndio de urso + invasão de vizinho + incêndio de sofás. Encurtamos a entrevista de Dona Filó e selecionamos os trechos mais bafônicos da gravação clandestina de Gustavo, alternando-os com filmagens da própria casa.

Mas minha produtividade não está lá essas coisas.

Forço meu cérebro a se concentrar, mas ele só quer saber de CurupiraDasTrevas04 e seu "Nesse crime, nada é o que parece".

Contrariando meu mantra de sempre chegar aos compromissos trinta minutos atrasado para parecer descolado, jogo o endereço no Moovit e deixo o GPS calcular o melhor trajeto.

Para a minha surpresa, descubro que não precisamos pegar nem ônibus nem metrô. Apenas quinze minutos de caminhada separam a casa dos Gonçalves do Cemitério da Consolação.

Será que Curupira marcou nosso encontro lá pensando nisso?

— Como acha que ele é? — pergunta Sabrina, depois de quase ser atropelada por um FDP que furou o sinal vermelho.

— Com certeza um adolescente esquisito com alargadores e camiseta de banda de rock ruim.

Ela solta uma risadinha melódica.

— Adoro estereótipos.

Logo os prédios modernistas do bairro Higienópolis se abrem para um muro cinzento e manchado. É tão alto quanto o da casa dos Gonçalves, embora infinitamente mais comprido, com árvores, cruzes e esculturas de anjos vazando por cima.

Apertando o passo, contornamos a quadra até alcançarmos o pórtico, uma estrutura cúbica de estilo gótico e pilastras tão grossas quanto pernas de elefantes. Sobre o portão de entrada, uma plaquinha mixuruca nos dá as boas-vindas:

"Cemitério da Consolação".

— Qual é o ponto de encontro mesmo? — pergunta Sabrina, consultando o mapa do cemitério na internet.

— Setor 7, corredor F — respondo, de cabeça.

— E Curupira deu sinal de vida?

Checo o celular, onde minhas mensagens de "Estamos saindo" e "Chegamos em 10 min" flutuam no WhatsApp, abandonadas.

— Ainda não. Tô começando a achar que caímos numa pegadinha.

— Hum — murmura Sabrina, relanceando uma fileira de árvores finas e compridas à nossa esquerda. — Conheço alguém que faria isso.

— Quem? — indago.

— Mas não é óbvio? Xande!

Reviro os olhos, sem querer acreditar que o mestre Pokémon seria capaz de tamanha ousadia.

Enquanto percorremos o corredor principal, margeado por mausoléus mofados, as lembranças do enterro de Eloá se reviram no canto do meu cérebro.

"Pense em nós", elas dizem

"Só um pouquinho".

Chacoalho a cabeça para espantá-las.

O sol castiga nossas costas, nos obrigando a semicerrar os olhos para ler as plaquinhas de sinalização. Mais cinco minutos e alcançamos o setor 7, próximo a uma das bordas do cemitério. Chuto que tem o tamanho de uma quadra de basquete. Talvez duas.

— Não tem ninguém aqui — observa minha amiga. — Quer dizer, ninguém vivo.

A piada é ruim, mas arranca um risinho dos meus lábios.

— Só espero que Curupira não se atrase muito.

Ao contrário do corredor principal, os corredores entre os túmulos são estreitos, impedindo que eu e Sabrina sigamos lado a lado. Respeitando a tradição do Assombrasil, vou na frente. Afinal, se nosso anfitrião for realmente um psicopata e nos surpreender com uma faca, melhor sacrificar o membro do canal que não sabe filmar e editar vídeos.

— Onde esperamos? — pergunto, olhos e ouvidos atentos.

— Acho que no meio do corredor — responde Sabrina, com uma tranquilidade que me enerva. — Assim fica mais fácil de avistar Curupira quando ele chegar.

Uns dez metros à nossa frente, uma mulher negra de meia-idade surge de trás do mausoléu e estaca em frente ao túmulo, contemplativa.

Suspiro aliviado.

Pelo menos, haveria uma testemunha para o meu assassinato.

Estamos quase ultrapassando a coitada quando sua voz nos atinge:

— Gael e Sabrina?

Com um tremelique, giramos o tronco.

— Sim... — respondo, confuso. — Foi Curupira quem mandou a senhora encontrar a gente?

Ela ri entredentes.

— Não, não — responde, por fim. — Eu sou Curupira.

Sorte que não estou bebendo água, ou refrigerante, se não teria cuspido tudo na cara dela.

— Ah, claro — diz Sabrina, fingindo naturalidade. — É que não sabíamos como te reconhecer.

Mas a mulher não perdoa:

— Aposto que esperavam um adolescente esquisito com alargadores e camiseta de banda de rock ruim.

Sem saber onde enfiar a cara, dou graças a Deus quando um bando de pássaros – corvos? Gralhas? – abandona uma das árvores que emolduravam o setor 7 e sobe aos céus, grasnando.

Nada mais clichê para um cemitério.

— Então finalmente conhecemos a famosa *CurupiraDasTrevas04* — digo, com um gesto de mãos.

— A lendária *CurupiraDasTrevas04* — Sabrina completa a puxação de saco.

Curupira quebra a munheca, brincalhona.

— Assim vocês me deixam com vergonha.

— Há quanto tempo você acompanha o Assombrasil? — pergunto. — A impressão que eu tenho é que assiste às lives desde sempre.

— Desde o celeiro macabro de Mirandópolis.

— Isso foi há... — Sabrina se esforça para lembrar.

— Três anos — Curupira arremata.

Não me considero um cara preconceituoso, mas não dá para negar que a situação é estranha. Aquela mulher tem idade para ser nossa mãe. Por que gastaria o seu tempo assistindo a adolescentes brincando de investigadores paranormais?

Picado pelo mosquito da curiosidade, estou prestes a embarcar numa série de perguntas inúteis e contraproducentes quando Sabrina retoma o foco:

— Gael falou que você tem algumas coisas a dizer sobre o caso dos Gonçalves.

Curupira abre a boca para responder, então relanceia ao redor.

Ela realmente está com medo de que alguém escute nossa conversa? Estamos no meio de um cemitério numa quarta-feira à tarde.

— Algumas — responde, embrulhando os lábios.

— E como descobriu? — questiono. — Quer dizer, a polícia encerrou o caso por falta de provas.

Sem cerimônias, Curupira enfia a mão na bolsa, pega a carteira e tira o que parece ser um crachá de dentro dela.

Entrega o documento para nós.

Inspetora Jeane de Sá Coelho.
Delegacia do 4º distrito policial de São Paulo, Consolação

— Fui uma das policiais responsáveis pelo caso, em 2012.
Sem saber como reagir, espremo o rosto numa careta.
— Imagino que não seja permitido compartilhar informações relacionadas à investigação — afirmo, como um bom maratonista de séries policiais. — Então obrigado por confiar na gente.
— Sim — reforça Sabrina —, nossa boca é um túmulo.
Ignorando a péssima piada da minha sócia, Jeane desenha um sorriso discreto.
— Quero deixar claro que não tô fazendo isso apenas porque sou fã do canal, mas porque me preocupo com vocês — ela diz, por fim. — Minha intenção é ajudá-los a entender o que tá acontecendo na casa.
— Por "o que tá acontecendo na casa", você quer dizer os crimes ou as manifestações sobrenaturais?
— Os dois. — Dá de ombros. — Até porque acredito que esteja tudo interligado.
Engulo em seco.
Aquilo estava ficando interessante.
— Na época, o assassinato dos Gonçalves ganhou ampla cobertura da mídia — ela começa, escorando-se na parede de um mausoléu. — Marcos, como vocês sabem, era candidato a prefeito de São Paulo, e a polícia federal mobilizou os melhores profissionais pra cuidar do caso. Nos deram cinco dias pra apresentar o relatório, o que, sinceramente, é um absurdo. Nunca trabalhei tanto em tão pouco tempo, e claro que sobraram algumas pontas soltas, mas, concluída a análise da cena do crime, apenas uma linha de investigação fazia sentido.
Jeane e sua paranoia interrompem o relato quando um casal e uma criança entram no setor 7. Sim, estão caminhando em nossa direção, mas estão no corredor D, uns dez metros abaixo, de modo que teriam que ter super audição para nos escutar.
Sabrina aproveita que Jeane está concentrada na família e me acerta uma cotovelada. Franzo a testa num gesto de "qual o seu problema?", ao que ela indica o túmulo à nossa frente com um movimento de cabeça.

Sobre o mármore da lápide, a foto de uma garotinha faz meus órgãos darem cambalhotas. Não era para ter crianças enterradas em cemitérios. Elas deveriam crescer, fazer várias merdas e chegar pelo menos até os oitenta antes de partirem dessa para melhor.

A garotinha era dona de cachos volumosos que desafiavam a gravidade e de um sorriso faceiro. Sua fisionomia me é vagamente familiar, embora eu não consiga dizer por quê.

Quando a ficha cai, meus olhos saltam ligeiros para as letras em alto relevo sob foto:

Se minha memória não está me pregando uma peça, é o mesmo sobrenome da policial Jeane.

Será que Karina é... sua filha?

— O problema é que essa linha incomodou os caciques do PBREU — Jeane volta a falar assim que a família se afasta. — Começamos a receber ordens de cima para "mudar o foco da investigação". Coletar novos depoimentos, reinterpretar evidências. Eu não era uma veterana na época, mas já trabalhava na PF há tempo suficiente para perceber uma tentativa de intervenção. Não é incomum, considerando a dimensão dos casos que caem nas nossas mãos, mas... a forma como aconteceu...

— Só não tô entendendo o que o PBREU ganhava atrapalhando as investigações — Sabrina argumenta, confusa. — Era o partido de Marcos. Não deveriam ser os principais interessados em encontrar os culpados?

Os olhos de Jeane se perdem no horizonte, refletindo o brilho de uma memória distante.

— Numa primeira análise, sim, mas se pensarmos bem, eles usaram os assassinatos pra transformar Marcos num símbolo — ela responde, por fim. — As suspeitas automaticamente recaíram sobre o PLUS, que passou a sofrer ataques de todos os lados. — Enterra as unhas na palma das mãos até os nós dos seus dedos ficarem brancos. — Se a verdade fosse revelada, iria tudo por água abaixo.

Engulo em seco, desejando mais tempo para pensar.

Primeiro, a revelação bombástica de Karina e, agora, isso?

Jeane não marcou nosso encontro no cemitério por capricho, mas porque a filha dela está enterrada nele. Fico pensando se essa não seria a chave para explicar sua fixação pelo Assombrasil, sua habilidade quase sobrenatural de detectar manifestações sobrenaturais nas nossas lives.

Talvez não conseguisse lidar com a perda prematura de Karina e simplesmente precisasse acreditar que... existe algo para além da morte.

Quanto às reviravoltas do caso dos Gonçalves, soavam mais como uma teoria da conspiração que seu tio quarentão compartilha no grupo do WhatsApp. Se bem que... até fazia sentido. Afinal, depois da chacina dos Gonçalves que o PBREU decolou de vez, vencendo as eleições ainda no primeiro turno.

Mas qual seria a verdade que faria tudo ir por água abaixo, então?

— O que saiu nos jornais da época é que não encontraram digitais, nem qualquer material biológico do invasor, na cena do crime — comenta Sabrina, com seriedade. — Mesmo usando luminol.

— Realmente não encontram. — Jeane balança a cabeça. — É aí que tá a resposta.

— Como assim?

— Não houve um invasor.

Travo o maxilar.

— A perícia encontrou sedativos nos restos mortais dos Gonçalves. Não foi possível determinar com exatidão qual a droga, devido ao estado dos corpos. Soubemos pelo psiquiatra de Damares que ela tava tomando Rivotril pra dormir, por conta do stress das eleições. — Uma sombra perpassa seu rosto. — Mas as concentrações eram altas demais para ficarmos em dúvida: eles foram dopados.

Uma pausa espinhosa fura o ar. Acima de nós, os pássaros voltam a fazer algazarra.

— E Jéssica? — questiona Sabrina.

— Jéssica tava limpa.

Meu subconsciente tenta rejeitar a ideia de tão horrorosa.

— Você quer dizer que...

— Jéssica ateou fogo nos pais e em si mesma.

Capítulo 23

As revelações de CurupiraDasTrevas04 ainda bagunçam nossos pensamentos quando descemos no ponto de ônibus próximo à Avenida Angélica. E teríamos continuado a conspirar se, ao dobrar a esquina, não tivéssemos avistado alguém em frente ao portão, pressionando o interfone.

— Gustavo, quer apostar? — arrisca Sabrina.

— Acho que não — retruco, estreitando as pálpebras.

Por mais que eu não consiga distinguir o rosto do visitante, a postura de dono do mundo não me engana.

Mais dez passos na direção dele e confirmo minhas suspeitas. Draco...

— Boa tarde, meus garotos! — Seus olhos cintilam feito lantejoulas de fantasia de carnaval. — Que bom ver vocês.

— Fala, chefe — respondo, com um sorriso plastificado. — A que devemos a honra?

Sabrina o cumprimenta com um aperto de mão e saca a chave.

— Se tivesse avisado, teríamos passado um café.

Com um rangido de dobradiças, abrimos o portão, e então avançamos pela estrada de cascalhos. Draco aprecia aquele cruzamento entre jardim e cemitério com uma curiosidade contida, passando pelos pés de manga e pelo anjinho bisonho do chafariz.

— Tá diferente das reportagens da época — diz ele, por fim.

— Sabe como é, né? — Sabrina dá de ombros. — Dez anos sem um jardineiro.

Ele solta um riso que mais parece uma tosse de fumante.

— Gravar nessa casa foi uma jogada de marketing genial — elogia nosso chefe, batendo palmas silenciosas. — Além do mais, o que vocês fizeram lá dentro...

Ele deixa a frase soar enquanto subimos os degraus do alpendre e nos aconchegamos nas cadeiras de balanço. O clima está fresco, perfeito para tomar um tereré.

— O que a gente fez? — questiono, sem entender.

— Atear fogo no ursinho, nos sofás. Não sei como vocês fizeram, mas ficou profissa.

Troco olhares com Sabrina.

— Não fomos nós que ateamos fogo.

Draco cai na gargalhada.

— Meus garotos... Vocês ainda usavam fraldas quando entrei nesse ramo. Trabalhei por dois anos como diretor no programa de pegadinhas do Silvio Santos. Sei como as coisas funcionam.

Estou prestes a retrucar quando minha sócia me acerta uma cotovelada.

— Só não vão incendiar a casa, hein? — comenta ele.

— Aaahhh, por quê? — Sabrina faz biquinho, contrariada. — Se não é pra ter um final de filme hollywoodiano, eu nem quero.

Graças a Deus, Draco muda o rumo da conversa, que passa a orbitar em torno do seu assunto preferido: dinheiro. Parece que o sucesso das lives fez as vendas dispararem, esgotando os bonecos da Madame Hulu, bem como as de coleções mais antigas. Os estoques de bonecos do Fofão, maior fracasso da Artigos Macabro, diminuíram pela metade, e o site da marca registrou o maior tráfego semanal em cinco anos.

Para fechar com chave de ouro, ele fala do futuro da empresa e de sua perspectiva de expandir para o ramo dos chicletes.

Sabrina faz careta.

— Chicletes?

— Sim, aqueles azedos, que explodem na boca.

Com um tapinha nas costas e um discurso encorajador, Draco se despede, prometendo um jantar assim que terminarmos as gravações.

Em um restaurante chique.

Tudo por conta dele.

O portão se fecha, cuspindo nosso chefe para a rua. Percebo que Sabrina só está esperando até que ele se afaste para começar o surto.

— Nós... conseguimos! — Ela pula em cima de mim e dá um abraço que por pouco não me faz fraturar a coluna.

Soltaríamos fogos de artifício se pudéssemos, mas nos contentamos em colocar um forrozinho maroto no Spotify e dançar entre as carcaças dos sofás.

Dois pra lá, dois pra cá.

Dois pra lá, dois pra cá.

E viva o Assombrasil!

Pode parecer exagero, mas esse canal é como um filho para nós, e com certeza demanda tanto tempo quanto um. Tá, talvez o Gael de dez anos no futuro ache essa afirmação um absurdo, mas não é hora para críticas.

Estourando o limite do cartão, pedimos comida japonesa, a preferida de Sabrina. Em seguida limpamos a bancada da varanda gourmet e a cobrimos com o forro de mesa menos empoeirado que encontramos na cozinha.

— Todos esses dias comendo salgadinho com refrigerante deixaram meu estômago depressivo. — Com um movimento rápido de hashis, ela rouba um hot roll da minha bandeja e o joga goela abaixo.

— Ei! — protesto, ao que Sabrina solta uma risadinha melódica.

Acima de nós, o céu abandona o *look* azul vibrante para aderir ao fosco do entardecer. Entre temakis e sushis de banana com Nutella, minha amiga encarna Draco e dispara a falar de seus planos megalomaníacos: as próximas casas mal-assombradas que exploraríamos, os equipamentos de filmagem ultramodernos que compraríamos e os eventos - Horror Expo? CCXP? Anime Friends? - para os quais seríamos convidados.

Mas suas palavras contornam meus ouvidos. Dissolvem-se no ar.

Percebendo meu estado, ela acerta um peteleco na minha perna.

— O que foi? — pergunta, com uma pontada de preocupação.

— O que Jeane nos contou sobre Jéssica... Será que é verdade?

Uma sombra se infiltra em suas linhas de expressão.

— Ela não teria motivos pra mentir.

Engulo em seco.

— Acho que sei o que aconteceu.

— O quê?

— Jéssica foi possuída.

Espero as zoeiras típicas de nossas discussões sobre fantasmas, mas elas não vêm.

— Por que diz isso? — pergunta Sabrina, por fim.

Esconder esse segredo da minha sócia nunca foi fácil, mas, agora que essa casa maldita desenterrou o fantasma da morte de Eloá, ficou insuportável.

As palavras forçam passagem pela minha garganta como uma centopeia faminta.

Conto sobre os colares amaldiçoados, sobre como Eloá encontrou seu fim no mesmo dia em que Jéssica se incendiou e sobre a entidade maligna que acredito estar por trás de suas mortes.

— Então esse é o motivo pelo qual você quis ficar quando os sofás pegaram fogo? — questiona minha amiga, séria. — Descobrir a verdade sobre a morte da sua irmã?

— Sim — admito, envergonhado por ter bancado o bom moço dizendo que queria apenas salvar o canal. — Foi mal.

— Não precisa se desculpar

Não respondo.

Uma pausa tensa eletrifica o ar.

— Quanto à história da possessão, não sei o que dizer — sussurra ela, orbitando algum planeta entre as galáxias Surpresa e Medo —, mas concordo que seria muita coincidência as duas terem morrido ao mesmo tempo e com o mesmo colar.

— Provavelmente deve achar que sou louco.

— É por isso que nunca conversou comigo sobre Eloá? — Suas sobrancelhas tombam, tristonhas. — Tinha medo de que eu te achasse louco?

— Qualquer um acharia.

Ela suspira fundo.

— Mesmo assim. Sou sua melhor amiga, e se você não se sentiu confortável pra se abrir comigo, é porque eu errei.

— Não é sua culpa.

— É, sim.

Os muros escondem a paisagem urbana e afunilam meu olhar para o céu poluído de São Paulo, criando a estranha sensação de que somos os últimos sobreviventes de um apocalipse zumbi.

— Alguém mais sabe? — pergunta ela, por fim.

— Tirando meus pais, só Nicolas.

Um espasmo deforma o canto dos seus olhos.

Nicolas pode ser o médium-mirim mais badalado da cidade, mas Sabrina sempre o considerará um charlatão e um babaca. Charlatão porque ela não acredita em fantasmas. Babaca porque ele se recusou a me ajudar quando eu mais precisava.

— Entendo — murmura, e, se sente que foi trocada, acaba engolindo a decepção. — Então quer dizer que, no dia em que fui buscar as câmeras, você passou na casa da sua mãe pra pegar o colar de Eloá?

— Sim, eu tinha que confirmar.

Sabrina desvia o olhar, envergonhada.

— Foi mal por ser tão chata... Você disse que precisava fazer algo importante e eu não acreditei. Briguei com você, fiquei alfinetando, dizendo que você queria se encontrar com suas namoradinhas.

— Não tem *namoradinhas* — retruco, com um longo suspiro. — Ultimamente eu só tenho tido olhos pra uma garota.

Sabrina franze a testa, curiosa.

— Aqui nós só trabalhamos com nomes.

Uma bola se forma em minha garganta.

Não sei o que vai acontecer em seguida, e isso me apavora.

Mas também sei que continuar nessa pamonhagem não me levaria a lugar nenhum.

— Sabrina, conhece? — digo, por fim.

Há uma pausa de cinco segundos em que minha sócia entra em tela azul, então as linhas do rosto dela se suavizam, criando uma expressão difícil de decifrar.

A brisa noturna nos abraça num redemoinho gelado, e já estou implorando a Deus para reverter o tempo e devolver aquela declaração para dentro de mim quando Sabrina encurta a distância entre nós e...

Me beija.

É bom. Muito bom. Sua pele, seu cheiro, o toque macio de seus cabelos. E quando Sabrina mordisca meus lábios, abro a boca e enrolo minha língua na dela com tanta voracidade que quase caímos para trás.

Ela se agarra à minha cintura e ri entredentes, nossos narizes se tocando. Rio de volta, inebriado com a ideia de que, mesmo tendo desejado secretamente aquele beijo desde que conheci Sabrina, ele tenha conseguido superar todas as minhas expectativas.

Não sei por quantas horas ficamos lá, imunes ao frio e ao cansaço, mas provavelmente continuaríamos até o amanhecer se o despertador do celular de Sabrina não começasse a apitar, anunciando que faltavam dez minutos para o horário da live.

— Mas já? — pergunto, frustrado.

— Pois é — ela responde com um sorriso. — Se eu soubesse que te beijar fazia o tempo passar tão rápido, teria te chamado pras minhas aulas de matemática financeira.

Solto uma risadinha.

— Não dá pra gente cancelar a live de hoje?

Minha amiga tomba a cabeça para o lado, tentada, então a balança em negação.

— Vamos ter bastante tempo pra nós depois que formos embora dessa espelunca.

Triste e feliz ao mesmo tempo, solto um suspiro e desgrudo meu corpo do de Sabrina, o odor do seu perfume de baunilha me deixando levemente embriagado.

De mãos dadas, caminhamos em direção à porta da cozinha, mas, antes de entrarmos na casa, uma lufada de vento varre o quintal e joga as embalagens de comida japonesa no chão.

Xingando o universo, digo a Sabrina para ir arrumando as coisas na sala e volto para recolher as embalagens rebeldes.

Estou catando alguns sachês de shoyu quando relanceio um amontoado de caixinhas de remédio na borda da bancada. O que é no mínimo estranho, já que elas não pareciam estar lá quando comemos.

Percebo que algumas estão rasgadas, as cartelas despontando pela embalagem.

Estreito os olhos para ler o rótulo.

METOTREXATO, 2,5 MG.

Se me perguntassem que remédio uso para febre ou nariz entupido, eu não saberia dizer.

Mas aquele nome...

— Ei, beijoqueiro, não fique enrolando. — Sabrina grita de dentro da casa, me trazendo de volta à realidade. — Temos uma live pra gravar.

Rindo com o elogio, dou uma última espiada nas caixinhas, embrulho o lixo no forro de mesa e me apresso em direção à porta da cozinha.

Capítulo 24

Na manhã seguinte, Sabrina acorda com olheiras de dois centímetros de roxidão e cara amassada, o que anula qualquer possibilidade de climão entre nós.

— Parece que o meu cérebro vai explodir — comenta ela, massageando a nuca.

Agacho-me ao lado da minha amiga e faço carinho na sua cabeça.

— Desde quando você tem enxaqueca?

— Desde nunca.

Aconselho Sabrina a dormir mais, mas ela faz que não, reclamando que os "últimos contratempos" atrasaram os trabalhos de edição.

— Pode deixar que eu faço — me ofereço.

— Não precisa, eu dou conta.

— Tem certeza?

Ela não responde, apenas se levanta e caminha em direção ao banheiro.

Pela primeira vez desde que pisamos na casa, as nuvens choram. Não aquela garoinha fina do Cine Petra Belas Artes, que te deixa em dúvida entre abrir ou não abrir o guarda-chuva, mas um verdadeiro dilúvio.

Ao som das gotas chicoteando o telhado, saco o celular para conferir as estatísticas do canal. A curva de crescimento não parou na noite do ursinho. Para o desespero das inimigas, ela alçou voo com a invasão de Gustavo e estourou com os sofás flamejantes. O saldo: vinte mil seguidores em uma semana.

Depois de cinco anos como subcelebridades da internet, finalmente sinto que...

Estamos ficando famosos!

E, se dependesse dos comentários da live de ontem, ficaríamos ainda mais.

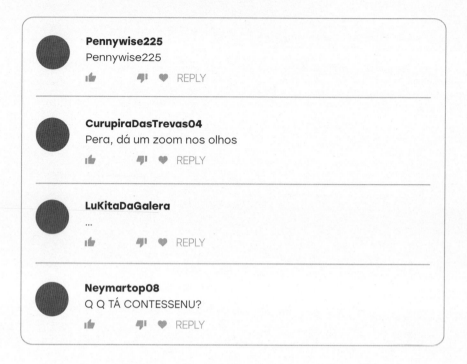

Com um mau pressentimento, me levanto da cadeira e caminho até o notebook.

— O que foi? — pergunta Sabrina, ao retornar à sala.

— Parece que aconteceu alguma coisa de madrugada.

— Outra ms?

Dou de ombros.

A avalanche de comentários começou às 3h27. Sem saber qual das câmeras foi a responsável pelo alvoroço, salto de janela em janela.

Até que...

— Sa, vem cá um pouquinho.

Curiosa, ela apoia as mãos na mesa e inclina o tronco em direção à tela.

— Câmera da sala de jantar — digo, e dou play.

Através do filtro verde de visão noturna, assistimos a mim e Sabrina embrulhados em nossos colchões de ar, os móveis antigos de contornos rococó velando por nós como guardiões de reinos esquecidos.

Um equilíbrio prestes a se romper.

E é minha sócia quem o faz, ao se levantar. Ela fica parada ao lado da cama, zonza, então se esgueira até a porta do corredor. Sem muito esforço, arrasta a cômoda para liberar a passagem.

Seguindo a dica da melhor ex-agente da Polícia Federal que conheço, dou zoom nos olhos dela.

Estão fechados.

— Você se lembra disso? — pergunto, mais chocado que o Pikachu.

— Não...

Com seu caminhar de zumbi, Sabrina abre a porta e mergulha no corredor. Então dá as costas para a cozinha e segue em direção aos quartos. Estou crente de que seu destino é o quarto de Jéssica quando ela dá uma guinada para a esquerda e entra no banheiro. Passa alguns segundos se admirando no espelho – sim, de olhos fechados –, antes de abrir a torneira, molhar os dedos e começar a pentear os cabelos azuis.

Desgrudo os olhos da tela para examinar a reação de Sabrina. Não sei o que esperava. Talvez um "jura que eu nunca te contei que sofro de sonambulismo?", ou "Rááá! Peguei você!". Mas a máscara de espanto que emoldura seu rosto diz tudo.

De volta às filmagens, assistimos à minha amiga terminar o penteado, pegar a toalha – que com certeza abrigava umas dez gerações de ácaros e grãos de poeira –, enxugar-se e jogá-la no chão. Em seguida, retorna à sala de jantar, tranca a porta atrás de si e se deita no colchão como se nada de mais tivesse acontecido.

Clico em aumentar velocidade e avanço o vídeo até os primeiros raios de sol se infiltrarem pelas persianas. Vemos nós dois acordando, tomando café da manhã, eu pegando o celular para conferir os números do canal e levantando para checar as câmeras.

Então, agora.

— Acho que fui sugestionada pelas revelações de CurupiraDasTrevas04 — sussurra Sabrina, com a voz tremida.

— Espero que seja isso — retruco, sabendo que a outra opção era terrível demais para ser enunciada.

A partir de então a atmosfera se adensa até se transformar em chumbo líquido. Visivelmente perturbada com as filmagens, Sabrina insiste que tem trabalho a fazer e se fecha para qualquer assunto que não seja recortar trechos, aumentar a saída de áudio e desfocar o fundo.

Só emerge da tela do notebook quando a chuva para e resolvo sugerir algo completamente inusitado:

— Que tal um cineminha?

Ela enruga a testa.

— Agora?

— Pra dar uma espairecida.

— Não temos dinheiro, Ga.

— Meu cheque especial tá aí pra isso, né?

Ela pensa por um instante, então seus lábios se esticam no limiar entre um sorriso e um AVC.

— Já que vai se endividar, que seja por um filme bom.

Feliz por ter conseguido fazer minha amiga recuperar o humor, abro o Google e estudo a programação dos cinemas da região. Uma tarefa complicada, já que "um filme bom", na concepção de Sabrina, deve cumprir dois critérios:

1. Ser bom.
2. Ser de terror.

Qualidades que dificilmente aparecem juntas.

— Volta, volta — dispara ela, fazendo-me rolar a bolinha do mouse para cima. — É da A24.

Ao contrário dos idealizadores de *Acampamento Sangrento*, a A24 é uma produtora de filmes de terror cultzões, com subtextos, metáforas, críticas sociais e blá blá blá. É mãe da maioria dos clássicos do terror moderno, como *A Bruxa*, *Hereditário*, *X* e *Lady Bird* – tá, esse último não é um terror, mas é tudo de bom –, e sem apelar para violência gráfica ou sustos a cada cinco minutos.

Resumindo: o tipo de filme que Pablo elogiaria em seu canal sem nem assistir.

Verificamos que a sessão mais próxima é a das 19h30, no Shopping Pátio Higienópolis, e que a outra só começaria às 22h15, ultrapassando o horário da live.

Tomamos banho e vestimos os trapos menos xexelentos de nossas malas, o que, no meu caso, consiste numa camisa com estampa de abóboras do Halloween e uma calça folgada de moletom.

Lá pelas cinco e meia, chamo o Uber.

— Não é melhor pegarmos metrô? — sugere Sabrina.

— Nada disso. — Chacoalho a cabeça. — Você tá cansada, merece uma folga do transporte público.

Aproveitamos que chegamos cedo e damos um pulinho na praça de alimentação. Apinhada de famílias tradicionais brasileiras e adolescentes que acham *ok* rir a milhão de decibéis, é como o próprio coração do shopping.

— Que tal uma casquinha? — sugiro, apontando para o quiosque do McDonald's.

Os olhos de Sabrina cintilam, e sinto que aticei seu espírito de formiga.

— Não seria má ideia.

E pela primeira vez desde o começo da semana, me permito esquecer, nem que por alguns instantes, o colar, os objetos flamejantes e a garota incendiária. Chego até mesmo a fantasiar que, se mencionasse as mss, Sabrina faria careta e diria: "Um ursinho de pelúcia que pegou fogo sozinho? Erva boa essa que você anda fumando".

Mas meu faz de conta dura pouco.

Minha amiga aos poucos para de prestar atenção na conversa. Tento fisgá-la novamente falando sobre a nova série de terror adolescente que estreou na Netflix e a franquia de casadinho de açaí com cupuaçu que chegou em São Paulo, sem sucesso.

No meio da sessão, tombo para o lado para palpitar sobre a identidade do assassino, mas Sabrina não está assistindo ao filme. Seus olhos estão desfocados, cravados em algum ponto entre nossas cabeças e o telão de um milhão de polegadas.

— Você tá bem?

Ela não dá sinais de que processou a pergunta. Dez segundos depois, fica de pé e se afasta pelo corredor, esbarrando em pernas alheias sem pedir desculpa. No caminho para a saída, insisto para que se abra comigo, mas recebo apenas resmungos e monossílabos.

— Aceitam bala? — oferece o motorista do Uber assim que embarcamos.

— Não, obrigado — agradeço.

São aquelas de caramelo que você fica sem saber se chupa até o final ou morde para acessar o recheio. A Sabrina que eu conheço adoraria enfiar algumas no bolso enquanto o motorista não estivesse olhando, mas essa nova versão já está com a cabeça em meu ombro, dormindo.

Passado

14 dias antes da morte de Eloá

Abro o olho direito, o esquerdo ainda preso num pesadelo.
Mas o barulho me puxa de vez para a realidade. E, diferente da risada maligna e do motor da motosserra, parece vir de fora de mim.

    Tum, tum
    Tum, tum
    Tum, tum

    O quarto está um breu, mas a luz que vaza dos furinhos da janela me ajuda a enxergar o contorno dos móveis. Ela transforma a cadeira da escrivaninha no Corcunda de Notre Dame, e a pinha de Eloá – que ela me obrigou a deixar na estante, como um troféu – numa coruja-sentinela.

    Tum, tum
    Tum, tum
    Tum, tum

    Metade medroso, metade curioso, deixo meu casulo de cobertas e cruzo o quarto na ponta dos pés. O corredor me engole como um urso faminto, mas não ligo o interruptor. Seria como dizer "olá, tô chegando".
    À medida que me aproximo, percebo que o "tum, tum" não é o único som.
    Tem uma voz.
    Sussurrando.

Chamando.

Só não saio correndo para o quarto dos meus pais porque tenho um bom palpite de quem está fazendo os sons, embora queira estar errado.

Três passos e alcanço a sala, mais iluminada do que o corredor por causa das janelas. Mas não mais silenciosa: o som agora me atinge em cheio, vindo da porta vermelha entre a sala e a cozinha.

A porta do porão.

Engolindo em seco, grudo a orelha na madeira.

— Loá, é você?

As batidas e os chamados param do outro lado.

— Ga? — A voz dela sai fraca, quase chorosa. — Sou eu.

Quando bisbilhotei pela fechadura do seu quarto e não a encontrei, pensei que tivesse se mudado para a casa de uma amiga, ou dos nossos tios, esperando a poeira baixar. Claro, tinha o prato de comida que mamãe preparava todos os dias, depois do jantar, mas nunca imaginei que estivesse logo ali.

Embaixo de nós.

— Por que você tá aí dentro?

— Papai achou mais seguro.

Enrugo a testa.

— Como assim?

— Tem algo dentro de mim, Ga — murmura ela, como se alguém pudesse nos ouvir. — Algo ruim.

Dou um passo para trás.

— O quê?

— Não sei...

O silêncio cai sobre nós como uma bigorna de desenho animado. Estou a menos de um metro de Eloá, mas a porta vermelha transforma centímetros em quilômetros.

O que eu não daria para ter visão de raio-X e dar uma espiadinha na expressão da minha irmã.

— Papai desligou o disjuntor. Não enxergo quase nada — conta ela, por fim. — Tô com medo.

— Você não consegue usar a lanterna do celular?

— Ele confiscou meu celular.

— Quer meu tablet emprestado?

— E como você vai jogar Minecraft?

Boa pergunta.

Mas a construção do castelo com fosso de jacarés poderia esperar alguns dias.

— Já volto — digo, dando meia-volta.

— Mais uma coisa — a voz de Eloá me faz parar. — Você pode dar uma olhada no chaveiro pra ver se não acha a chave do porão? Tenho quase certeza de que papai a escondeu, mas melhor conferir.

— Certo — respondo, e me enfio no corredor.

Meu cérebro está a mil por hora.

Não sei o que Eloá quis dizer com "tem algo dentro de mim", mas me fez sentir calafrios. Seria uma doença contagiosa, como as dos filmes de apocalipse zumbi? Não... Papai foi direto e reto quando perguntei se não levaria Eloá ao doutor Conrado.

"Nem toda doença pode ser tratada por um médico, filho."

Encontro o tablet sobre a escrivaninha do meu quarto, o carregador flash turbo que compramos no camelô fazendo seu milagre diário e enchendo a barrinha antes do amanhecer. De volta à sala, deslizo até o chaveiro, mas meus olhos não encontram o modelo comprido e enferrujado.

— Pronto — digo, então me agacho e empurro o tablet por baixo da porta, feliz por ser fino o suficiente. — Quanto a chave... Não tá lá.

— Hum... Entendo — lamenta minha irmã, puxando o aparelho. Escuto a música do sistema inicializando, e em seguida o brilho da tela ilumina o vão da porta. — Qual é a senha?

— 130802.

— A data do seu aniversário?

Faço careta.

— É, por quê?

— Seu bobo... A data do aniversário é o segundo chute dos hackers depois de 1, 2, 3, 4, 5, 6. Tem que escolher uma senha mais difícil.

Penso em retrucar, mas o tom açucarado de sua voz - acho que até escutei um risinho - me faz mudar de ideia.

Com um suspiro, me sento no chão, as costas apoiadas contra a porta.

— Até quando papai vai te deixar aí?

— Até ele tirar o que tá dentro de mim.

— E como ele vai fazer isso?

— Não sei...

O segundo "não sei..." do dia. Mas não sou bobo. Quando o "não sei" vem com reticências, significa que a pessoa sabe, sim, e muito bem.

— Prometo guardar segredo — arrisco.

— Igual você fez quando te contei sobre o Christopher?

Engulo em seco.

Eloá perdeu o BV com o embuste do filho do tio Valdomiro, com quem namorou por duas semanas. Ela e Larissa - uma garota da igreja chegada numa fofoca - me pegaram escutando os "detalhes" atrás da porta e me fizeram jurar de pés juntos que não contaria a ninguém. Muito menos aos nossos pais.

E naquele mesmo dia eu abri a boca, durante o jantar.

— Eu era criança naquela época — falo, tentando me justificar.

— Foi no ano passado, Einstein.

— Pois então... — respondo, rindo entredentes. — Agora já tenho dez anos.

— Uau, superadulto.

Sei que Eloá desconversou para fugir das perguntas. E tenho tantas entaladas na garganta: sobre o acampamento, sobre o vídeo, sobre as mentiras que estão contando sobre ela na igreja.

— O que foi? — alfineta minha irmã, farejando minha preocupação.

— Nada, não...

— Quem nada é peixe, emburradinho.

Suspiro fundo, mas sorrio.

— Quer que eu fique aqui até você dormir? — pergunto.

— Não precisa. Você deve estar morrendo de sono.

Estou, mas fico conversando com ela mesmo assim. Conto sobre como peguei recuperação em matemática por 0,5 e a ideia de Pablo de criarmos um canal de *gameplays*.

— Não sirvo pra ser *streamer* — confesso, mordendo os lábios. — Sou muito tímido.

— O Felipe Neto também disse que era tímido, e olha aonde ele chegou.

— Disse mesmo? — questiono, desconfiado. — Como você sabe?

— Um passarinho verde me contou.

Papeamos por mais dez ou quinze minutos, até minha voz começar a falhar.

— Acho melhor você voltar pro quarto antes que papai e mamãe te encontrem roncando no chão. — Diz ela com a voz meiga. — Como faço pra te devolver o tablet?

— Posso pegar amanhã de manhã, antes da aula.

— Tem que ser bem cedo, antes de mamãe se levantar pra fazer café. O que acha de combinarmos um horário?

— Qual?

Ela pensa por um instante.

— Que tal seis e meia? Consegue?

— Consigo, sim. — Faço uma nota mental de programar o despertador. — E posso trazer o tablet recarregado à noite, se quiser.

— Você faria isso por mim?

— Pode contar comigo!

Acordo feito, me despeço com uma batidinha na porta e um "se precisar, manda mensagem pro meu celular". Em seguida, me afasto da porta e refaço meus passos até o quarto.

Não posso culpar Loá por não se abrir comigo, penso, mergulhando nas cobertas. Afinal, também não fui 100% sincero.

Fui buscar um copo d'água ontem à noite e espiei papai na sala, mexendo no vaso indígena que ganhou de presente de aniversário do tio Valdomiro. Vi quando ele escondeu a chave do porão no vaso e suspirou fundo, como se carregasse o peso do mundo nas costas. Na hora, não entendi nada de nada, mas agora tudo faz sentido.

Sim, eu podia libertar Eloá, mas não sei se é uma boa ideia.

Afinal, eu estou com medo dela.

Ou do que está dentro dela.

Capítulo 25

Com as costas no colchão e os olhos no teto, penso na promessa que fiz a Sabrina depois que os sofás pegaram fogo.

"... se as coisas ficarem feias, a gente dá o fora."

As coisas ficaram feias, mais feias do que briga de foice no escuro. E aqui estou, usando minha melhor amiga de cobaia para entrar em contato com os fantasmas da casa. Mesmo sabendo que ela poderia...

Acabar como Eloá e Jéssica.

Não, eu não tinha o direito de brincar com a vida de Sabrina desse jeito. Eu devia ter insistido para que ela fosse embora quando os sofás pegaram fogo, ou hoje de manhã, depois de assistirmos às filmagens.

Mas eu fui egoísta.

Decidido a corrigir meu erro, estou prestes a saltar do colchão para acordar Sabrina quando a escuto se mexer ao meu lado. A princípio, parece que está só mudando de posição, mas logo se desprende das cobertas e se levanta.

Está acontecendo de novo.

É como nas filmagens: de olhos fechados, ela calça os chinelos e caminha em direção à porta do corredor.

Sem pensar duas vezes, vou atrás dela.

— Sa? — chamo, estalando os dedos em frente do seu nariz.

Mas ela não reage. Como uma marionete guiada por fios invisíveis, arrasta a cômoda, gira a maçaneta e se funde com a escuridão do corredor. Dessa vez não entra no banheiro. Com passos lentos, mas decididos, avança até o quarto de Marcos e Damares.

É impossível não imaginar a própria Jéssica fazendo o mesmo dez anos atrás. Caixa de fósforos na mão direita, garrafa de álcool na esquerda.
Na cabeça, vozes.

Mate-os.
Mate-se.

Ouço meu instinto e mantenho uma distância segura de Sabrina, atento a seus movimentos. Em seguida, passamos pela porta do closet em que encontramos Gustavo e adentramos a zona fuliginosa do incêndio. Estamos a dois passos do esqueleto metálico da cama de casal quando ela estaca. Um espantalho espetado na terra.
Então começa a balançar o tronco.
Pra frente e pra trás.
Pra frente e pra trás.
Pra frente e pra trás.
E, pela primeira vez desde que pisei naquela casa, não estou certo de que os fantasmas querem apenas se comunicar.
Pra frente e pra trás.

Uni, duni, tê! O que hoje vou queimar?

Pra frente e pra trás.

Mesa, cadeira, na sala de estar

Pra frente e pra trás.

Garoto, garota, só pra provocar

O medo, que até então me cutucava, acerta uma martelada na minha nuca. Com o coração a mil, seguro Sabrina pelos ombros e a chacoalho para arrancá-la do transe.
— O que aconteceu? — pergunta ela, estranhando o ambiente.
— Você começou a fazer coisas dormindo de novo — explico, deixando-a se apoiar no meu tronco para não cair. — Temos que dar o fora desse lugar.

— Mas a gente ainda não terminou de gravar o vídeo.

— Eu tô cagando e andando pro vídeo.

De volta ao nosso QG, começo a arrumar as malas. Só o essencial, deixando pares de meias e embalagens de salgadinhos para o Irmão Gastadeiro, ou seja lá quem for herdar esse mausoléu.

Estou desconectando os carregadores da tomada quando percebo que Sabrina desabou no colchão e comprou uma nova passagem para o mundo dos sonhos.

— Temos que ir — digo, me agachando ao lado dela.

— Só mais alguns minutinhos.

— Você vai poder dormir o quanto quiser quando chegarmos em casa — insisto.

Ela solta um resmungo contrariado e vira o corpo para o outro lado. Depois tapa a cabeça com o travesseiro e finca raízes imaginárias de não-me-tira-daqui.

Dando-me por vencido, pego uma cadeira da mesa e coloco em frente ao colchão dela. Tá, não consigo carregá-la para fora da casa que nem os funcionários das clínicas de reabilitação fazem com os drogados, mas posso ficar de guarda. No pior cenário, ligo para o pai de Sabrina me ajudar a remover a dorminhoca amanhã de manhã.

Sentar e esperar. Nada mais fácil do que sentar e esperar. É o que Adalberto, o porteiro do meu prédio, faz todas as noites. A não ser quando eu volto de uma cabine de imprensa no Cine Petra Belas Artes e encontro o bonitão com as mãos na barriga, roncando.

Deve ser a idade.

Mas, à medida que adentro a madrugada e o restinho de adrenalina evapora das minhas veias, descubro que não.

Os músculos relaxam...

Os pensamentos amolecem...

As pálpebras pesam...

Quando percebo que estou pescando, quase caio da cadeira. Ligeiros, meus olhos percorrem a sala à procura de Sabrina, que continua a nanar como um bebê.

Ufa!

Pressiono o botão lateral do celular, cuja tela de bloqueio mostra quatro horas em ponto.

Franzo a testa.

Considerando que chegamos do shopping antes da meia-noite, como pode ser tão tarde? Será que dormi por tanto tempo?

Mas o gráfico "estranheza da situação" dá um novo salto quando noto que a luz está apagada e que a porta do corredor – que fechei depois de trazer Sabrina de volta para a sala, algo que tenho 200% de certeza de ter feito – está aberta.

Sobre o piso, a poucos centímetros da soleira, um objeto retangular. Eu me levanto da cadeira para examiná-lo. É a caixinha de metotrexato que encontrei na bancada da varanda gourmet. E não está só... Há uma outra caixinha adiante. E outra, e outra, formando a trilha dos sonhos de um hipocondríaco.

Com um péssimo pressentimento, estendo a mão e pressiono o interruptor.

A luz não acende.

Sei que o mais sensato seria correr e parar apenas quando a casa se transformar num pontinho sombrio no horizonte.

Mas só saio dessa casa acompanhado de Sabrina.

Torcendo para que a bateria reserva das câmeras de vigilância funcionasse de verdade, espero minhas pupilas se acostumarem às trevas e sigo as caixinhas. São quatro até o quarto de Jéssica e mais duas até o que parece ser um...

Tablet preto.

Que porra é essa?

Seguro o aparelho entre as mãos e sopro a poeira de sua superfície. Sem muitas esperanças, toco a tela rachada com o indicador, e quase dou um pulo quando ela se acende, no brilho máximo.

Está aberto numa troca de SMSs, os balõezinhos alternando entre direita e esquerda para marcar os interlocutores. O número é desconhecido, e a foto de um contorno humano cinzento sugere que, na verdade, não há foto alguma.

Mas o que prende meu olhar são as últimas três mensagens:

> Q foi?
> Mudou de ideia?

> Tô com medo

> É o único jeito

De repente, som de passos atrás de mim.

Espio por sobre o ombro a tempo de ver uma mecha castanha desaparecer pela moldura da porta.

— Sabrina? — chamo, avançando para o corredor.

Mas ele é apenas um túnel escuro e desabitado.

Sentindo o ar mudar de frio para congelante mesmo com todas as janelas fechadas, passo no quarto de Marcos e Damares para checar se minha amiga não resolveu fazer uma segunda sessão de balance-o-tronco-de-uma-forma-demoníaca. Depois, confiro o banheiro, o quarto de hóspedes e a biblioteca.

Nem sinal...

Mas é quando retorno à sala de jantar que os 206 ossos do meu corpo estremecem. Em frente à cadeira, Sabrina se esparrama no colchão, na exata posição em que a deixei.

Meu cérebro dispara o alarme de perigo e, sem hesitar, corro para acordá-la.

— Bora, levanta! — chamo, puxando-a pelo braço. — Vamos embora agora!

— Qual é o seu problema? — Ela franze a testa.

— Tem alguém na casa.

Minhas palavras parecem surtir efeito, pois ela abandona o estado de torpor e arregala os olhos.

— Gustavo de novo?

— Não, uma mulher.

O som de passos retorna e ergo o indicador em frente aos lábios. O piercing no nariz de Sabrina quase toca meu rosto.

Seja lá quem - ou o que - for, já está se aproximando.

De dentro da casa.

Plack, plack
Plack, plack
Plack, plack

Então, silêncio...

A galáxia, o planeta e os átomos param de girar.

Se estivéssemos num filme de terror, este seria o momento-chave em que a trilha sonora fica muda e a câmera se aproxima vagarosamente do quarto escuro, ou do vão embaixo da cama.

Um elástico prestes a arrebentar.

— O que tá acont...

Mas Sabrina não chega a terminar a frase.

Da boca do corredor, surge uma garota.

Bochechas pálidas, pontilhadas de sardas. Cabelos despenteados que descem como erupções vulcânicas por ombros nus, roçando as alças do pijama de cetim. Em seu colo, a pedra lilás parece emitir um brilho próprio, profundo e abissal, que quase me faz ignorar o ursinho de pelúcia que segura pela mão.

Jéssica dá um grito.

Capítulo 26

Movido por puro instinto de sobrevivência, disparo em direção à porta da frente. Estou descendo a escadinha do alpendre quando percebo que Sabrina continua plantada no meio da sala. Pálida feito algodão e tremendo da cabeça aos pés enquanto o espectro flutua ao seu encontro.

Sem pensar duas vezes, dou meia-volta e puxo minha amiga pelo pulso. Cruzamos o jardim na velocidade da luz, por pouco não tropeçando num galho de mangueira que forças desconhecidas derrubaram sobre a estradinha de cascalhos. Ao alcançarmos o portão, saco a chave - que Jesus me fez guardar no bolso antes de começar a arrumar as malas - e a enfio na fechadura.

Da calçada, dou uma última espiada para me certificar de que não estou delirando.

O fantasma está parado junto à soleira da porta, com seu eterno corpo de quinze anos.

Observando.

— Era a Jéssica! — disparo, sem diminuir o ritmo da corrida. — Ela ainda tá na casa!

Mas Sabrina não responde, os lábios pressionados numa linha tensa.

Só paramos ao chegarmos à esquina.

— Você tá bem? — Apoio as mãos nos joelhos para recuperar o fôlego. — Ela chegou a tocar em você?

— Acho que não — Sabrina responde, num sussurro.

Sem destino certo, fugimos pelas ruas higienopolenses, desertas a não ser por dois jovens bêbados empunhando garrafinhas de corote.

— Que tal dormir em casa hoje? — sugiro ao avistar o trailer de podrão dos baladeiros esfomeados, na Avenida Angélica.

Sabrina me devolve um olhar enigmático.

— Não precisa — responde, sacando o celular e abrindo o app da Uber.

Parece assustada, e isso é bom. A cultura pop nos ensina que pessoas possuídas por espíritos malignos não sentem medo. Além do mais, é de se imaginar que estar longe da casa dos Gonçalves anule – ou pelo menos diminua – a influência de Asmodeus sobre ela.

Mesmo assim...

— Deixa que eu peço pra você. — Enfio o dedo na tela do seu celular para cancelar a corrida. — Melhor poupar bateria pra me mandar mensagem quando chegar.

A carga ainda está em 13%, mas foi a única desculpa em que consegui pensar. Se Sabrina solicitasse a viagem, poderia alterar o trajeto a qualquer momento e voltar para aquele antro demoníaco. Se eu o fizesse, não. Sem falar que seria possível rastrear o carro pelo aplicativo.

Se ela se incomoda com a intromissão, não transparece.

— Obrigada.

Minutos viram eternidades enquanto esperamos. O horário não ajuda a encontrar motoristas livres, e tenho que me segurar para não xingar Moacir, 4,74 estrelas, que diz que não poderia nos buscar porque o preço da gasolina estava alto demais para uma corrida tão curta.

Troco olhares aflitos com Sabrina. Ou melhor, trocaria, se ela os tirasse do chão, dos paralelepípedos trincados da calçada. Está em choque... E quem não estaria? Nós quase morremos, ou pior. Penso em abraçá-la, dizer que estamos seguros e que nunca mais voltaremos a pôr os pés naquela casa maldita, mas algo em seu comportamento me inibe.

Antes que eu mergulhe num *loop* mental de autodestruição, o Ford Ka FRD0194 estaciona ao lado. Cumprimento o motorista e abro a porta.

— Tatuapé? — pergunta ele, assim que minha amiga se instala no banco de trás.

— Isso mesmo — respondo.

Dou tchauzinho, mas Sabrina não retribui, me seguindo com um olhar de peixe morto até desaparecer na esquina.

Sem perder tempo, abro o app da 99 e chamo um táxi. A facada é grande, mas não posso pedir outro Uber enquanto ela não chegar, e os ônibus daquela região têm o péssimo hábito de só funcionarem até a meia-noite.

Bendito cheque especial...

Dentro do carro, começo a acompanhar a viagem de Sabrina em tempo real pelo app. Maximizo o mapa e respiro aliviado ao perceber que já está mais perto *de* casa do que *da* casa.

Abro minha lista de contatos e procuro por "Seu Samuel".

Clico no botão verde de ligação.

Tuuuuuuuu.

Tuuuuuuuu.

Tuuuuuuuu.

— Gael? — atende uma voz rouca, sonolenta e um pouco pistola.

— Desculpa ligar a essa hora, seu Samuel. É que a Sabrina vai chegar em casa daqui a pouco. Pode abrir a porta pra ela?

— Claro...

Pressinto a enxurrada de perguntas, mas sou mais rápido:

— Desculpa, não posso explicar o que aconteceu agora. Mas, se sua filha quiser sair de madrugada, não deixe.

— O que voc...

Então desligo.

Pelo retrovisor, o motorista me observa com um sorriso maroto, e percebo que é dos que gostam de entrosar com os passageiros.

Desvio o olhar e finjo mexer no celular.

Tarde demais.

— Problemas com a namorada?

Forço um riso descontraído.

— Sabe como é, né? Mulheres...

Ele balança a cabeça, orgulhoso por ter "acertado".

— Não fica assim, não, garoto. Quando eu tinha a sua idade...

Aguento meia hora de blá-blá-blá e papo-furado até estacionarmos ao lado do meu prédio. A madrugada me recebe com uma brisa congelante de tremer os ossos. Fecho o zíper do casaco e toco o interfone para acordar Adalberto, que, para variar, está cochilando.

Checo novamente o aplicativo da Uber no elevador e descubro que Sabrina chegou em casa dez minutos atrás. Não satisfeito, abro o Whats para mandar mensagem para seu Samuel, mas o tiozão fotógrafo foi mais rápido:

> Tá trancada no quarto.
> Ñ quis conversar comigo.
> Pq ela tá chorando?

Abro a conversa com minha amiga e mando um "se precisar falar, tô aqui", mesmo sabendo que ela não responderá tão cedo. Com um suspiro, saio para o corredor do 22º andar e dou graças a Deus pelo Gael do passado ter deixado uma chave reserva debaixo do capacho.

Depois de passar a semana numa casa mofada e caindo aos pedaços, minha quitinete é o lar mais acolhedor e cheiroso do mundo. Exausto, chuto os tênis para longe e me arrasto em direção ao quarto.

Espremendo a tensão dos músculos, desabo na cama. Quase posso ouvir o Drácula e a Cruella dando boas-vindas dos pôsteres nas paredes.

Familiaridade... Segurança... Sensações subestimadas que agora inundam meu peito com uma substância quente e adocicada. Um melzinho na chupeta em meio a toda essa loucura.

Em cinco anos de canal, o mais perto que chegamos de uma manifestação sobrenatural foram portas fechadas pelo vento e lâmpadas piscando. Então, em menos de cinco dias, objetos pegaram fogo sem explicação e...

Nós já tínhamos conseguido inscritos e *views* suficientes para fazer o desgraçado do Draco dar pulinhos de alegria.

Do que mais precisávamos?

Era hora de baixar a bola, tomar banho de sal grosso e seguir em frente.

Antes que o fantasma de Jéssica nos queimasse vivos.

Com os pensamentos a mil por hora, enfio a cabeça no travesseiro e bufo porque sei que estou sendo injusto. Afinal, não foi Jéssica que incendiou os sofás. Não foi Jéssica que possuiu Sabrina. Não foi Jéssica que matou minha irmã.

Ela é tão vítima quanto nós.

Como tenho tanta certeza?

Porque, no momento em que fiquei frente a frente com ela e mergulhei fundo em seus olhos, Jéssica falou comigo.

Seis palavras.

Seis palavras que mudam tudo:

"Socorro. Ele tá vindo me pegar."

Capítulo 27

Tente ver um fantasma de verdade pela primeira vez e não sonhar com ele.

Não lembro os detalhes, mas foi um rocambole multicamadas que incluía o fantasma de Jéssica e uma presença maligna que eu não conseguia ver ou escutar.

Só sentir.

Gustavo também deu as caras.

Tão esquisito quanto no mundo de carne e osso, estava debruçado sobre a zona carbonizada do quarto de Marcos e Damares.

Lixando.

Xick, xick
Xick, xick
Xick, xick

De repente ele parou, girou o pescoço e me engoliu com seus olhos escuros.

"Tem mais alguma coisa que queira me contar sobre a sua irmã?"

Acordo gritando e com uma sensação apocalíptica de fim do mundo. Respiração desembestada, pés e mãos tremendo como num acesso de febre.

Mais acostumado a ter pesadelos do que gostaria, uso minha estratégia de criança: fecho os olhos e começo a contar elefantes.

Um elefante...

Dois elefantes...

Três elefantes...

Trombas e orelhas de abano varrem as imagens aterrorizantes da casa dos Gonçalves, afundando-me num estado zen que me faria dormir de novo se um nome não piscasse do canto do meu cérebro:

Sabrina.

Estico o braço para pegar meu celular sobre a mesa de cabeceira. O caos de ontem à noite me fez esquecer de colocá-lo para carregar, mas a barrinha vermelha da bateria resiste bravamente no canto superior da tela. Plugando o cabo, abro o WhatsApp para conferir minha conversa com Sabrina: ela ainda não visualizou nem respondeu minha mensagem.

Cerro os dentes.

Minha amiga entrou em parafuso com a aparição do fantasma de Jéssica.

Mal conseguia falar.

Talvez tudo que precisasse nesse momento era descansar, dormir por quinze horas seguidas antes de conversar sobre o que aconteceu.

Pelo menos, ela está em casa.

A salvo.

Eu acho.

Entre ficar olhando para o teto pensando no pior ou começar a agir, acabo escolhendo a segunda opção. Então me levanto e caminho até o banheiro, onde escovo os dentes e tomo um banho de quase uma hora para compensar os que pulei.

Deixo o quarto com a alma lavada.

Como um pão com requeijão para forrar a barriga e me sento na varanda para fazer fotossíntese. Os carros são como formiguinhas na avenida lá embaixo.

Curioso para saber a reação dos nossos seguidores ao show de horrores da madrugada, abro na página do Assombrasil na Twitch. O último upload, de ontem/hoje, tem exatamente 7 horas, 59 minutos e 59 segundos, o que significa que só se encerrou porque atingiu o tempo limite de transmissão.

Dou uma espiada nos 5.475 comentários do chat, dos quais 99% foram escritos depois das quatro da manhã. Os emojis indagativos 🤨 e os pontos de interrogação levantam a suspeita.

Dou play para confirmá-la.

O fantasma de Jéssica não foi capturado pela câmera da sala de jantar e, como a câmera do corredor não aparece na live, sua estreia em rede nacional teve que ser adiada. Mas o acesso ao *pay-per-view* está a menos de cinco quilômetros de distância, sobre uma mesa velha de uma casa mais velha ainda.

No notebook.

Sem perder tempo, me despeço da minha casinha e saio para pegar o busão. Uma dupla de palhaços distribui panfletos pedindo doações para um projeto beneficente. Contam piadas politicamente incorretas e arrancam risadas dos passageiros.

Não estou na mesma *vibe* que eles.

Na mesma cidade.

No mesmo mundo.

São nove da manhã quando desço no ponto da Avenida Angélica e me embrenho por Higienópolis. Os empregados limpam as piscinas e cuidam do jardim, caras de sono típicas de quem preferiria estar fazendo qualquer coisa que não fosse ficar aparando arbusto de burguês safado.

Ao passar em frente ao sobrado de Gustavo, torço o nariz.

Mais cedo ou mais tarde, terei que tocar o interfone e exigir explicações do lixador de casas alheias.

Mas não agora.

Eu tenho uma filmagem para assistir e um fantasma para flagrar.

Apresso o passo após dobrar a esquina e saco a chave para destrancar o portão. Cruzo o jardim em linha reta, sem seguir a estradinha de cascalhos, então subo os degraus e entro pela porta aberta como um pai preocupado.

Ao chegar à sala de jantar, entretanto, cada célula do meu corpo congela.

Sobre a mesa de mogno: os colares, as garrafas de água e as embalagens de Toddynho/bolacha/salgadinho.

Quanto ao notebook...

O notebook sumiu do mapa.

Por reflexo, relanceio a quina do teto, onde instalamos a primeira câmera: vazia. Meu cérebro gira em torno do próprio eixo, mas não preciso pensar demais para sacar quem é o culpado.

Ou melhor, a culpada.

Sabrina...

Ela não tinha as chaves, e com certeza não escalou os muros de cinco metros que cercam a casa. Ou seja, restam duas possibilidades:

1. Asmodeus recebeu-a pessoalmente, destrancando o portão com seus poderes demoníacos.

2. Sabrina procurou o Irmão Gastadeiro de manhãzinha, inventou uma desculpa esfarrapada e descolou chaves reservas.

Para o bem da minha saúde mental, fico com a segunda opção.

Uma espiada na sala é o suficiente para eu perceber que a bolsa dela também desapareceu, bem como a sua mala.

Mas, se os anjinhos em meu ombro dizem que Sabrina só veio buscar suas tralhas, os diabinhos batem o pé e fazem que não com a cabeça.

"Ela ainda tá possuída", sussurra um.

"Tá tramando algo", rebate outro.

"Talvez ainda esteja aqui", sugere o terceiro.

Encaro a boca do corredor, sabendo que não vou conseguir pregar os olhos enquanto não confirmar que sou a única pessoa viva na casa.

Atenção para o "viva".

Com os músculos tensos, começo a Caça à Sabrina. Checo a cozinha – quem em sã consciência se esconderia na cozinha? –, e em seguida a área externa, cujos únicos esconderijos parecem ser os armários da bancada e o forno – vai que, né?

Percebendo que a câmera da sala não foi a única a evaporar, volto para dentro e examino os banheiros, a biblioteca e os quartos, mas tudo se resume a pó, silêncio e uma aura inconsolável de abandono.

Inspeção concluída, suspiro e caio sentado na cama de Jéssica. Não sou expert em esconde-esconde, e uma família rica sempre pode ter um cômodo secreto para torturar seus inimigos, mas acho que posso ficar um pouco – bem pouco – mais tranquilo de minha melhor amiga não ter encontrado o mesmo fim de Jéssica.

Melhor amiga...

Será que Gustavo também tentou salvar a melhor amiga dele?

Instintivamente, meus olhos procuram pelo mural sobre a escrivaninha até acharem uma foto dos dois. Estão erguendo as mãos no topo de uma formação rochosa que logo reconheço como a Pedra Grande, no Parque Estadual da Cantareira.

Jéssica, Gustavo e...

A garota loira com uma pintinha sobre o lábio esquerdo aparece em mais fotos. Na festa de aniversário da amiga, exibindo um sorriso banguela de criança. Na entrada de um museu que, pelas roupas de frio, deve ficar na Europa.

Sempre com Jéssica.
Sempre com Gustavo.
Seriam eles um triozinho?
Na verdade, os dois parecem disputar a filha de Marcos, agarrando-a pelos braços e espremendo os rostos contra as bochechas da garota.

Quando começo a me perguntar como descobriria o nome da garota, percebo que, numa das fotos, ela estava usando um crachá. As duas estão embaixo de um viaduto, na companhia de outros voluntários e meia dúzia de moradores de rua, no que parece ser um projeto de caridade.

O crachá é pequeno e as letras, menores ainda. Mas foi tirada com câmera de rico, o que significa que possui a melhor definição possível para a época.

Semicerro as pálpebras para ler melhor.

Letícia... Bertolotti.

Agradecendo a Deus por aquele sobrenome difícil, pesquiso no Instagram e descubro que a garota com ar de patricinha hoje é empresária. Como diz sua bio: "Fundadora da premiada Sorveteria Favo de Mel, quatro estrelas no Guia da Folha".

Uma visita que certamente renderia respostas.

Se não respostas, pelo menos sorvete.

Pesquiso o endereço do estabelecimento, passo um desodorante e cato a única peça de roupa não usada da minha mala: uma regata do Gasparzinho.

Se Sabrina estivesse comigo, com certeza diria para eu criar vergonha na cara e comprar roupas mais sérias.

Cruzo o jardim no piloto automático. Com uma pontada de saudade e outra de preocupação, saco o celular e abro na nossa conversa pela segunda vez.

> Se precisar falar, tô aqui

Visualizada, mas não respondida.
Com um suspiro, deixo a casa.

Passado

11 dias antes da morte de Eloá

Clico acidentalmente na notificação de SMS que desce a tela do tablet e saio do Minecraft.

R$ 25 OFF na sua primeira compra de mercado pela FoodTurbo

Sabendo que aquela promoção aleatória me faria ser morto por um zumbi, xingo os criadores do app. Estou prestes a voltar para o jogo quando percebo que recebi 1.284 mensagens de um número desconhecido. Intrigado, clico na barrinha para acessar a conversa e descubro que não só recebi as mensagens.
Eu também as respondi.

> N faz isso
> Pf
> ☹

Mais perdido do que cachorro em dia de mudança, fico encarando a tela. Então me dou conta de que elas só podiam ser...
De Eloá.
Desde que descobri que papai a trancou no porão, continuei a visitá-la todas as noites, para emprestar meu tablet. Mas nunca me perguntei o que minha irmã fazia com ele.
Assistia a animes?
Jogava Gartic?

Brincava de sabre de luz com a lanterna?

Não...

Engolindo em seco, rolo a conversa para checar se as datas batem. Ainda estou na metade da barrinha quando contornos e cores assustadoras cruzam a tela, rápidas demais para eu entender o que são.

Sinto que vou me arrepender, mas a curiosidade arrasta meu indicador para cima para rever as fotos.

O tablet quase cai da minha mão.

É um ombro. Não dá para saber de quem, pois a pessoa está de costas. Até aí, tudo bem, mas a pele está... doente. Inchada, vermelha feito pimentão. Quatro ou cinco bolhas saltando, uma delas estourada.

Ainda estou me perguntando o que aquela coisa horrorosa está fazendo nas mensagens de Eloá quando escuto a voz.

Parece vir lá de fora, do jardim.

Baixinha, quase um sussurro.

Seria... um ladrão?

Meu primeiro impulso é correr para a cozinha e chamar mamãe, então lembro que ela foi levar as doações para o Orfanato Dente de Leão. Agoniado, espio o vaso indígena no canto da sala, lar da chave do porão. Eloá já tem 15 anos, vai saber o que fa...

"Tem algo dentro de mim, algo ruim."

Sentindo um arrepio na nuca, desisto do vaso e atravesso a sala na ponta dos pés. Sigo até o quarto dos meus pais no fim do corredor e abro a porta sem fazer barulho. Com as pernas bambas, eu me agacho e enfio a mão debaixo da cama.

Por um momento, penso que papai mudou o esconderijo. Mas logo meus dedos o encontram.

Seguro o cabo e arrasto o objeto para mim.

É pesado, brilhante, como nos filmes de faroeste.

O revólver de papai.

Me lembro do dia em que ele o trouxe para casa como se fosse ontem. Nossos vizinhos, os Almeida, tinham acabado de ser assaltados. Os ladrões esperaram a tia Kátia chegar do trabalho e colaram com as motos. Amarraram todo mundo e depois passaram duas horas dentro da casa. Levaram até os tênis do Nicolas.

— Quero ver alguém tentar entrar aqui com essa belezinha — disse papai durante o jantar, admirando o revólver.

— Não fique mostrando isso pras crianças, querido — retrucou mamãe.

Papai a ignorou e voltou sua atenção para mim.

— Sabe o que é isso, filho?

Eu arregalei os olhos e fiz que sim com a cabeça.

— Uma arma.

— Isso mesmo! Se algum vagabundo invadir nossa casa, é com ela que papai vai nos proteger. — Apesar dos protestos de mamãe, ele colocou o revólver em minhas mãos. — Isso se eu já tiver voltado da igreja. Caso contrário, o homem da casa passa a ser você, filho.

Engoli em seco.

— Mas eu não sei atirar.

— Seu paizão aqui te dá umas aulas. — O toque dele fez meu ombro congelar. — Além do mais, eu abençoei o revólver.

Soltei um riso forçado, sem entender por que um pastor abençoaria um instrumento perigoso que só traz morte e tristeza.

Mas papai logo respondeu:

— Mata até o Satanás!

O flashback é interrompido pelo som de risinhos, ao longe. Eles contornam a lateral da casa e entram pela janela do quarto como um enxame de moscas.

O que esse cara é, afinal? Ladrão ou contador de piadas?

Segurando o revólver, refaço meus passos pelo corredor e deslizo até a cozinha. A porta da garagem está fechada, mas não trancada. Eu a abro com cuidado para não fazer barulho.

Do meio da garagem, consigo enxergar apenas o pedacinho do jardim que leva ao portão eletrônico, uns dez metros à frente.

Mas o que os olhos não veem, os ouvidos escutam.

Os sussurros estão mais próximos.

Quase posso identificar as palavras.

"... o homem da casa passa a ser você, filho."

Aperto os dedos ao redor do cabo do revólver e avanço a passos de tartaruga. Estou prestes a alcançar a esquina da garagem/jardim quando tropeço numa pilha de tábuas velhas.

Merda...

Ligeiro, apoio as mãos para não cair de cara, mas acabo ralando o joelho. As tábuas se esparramam num estrondo, o que parece assustar o ladrão, pois o escuto correr para longe.

Assim que recupero o equilíbrio, cato a arma do chão e me apresso em direção ao jardim.

Mas ele não está mais lá.

Não teria tido tempo de escalar o portão. Além do mais, eu teria escutado. As grades são velhas e enferrujadas, e só eu sei o melhor lugar para encaixar o pé.

O que significa que...

Luz não faz curva, uma regrinha chata da física que não me deixa enxergar o corredor lateral da casa. Meus olhos medrosos procuram por ajuda na rua, mas nenhum vizinho está lavando a calçada ou cuidando do jardim.

Sou só eu e eu mesmo.

Com o dedo no gatilho, cruzo o jardim até alcançar a boca do corredor. É estreito e longo, tipo os túneis que passam debaixo das avenidas no centro da cidade. E, se você gritar fazendo concha com as mãos, o som faz eco.

Não que isso seja importante.

Eu chego ao final do corredor e encontro o quintal deserto, a não ser pelos grilos que cricrilam de seus abrigos secretos. Olhos atentos e orelhas em pé, caminho até a porta dos fundos e verifico que ela continua trancada. Por dentro, como mamãe sempre faz antes de sair.

Os muros são ásperos e sem pontos de apoio, difíceis de escalar para qualquer um que não seja um ninja treinado. Além do mais, o quintal não oferece bons esconderijos.

Exceto o armário de jardinagem.

À primeira vista, parece que a porta está fechada, mas se você reparar bem vai perceber uma fresta bem pequena, menos de dois dedos de grossura.

Trinco os dentes.

Ele está lá...

Eu aponto a mira em direção ao armário, me esforçando para controlar o tremor em minhas mãos.

Um passo atrás do outro.

Um passo atrás do outro.
Um passo atrás do outro.

Será que o ladrão vai morrer com o tiro?

Engatilho o revólver como papai ensinou.

A Bíblia diz "não matarás".

Encaixo o dedo no gatilho.

Não quero ir para o inferno.

— Não se aproxime, Gael.
A voz me atinge como uma flecha venenosa, paralisando meus movimentos.
— Como... Como você sabe meu nome?
Por um momento, chego a pensar que imaginei os sussurros, as risadinhas, a voz... Então ela ressurge das profundezas do armário:
— Sei mais sobre você do que imagina. — A porta range, mas não se abre. — Sei que construiu um castelo com fosso de crocodilos no Minecraft, e que rouba bolachas do armário da cozinha pra comer antes do jantar.
Não sei o que dizer.
Como o ladrão poderia me conhecer desse jeito?
— Quem... Quem é você?
— Esqueceu que a gente conversou na quinta-feira passada?
— Hã? Como assim?
— Na porta do porão, de madrugada — responde a voz, sombria. — Sou aquele que está dentro de Eloá.
Meu sangue congela.
Dou um passo para trás, os braços caindo ao lado do tronco com o revólver.
— Por que você quer fazer mal à minha irmã? Por que quer... matá-la?
— Eu nunca faria mal à Eloá. — A voz parece surpresa. — Muito menos a mataria.
— Então por que você tá dentro dela?
— Para libertá-la.

Nesse momento eu me lembro do vídeo proibido do acampamento, e de como todo mundo fofocava a respeito dele como se fosse a coisa mais horrorosa do mundo.

— Eu não acredito em você — digo, por fim.

— Eu não preciso que você acredite em mim — retruca a voz, seca. — Vou levar sua irmã comigo, quer você queira, quer não. Ela é boa demais pra ficar aqui.

Eu ergo o revólver abençoado e aperto o gatilho. Uma, duas, três vezes, só para garantir. Os sabiás-laranjeira fogem piando da macieira do vizinho, e o demônio cai morto no gramado.

Mas esse filme de ação só se passa dentro da minha cabeça. No mundo real, não estou preparado para ser o homem da casa.

— Papai não vai deixar — sussurro, grudando o queixo no peito.

— Seu pai acha que pode fazer o que bem entender, mas ele é só um homem. — O silêncio se estica entre nós antes de a voz completar: — Um homem podre e nojento.

— Não fala ass...

— Calado!

A voz sai forte como o rugido de um urso, inundando o corredor lateral e criando ecos monstruosos que fazem meus ossos chacoalharem:

Calado!
Calado!
Calado!
Calado!
Calado!

— Você já viu um demônio em sua forma verdadeira? — pergunta.

Balanço a cabeça.

— O gato comeu a sua língua?

— Não — murmuro, torcendo para mamãe chegar logo. — Não vi.

— Ainda bem, porque quem vê um demônio em sua forma verdadeira fica cego. Nunca mais volta a enxergar. É isso o que você quer, Gael?

— Não.

— Então solte o revólver e feche os olhos.

Sem dizer um "ai", obedeço.

Então espero.

Espero.

Espero.

Tento ficar parado, mas meu corpo treme feito gelatina.

De repente, a porta do armário se abre. Um rangido desafinado. Pés na grama, não sei dizer se dois ou quatro. Nenhum passo enquanto projeta seu corpo para fora. Então eles começam, pesados, como se pertencessem a alguém muito grande. Grande demais para caber num armário de jardinagem.

Sentindo o coiso ruim se aproximar, prendo a respiração. Os passos param a poucos centímetros de mim e rezo para ele não me comer vivo. Aperto as pálpebras, temendo que uma única espiadinha queime meus olhos.

— Antes que eu vá embora, quero que me prometa três coisas, Gael.

Quase dou um pulo ao sentir o hálito ardente dele em minha orelha.

— O qu... O quê?

— Primeiro, não conte ao seu pai sobre o nosso encontro. Segundo, pare de bisbilhotar as mensagens de Eloá. E terceiro... — Ele se cala por um instante. — Ajude a sua irmã.

Estou tão aterrorizado que nem percebo que o último pedido faz zero sentido.

— Você promete?

— Eu... Eu prometo.

Sem dizer mais nada, o capiroto começa a se afastar. Passos vagarosos e arrastados de quem não tem medo de nada.

Nem do escuro.

Nem do revólver.

Nem de papai.

"Um homem podre e nojento."

Nunca pensei que existisse uma espera pior do que a da fila da vacina, mas estava enganado.

Chega uma hora que não consigo mais escutar os passos, e fico sem saber se o filhote de cruz credo já atravessou as paredes da casa, desceu para o porão e entrou no corpo da minha irmã.

Começo a contar para garantir.

Um elefante...

Dois elefantes...

Três elefantes...

Só quando chego no número mil que crio coragem para abrir os olhos e espiar por sobre o ombro, para o quintal vazio e ensolarado do fim de tarde. À minha frente, a porta escancarada do armário é a prova de que não era minha imaginação pregando peças.

Então, desamarrando os cento e um nós que embaraçavam meus nervos, eu me deito na grama, ao lado do revólver.

E começo a chorar.

Capítulo 28

A sorveteria Favo de Mel tem pufes coloridos, estantes de livros e uma parede de quadro negro onde os clientes podem assinar seus nomes.

O tipo de lugar que você frequenta para parecer descolado.

Ao meio-dia não está cheia. Mas também, se o ser humano toma sorvete antes de almoçar, só pode ter um parafuso a menos. É o que penso a respeito do cara de terno mergulhando num balde de picolés e da garota de short jeans rasgado, de mãos dadas com um pirralhinho.

— Eu quero o grande — diz ele, apontando para o maior pote da bancada.

— Você não vai aguentar comer tudo — retruca a garota.

— Mas eu quero!

À frente deles, uma atendente apática, com chapéu de casquinha de sorvete, força um sorriso de espantalho.

Não, não é Letícia.

Letícia está no caixa, contando as notas de cinquenta da caixa registradora. Ao perceber minha presença, ela desce do banquinho e se aproxima da vitrine de sabores.

— Bom dia! Já conhece a Favo de Mel?

Como sei que é ela?

Loiras de olhos azuis não são tão comuns quanto os filmes de ensino médio estadunidenses fazem parecer. Sem falar na pinta marrom sobre o lábio esquerdo, bem mais charmosa do que nas fotos.

Relanceio o anúncio de "Experimente até três sabores" sobre a bancada.

— Pode escolher sem medo — encoraja minha anfitriã, com um risinho. — Garanto que todos são bons.

Retribuo o riso no automático enquanto penso na melhor forma de introduzir o assunto. Incorporando o personagem, lanço um olhar desejoso para a massaroca branca com raspas esverdeadas à minha frente.

— Posso experimentar o de limão siciliano?

— Claro. — E nisso ela abre a portinhola do meio e pega um tiquinho de nada com a pazinha de madeira.

Melhor ser sincero ou inventar uma história?, penso com meus botões ao abocanhar a amostra grátis.

Explosão de sabor!!!

— E aí, qual vai ser o próximo?

Demoro alguns segundos para me recuperar do choque.

— Me vê um pouquinho do cookie com leite ninho, por favor.

— É pra já!

Ela desliza pelo balcão e abre a portinhola da direita. Dessa vez, pega um pouco mais.

Letícia não deve ter recebido tantas visitas de jornalistas quanto Gustavo. Ainda mais depois de dez anos. Não tem como não achar estranho.

Experimento o segundo sabor.

Orgasmo gastronômico!!!

— Esse deixa um gostinho achocolatado na boca — explica ela, com ar de mestra confeiteira. — Você nunca mais vai querer escovar os dentes.

— Não mesmo — respondo, sem puxa-saquismo. — E, pra terminar, abacate com frutas vermelhas.

Habilidosa como uma espadachim, ela dá uma guinada para a esquerda e abre a portinhola. Então se inclina sobre a gororoba verde-escura.

Ela não toparia ressuscitar o passado traumático só porque um cara x usando regata do Gasparzinho pediu, penso.

Sem saber onde eu estava com a cabeça quando decidi procurá-la, levo a pazinha à boca.

pqp!!!

— Aprovados?

— Aprovadíssimos!
— E aí, quantas bolas vai querer?

Hesito por um instante, e quase solto um "Desculpa, acho que estou com dor de barriga", mas a ousadia fala mais alto:

— Sendo sincero, não entrei aqui pra tomar sorvete.

Letícia cruza os braços e faz cara de poucos amigos.

— Precisava de tudo isso pra me assaltar?

Lembro-me do maço de onças na caixa registradora. Não seria má ideia, mas sou o mocinho da história.

— Só quero conversar um pouco.
— Sobre o quê?
— Uma amiga sua.

Ela arqueia as sobrancelhas ao estilo "quem é a azarada?".

— Jéssica.

A expressão durona da loira murcha como a flor que uma vovó com Alzheimer esqueceu de regar.

— Não vai me dizer que você é um desses aficionados por crimes.
— Mais ou menos.
— Todos dizem "mais ou menos". — Sem risadinha. — Como você me achou?

"Fuçando no mural de fotos da sua falecida amiga" seria a verdade, mas não quero soar ainda mais *creepy*.

— Você é uma empresária famosa — respondo.
— Hum, sei...

Percebendo que ela não daria o braço a torcer, abro o jogo:

— Acredito que a morte de Jéssica esteja relacionada com a morte da minha irmã.

Careta de surpresa.

— Isso é sério?

Faço que sim com a cabeça.

— Quem é a sua irmã?
— Eloá — respondo, com um suspiro —, mas você não a conhece.

Ela me analisa por um instante, fazendo uni, duni, tê entre me chutar para fora ou...

— Senta lá que eu levo seu sorvete.
— Não tenho como pagar.
— Cortesia da casa.

Meu estômago agradece com um ronco, então caminho até a mesa mais afastada do salão. Letícia tira o boné de casquinha e cospe ordens para a atendente apática, que responde com um joinha. Em seguida, pega um pote médio, abre a portinhola e faz um combo de duas bolas cujos sabores, de longe, não consigo adivinhar.

— Acho difícil eu não conhecer a sua irmã, ou pelo menos ter ouvido falar dela. — comenta, se sentando à minha frente e colocando meu "almoço" na mesa. — Eu e Jéssica éramos, tipo, melhores amigas.

Imagino Gustavo se remexendo na cama.

— Não acho que Jéssica conhecia a minha irmã.

Letícia enruga a testa.

— Você não disse que as mortes tavam relacionadas?

"É que elas usavam o mesmo colar amaldiçoado", a resposta se forma em meus lábios.

Dou de ombros.

— Sim, mas não sei como. É o que eu tô tentando descobrir.

— Mas que conversa de doido. — Ela solta uma risada trevosa. — Assim fica difícil de ajudar.

— Pode começar falando sobre os últimos dias de Jéssica. Você percebeu algo diferente?

— Diferente como?

Pela expressão de raposa astuta, Letícia entendeu direitinho a pergunta, mas está se fazendo de difícil.

— Algo estranho em seu comportamento — explico.

— Jéssica era uma garota estranha.

— Em que sentido?

— Perfeita demais — responde, com ar de enfado. — Bonita, melhor da turma, atleta, dedicada a causas sociais. O tipo de filha que meus pais gostariam de ter tido.

A inveja transborda da sua boca feito água de melancia. Um sentimento nada tranquilo a se nutrir pela melhor amiga. Se bem que, dando um desconto a Letícia, não deve ter sido fácil crescer à sombra da Filha Perfeita.

— Mas e quanto aos últimos dias? — insisto, ciente de que a garota falou, falou, e no fim não falou nada.

— Você realmente invocou com esses "últimos dias", hein? — alfineta ela, inclinando o tronco para trás numa gargalhada. — Mas tem razão. Jéssica ficou meio "distante" nas semanas que antecederam os assassinatos.

Fico esperando a chatonilda continuar, mas percebo que não me entregaria as respostas de bandeja, como fez com o sorvete.

Eu teria que pedir.

— Como assim, distante?

Ela sorri, satisfeita.

— Não respondia às minhas mensagens, faltou ao nosso fim de semana no spa e ao amigo secreto da equipe de tênis — responde ela, como se enumerasse itens de uma lista de supermercado. — Enfim, deu uma sumida.

Trinco os dentes.

Provavelmente já estava possuída.

— Você tem ideia do motivo?

— Eu não "tenho ideia". Eu *sei* — Seu tom é cabalístico, de cartomante. — Foi o acampamento.

Espero por mais detalhes, mas Letícia apenas me engole com aqueles olhos gelados.

Jesus, dai-me paciência...

— Que acampamento?

— Calma aí, apressadinho — retruca ela, começando a frase no agudo e terminando no grave. Em seguida aponta para o pote à minha frente. — Você nem tocou no sorvete.

Sem querer dar uma de mal-agradecido, mergulho a pazinha e pego um pouco de cada sabor. Um mix de paçoca com damasco que hipnotiza minhas papilas gustativas.

Letícia me observa com um sorriso cínico de coiote. Sabe que estou me mordendo de curiosidade, e se diverte com isso.

— Foi coisa do pai da Jéssica — volta a falar, com um revirar de olhos. — Ele queria conquistar o apoio da bancada evangélica, e resolveu que a melhor forma de fazer isso era mandar a Jéssica pra um acampamento de jovens. Uma ideia lament...

— Acampamento de jovens?

Ela franze o cenho. Não gostou da interrupção.

— Foi mal — digo, mostrando as mãos num gesto de rendição. — É que...

Existem pelo menos cinquenta acampamentos evangélicos em São Paulo. Toda igreja tem o seu. Uma forma barata e eficiente de criar laços entre os fiéis, unir o rebanho.

Mas a minha intuição diz que, talvez, só talvez...
— Onde foi o acampamento? — pergunto, por fim.
— E isso importa?
— Muito.
Ela suspira fundo, com preguiça de mim.
— Numa fazenda no Vale do Ribeira, perto do Petar.
O chão se esmigalha, e todo som, luz e cheiro é repelido pela bolha que se forma ao meu redor.
Que.
Merda.
Isso.
Significa?
Então foi no acampamento que Jéssica cruzou o caminho da minha irmã? Foi lá que se conheceram? Ou não se conheceram? Talvez tenham se visto de relance, cinco segundos enquanto jogavam queimada ou pique-bandeira.
Sem saber que, dois meses depois, estariam mortas.
Os colares...
O vídeo...
Asmodeus...
Como tudo isso se conecta?
Sou sugado novamente para o mundo de carne e osso por Letícia, que estala os dedos em frente ao meu nariz.
— O que foi? — indaga ela, mais debochada do que preocupada. — Tá passando mal?
— É o calor. Acho que minha pressão baixou — minto. — O que aconteceu no acampamento?
— Calma, campeão, vou pegar um pouco de água.
— Não preci...
Mas Letícia me poda com um aceno, uma pequena vingança por minhas interrupções. Com uma piscadela, se ergue e caminha até o balcão.
Eu me esforço para manter a calma. Não faço as perguntas certas quando estou nervoso. Troco nomes, tropeço nas palavras. E o comportamento hostil de Letícia só piora as coisas.
Essa conversa seria mil vezes mais fácil se Sabrina estivesse comigo. Ela e sua frieza de jogadora de xadrez.

Merda...

Minha anfitriã reaparece com uma garrafinha de água com gás. As bolhas rasgam minha garganta, mas bebo mesmo assim.

— Fui diminuir a temperatura do ar-condicionado e percebi que já tá no dezesseis. Gozado, não?

— É, talvez não fosse o calor.

Ela faz arminha com a mão. Em seguida solta uma risada.

— Voltando ao acampamento... — recomeça ela, se sentando. — Jéssica não conhecia ninguém da igreja, mas não sabia dizer não ao pai, então me chamou pra ir junto. Nem preciso dizer que tava zero a fim de ir, mas eu não ia bancar a megera que abandona a melhor amiga com a turminha da catequese — conta, bufando como se carregasse o fardo de um milhão de vidas. — Fui com as expectativas tão baixas que até achei legal. Tinha gincanas, cachoeiras, uns garotos bonitinhos. — Ela ri entredentes antes de vestir a máscara da seriedade. — Tudo ia bem, até que Jéssica...

Dessa vez não faço o jogo dela. Essa cosplay de psicopata já me trollou demais por uma tarde para exigir um "Jéssica o quê?".

Ela parece perceber minha irritação, mas não se contém:

— Jéssica surtou.

— É isso o que acontece quando uma patricinha acampa no meio do mato — retruco.

Ela dá um tapa no ar.

— Você não tá entendendo... não é que ela surtou — explica, fazendo aspas com os dedos. — Ela SURTOU! Foi na segunda noite. Os inspetores chamaram a gente pra formar um círculo no gramado. Armaram uma fogueira. Até aí tudo bem. Então apareceram com um boneco de palha esquisito e... puseram fogo nele. — Leva a mão ao rosto, indignada. — Fogo, cara! Esses crentes são malucos!

A Fogueira de Judas é uma tradição da Igreja do Paraíso Eterno não praticada, e até mesmo criticada, por outras igrejas evangélicas, que a consideram um ritual pagão. Mas, segundo meu pai, ela tem um propósito nobre: "Para as pessoas entenderem para onde vão os impuros". E o mais bizarro é que os fiéis adoravam. Eles tiravam fotos e passavam o dia todo coletando gravetos para abastecer o fogo.

O fogo da ira de Deus.

— Só não tô entendendo em que parte dessa história a Jéssica entra.

— O fogo — dispara Letícia, como se eu fosse um idiota. — Quando o fogo se espalhou pelo boneco, ela entrou em pânico. Caiu no chão, começou a gritar. Eu nunca tinha visto minha amiga daquele jeito.

Engulo em seco.

Não tem como não perceber a semelhança entre a Fogueira de Judas e a forma como Marcos, Damares e a própria Jéssica morreram. Será que foi nesse momento que ocorreu a possessão? Asmodeus entrando no corpo de Jéssica para, depois, abocanhar minha irmã?

— Por que ela surtou? — questiono, por fim.

Letícia dá de ombros.

— É o que eu me pergunto até hoje.

Dois caras com roupas de corrida entram na sorveteria. De mãos dadas, caminham até o mostrador de sabores. Letícia acompanha os recém-chegados com o canto dos olhos, e percebo um ar não tão bem disfarçado de reprovação.

— O que aconteceu depois? — pergunto, resgatando sua atenção. — Você chegou a falar com a Jéssica sobre isso?

— Ela não quis nem tocar no assunto durante o acampamento e, quando voltamos pra São Paulo, não era mais a mesma. Parecia me evitar, e nas raras vezes em que conversamos eram sobre coisas do dia a dia.

O ressentimento em sua voz é tão pesado que as palavras quase caem no chão.

Escuto risadas vindas da rua, e um grupinho de sete ou oito adolescentes usando uniformes escolares atravessa a porta automática.

— Melhor eu ir — digo, sabendo que a Favo de Mel vai precisar de todas as mãos disponíveis para servir aqueles esfomeados em fase de crescimento.

— Mas já? — retruca Letícia, sem parecer particularmente preocupada.

— Valeu pela conversa, e pelo sorvete — agradeço, pegando o copo vazio para jogar no lixo. — Prometo fazer uma divulgação gratuita no meu canal.

— Canal?

— Sou youtuber.

— Ah, é? — indaga, entre surpresa e impressionada. — Pelo seu jeitinho nerd, aposto que faz *gameplays*.

— É um canal sobre casas mal-assombradas.

Uma pausa dramática, e então a ficha cai.

— Então quer dizer que a história da sua irmã é...
— Não, não! — Balanço as mãos para desfazer o mal-entendido. — Essa parte é verdade.
— Hum... Acho bom mesmo — rebate ela, mas parece convencida.
— Senão eu te mataria aqui mesmo.
Rio de nervoso.
Letícia está se erguendo da cadeira quando uma pulga morde minha orelha.
— Gustavo — cuspo o nome. — Qual era a sua relação com ele?
Dura menos de um segundo, mas o canto dos seus lábios se encolhe num espasmo.
— Ah, normal — responde ela, ao melhor estilo não-sei-mentir.
— Eram amigos?
— Amigos, não. Estávamos mais pra conhecidos. Ele era amigo da Jéssica. — Ela pensa por um instante, então acrescenta, destilando veneno: — Pelo menos, até eles brigarem.
Mordo o canto interno da bochecha, sem esconder a surpresa.
— Eles brigaram?
— Sim. Um dia antes de Jéssica morrer.
Nas séries policiais, os investigadores sempre perguntam se a vítima tretou com alguém antes de ser assassinada.

Bem-me-quer...

Gustavo amava Jéssica,

Mal-me-quer...

mas Amor e Ódio são irmãos

Bem-me-quer...

siameses

Mal-me-quer...

Que compartilham os mesmos órgãos.

Um prato cheio para teorias da conspiração, se eu já não soubesse a identidade da assassina.

— Não me lembro de ler sobre uma briga nos informes policiais — comento, desconfiado.

— É porque ele não contou, dããã.

— Nem você.

Ela me estuda por um momento, então assente com a cabeça.

— Foi na casa da Jéssica, e eu também tava lá. — Letícia desliza a mão pelo uniforme para desamassá-lo. — Se contasse, poderiam me considerar suspeita.

"E não é?", minha língua quase dispara, mas eu me controlo.

— Qual foi o motivo da briga?

— Não sei.

— Como assim, não sabe?

Ela revira os olhos.

— Eles se trancaram no quarto. Eu fiquei no corredor, tentando ouvir escondido. Mas casa de rico tem parede grossa.

— Então como sabe que eles brigaram?

Chego a pensar que peguei a afrontosa no blefe, mas a boca dela se estica num sorriso de raposa.

— Porque, quando Jéssica saiu do quarto, seu rosto tava com uma marca de tapa.

Capítulo 29

Saio da Favo de Mel para as ruas frescas e sossegadas de Moema, onde senhoras estilosas passeiam com seus yorkshires e casais sorriem suados depois de um treino exaustivo de *beach tennis*. Ao contrário dos prédios de estilo modernista de Higienópolis, os daqui são mais clássicos: beges, brancos e com sacadas com balaústres que lembram as construções da Grécia Antiga.

Sentindo o sol chicotear minhas costas, aperto o passo em direção ao ponto de ônibus, vazio até a chegada de Gael, o reflexivo.

Sento-me no banco.

Ao meu lado, um mini-outdoor anuncia a estreia da quarta temporada de *Stranger Things*:

"Mergulhe de cabeça no Mundo Invertido
1 de julho"

É como eu me sinto depois da revelação bombástica de que Jéssica participou do acampamento para jovens da igreja do meu pai.

Não tem como não pensar nas histórias de bruxaria que rondam o quilombo Jandira, vizinho à Fazenda Recanto Feliz. Tio Valdomiro adorava contá-las nas galinhadas e feijoadas da igreja, para assustar as crianças. Segundo ele, os quilombolas sequestravam crianças das cidades próximas para rituais de magia das trevas.

Já estou imaginando Madame Hulu gargalhando em seu túmulo quando a voz da razão me lembra de que se tratavam de relatos 100% racistas e mentirosos.

Sacudo a cabeça.

O trânsito do almoço trava a Avenida Ibirapuera, transformando os trinta minutos do GPS em uma hora e dez. Mas não me importo. Passo a viagem com a bochecha espremida contra a janela, tentando colocar ordem no caos instaurado pela conversa com a sorveteira psicopata. É como tentar montar um quebra-cabeça no escuro, ou colar os cacos de um vaso estilhaçado.

Mas conheço uma pessoa que talvez possa me ajudar...

Desço no ponto e caminho até o sobrado dos muros de caco de vidro. Em seguida paro em frente ao portão enferrujado.

Com um suspiro, toco o interfone.

— Quem é? — pergunta Gustavo, após uma espera que pareceu eterna.

— Aqui é o Gael. Queria me desculpar por...

Ele desliga na minha cara.

Volto a apertar o botão.

Cinco...

Dez...

Quinze segundos...

Enfio o dedo bem fundo, imaginando a campainha perfurando os ouvidos dele.

— Cara, vai embora antes que eu ligue pro 190.

— Não vim pra bri...

Ele desliga na minha cara.

De novo.

Penso em bancar o insistente, mas dou meia-volta e me afasto pela calçada. Da próxima vez, nada de interfone. Eu vou é pular o muro e entrar de fininho pela porta dos fundos.

Crédito para isso eu tenho.

Contorno o quarteirão com um gosto amargo na boca e a sensação de que o universo não gosta de mim. Mas não tenho tempo de curtir a bad. Ao dobrar a esquina, avisto um contorno humano em frente à casa dos Gonçalves.

Sabrina?

À medida que me aproximo, a resposta surge como um grande NÃO: em vez de mechas azuis, o que vejo é o boné de treinador pokémon que tanto odeio.

Xande...

— O que você acha que tá fazendo aqui? — pergunto, com cara de poucos amigos.

— Bom dia pra você também, esquisitão — responde ele, costurando um sorriso falso. — Vim dar uma olhada no que vocês tão apontando.

Pausa calculada de cinco segundos.

— Pronto, já olhou. Agora pode ir embora.

— Alguém aqui tá precisando transar mais — ele tira sarro. — Onde tá a Sabrina?

— Ela não tá mais aqui.

— Hum... — Faz biquinho. — E não vai me convidar pra entrar?

— Não.

O clima é tão azedo quanto careta de criança chupando limão, mas não o suficiente para fazer o mestre Pokémon desistir.

— Eu sei o que vocês fizeram.

Arqueio a sobrancelha.

— O que a gente fez?

— Forjaram manifestações sobrenaturais pra ganhar seguidores.

Tenho que segurar a gargalhada.

— Isso tudo é inveja?

— Inveja? Até onde sei, ainda tenho o maior canal de casas mal-assombradas do Brasil.

Mas há medo em sua voz. Posso senti-lo como um tique que alguém tenta reprimir para não transparecer o nervosismo.

— Não por muito tempo — rebato, sabendo que o Assombrasil está a menos de trinta mil inscritos de alcançar o "Explorando com Xande".

— Trapaceando, até o Pablo pseudocrítico de cinema consegue.

Suspiro fundo. Não quero ceder às provocações.

— Você por acaso assistiu às nossas lives?

— Infelizmente, sim.

— O ursinho e os sofás pegaram fogo sozinhos. Qualquer um conseguiria ver isso. — Dou de ombros. — Até onde sei, nem eu nem Sabrina temos poderes pirocinéticos.

Xande revira os olhos com desdém. Em seguida, saca o celular, desbloqueia a tela e a exibe para mim.

Reconheço o logo da sacolinha de compras antes mesmo de ler o nome AliExpress na barra superior. Para quem não conhece, o AliExpress é a versão chinesa do Mercado Livre e da OLX, só que maior, melhor e mais barata.

Você acha qualquer coisa lá.

Qualquer coisa.

O produto em questão custa dez dólares e tem previsão de entrega de 45 dias para o apartamento de Xande, na Vila Mariana. Seu nome é "combustor de acionamento remoto", e sua descrição: "A melhor opção do mercado para destruir a plantação do seu concorrente sem deixar rastros."

Só pode ser zoeira...

— Aceita que dói menos, querido — alfineto. — Nós encontramos uma casa com fantasmas de verdade, você não.

— Você chama aquela imitação ridícula de possessão demoníaca que a Sabrina fez de "fantasmas de verdade"? — rebate Xande, erguendo a voz. — Tá bom que o Assombrasil anda meio caidinho ultimamente, mas não precisavam apelar desse jeito. Chega a ser patético.

Imitação ridícula?

Me lembro de Sabrina na borda da piscina, tremendo de medo, implorando para deixarmos a casa, e tudo em que consigo pensar é que aquele idiota não faz ideia do que está falando.

Sinto a raiva subir pelo meu esôfago feito comida estragada, mas a engulo de volta.

Não vale a pena.

— Terminou o chilique? — Cruzo os braços. — Tirando essa teoria sem pé nem cabeça do combustor remoto, você não tem prova nenhuma. E adivinha por quê? Porque elas não existem.

— Existem, sim — retruca ele, apontando aquele indicador fedorento para mim. — E é só questão de tempo até eu colocar as mãos nelas e acabar com vocês.

— Isso é uma ameaça?

— É.

Com o bode nas alturas, tiro a chave do bolso e contorno Xande. Traduzindo para o bom português: "Então tá, tchau. Nunca mais apareça aqui".

Mas o mestre Pokémon não parece entender.

— Você não merece os seguidores que tem — ataca ele, deixando os bons modos de lado. — Não é engraçado, não sabe falar em público.

Dou de ombros e destranco o portão.

— As pessoas só assistem a seus vídeos por causa da Sabrina.

Com metade do corpo para dentro, dou de ombros pela segunda vez.

— Nem pra comer aquela vadia você serve.

Suas palavras inflamam meu sangue feito álcool em churrasqueira. Nunca fui um grande entusiasta de brigas ou resolver as coisas com os punhos, mas tem horas que simplesmente não dá.

Sem pensar duas vezes, parto para cima de Xande e encaixo um soco bem na fuça dele, derrubando-o de bunda na calçada.

Deve ter sentido uma dor ferrada, mas ele só começa a fazer escândalo quando leva as mãos ao rosto e percebe o sangue escorrendo.

— O que... O que você fez?

— Algo que já devia ter feito há muito tempo.

Talvez seja porque Xande não perdia uma chance de me zoar quando nos encontrávamos, mas eu nunca tinha parado para pensar que sou maior e mais forte do que ele.

Gosto disso.

— Você vai se arrepender, esquisitão! Vocês dois! — pragueja ele, se erguendo com dificuldade. — Vou desmascarar vocês!

— Boa sorte.

Então assisto ao afrontoso se afastar pela calçada, lançando olhares venenosos por sobre o ombro a cada quatro ou cinco passos, até desaparecer na esquina.

Ameaça neutralizada, fecho o portão atrás de mim e cruzo o jardim de peito estufado, me sentindo o próprio Anderson Silva. Me lembro do combustor de acionamento remoto: "A melhor opção do mercado para destruir a plantação do seu concorrente sem deixar rastros".

Rio sozinho.

Capítulo 30

Chego ao alpendre mais cansado do que maratonista que desistiu no meio da prova. Afinal, conversas reveladoras com sorveteiras sádicas e brigas de rua com mestres Pokémon esgotam as baterias de qualquer subcelebridade do YouTube.

Em seguida entro na sala e abandono meus ossos na poltrona vermelha em frente à lareira.

É estranho sem Sabrina.

Posso imaginá-la suspirando fundo, abrindo a última embalagem de Toddynho e se sentando ao meu lado para discutir suas teorias bizarras – e quase sempre certeiras – sobre o caso. O tipo de coisa de que a gente só sente falta depois que perde.

Saco meu smartphone e acesso nossa conversa no WhatsApp mais uma vez.

Ainda sem resposta.

Sem me dar por vencido, clico no ícone verde do telefone. Notificações de mensagens podem ser silenciadas, mas ligações surgem na tela e interrompem o que quer que você esteja fazendo.

O primeiro "tuuu..." ainda jorra da saída de áudio quando tenho a impressão de escutar, ao longe...

O toque de um celular.

Meus batimentos vão de sessenta a seiscentos num milésimo de segundo.

Seria uma reviravolta e tanto, mas, ao abaixar o celular e espiar ao redor, sou recebido apenas pelo abandono silencioso dos móveis. A sucessão de "tuuu..."s continua por quase um minuto em minha mão esquerda antes de cair na caixa postal.

No final das costas, era só minha mente pregando peças. A mente de um garoto amedrontado e sozinho.

Meus olhos logo buscam a boca do corredor. Não estou sozinho... O fantasma de Jéssica também está na casa. Sempre esteve, desde que sua pele, seus músculos e seus ossos arderam em chamas. E, quando finalmente deixou o Além para dar um pulinho no mundo dos vivos, foi porque tinha algo a dizer:

"Socorro. Ele tá vindo me pegar."

Não precisei perguntar para saber quem é Ele.
O demônio que possuiu Jéssica.
Que matou minha irmã.
Asmodeus, o príncipe do inferno.
Sua descrição mais famosa pode ser encontrada na Chave Menor de Salomão, uma enciclopédia que lista todos os 72 demônios do Inferno. Segundo o autor – boatos que o próprio Rei Salomão –, o tinhoso tem asas de morcego, cauda de serpente e nada mais nada menos do que três cabeças: uma de homem, uma de touro e uma de carneiro.

Mas a aparência bizarra não é a curiosidade mais bafônica sobre Asmodeus. Ao contrário dos outros príncipes do Inferno, ele não é um anjo caído, mas um humano que se transformou em demônio. De acordo com escritos antigos, o "homem mais impuro já nascido" era rei de Sodoma, cidade destruída por Deus por ter se entregado ao pecado da carne.

Como foi destruída?
Fogo.
Fogo divino caído do céu.
Sei que devia estar me cagando de medo. Se quisesse, Asmodeus poderia me arremessar contra a parede, possuir meu corpo e me transformar numa fogueira humana. Mas a raiva me deixa corajoso, burramente corajoso. Ela inunda minhas veias e transborda em socos que amassam as almofadas do sofá.

Eu mataria aquele FDP.
Mas nem Asmodeus nem o fantasma de Jéssica dariam as caras nesse solão das quatro da tarde, então aproveito a oportunidade – e a exaustão – para tirar uma soneca. Fecho as cortinas, arrasto as cômodas mais pesadas para bloquear as portas e desabo no colchão.

Pela primeira vez em décadas, rezo um Pai Nosso antes de pregar os olhos.

Capítulo 31

O que era para ser uma soneca se transformou em hibernação quando desperto e percebo que já passou das três da manhã.

Merda...

Caminho até a mesa de mogno e abro a embalagem tripla de Toddynho. Se é café da manhã ou ceia, não sei, mas o achocolatado desce gostoso pela minha garganta seca.

A noite é uma melodia silenciosa, cortada apenas pelo som dos carros ao longe. Bloqueando as portas, as cômodas são como estátuas de guardiões milenares esculpidas em madeira.

Eu esfrego a remela dos olhos e arrasto o guardião número um de volta ao seu lugar de origem.

Relanceio o corredor escuro.

Será que Jéssica está acordada?

Começo minha busca pelo primeiro cômodo à direita: a biblioteca. Sem janelas, é ainda mais trevosa do que a sala de jantar, o que me obriga a deixar a porta aberta.

Sentindo um formigamento sob a pele, limpo a garganta e pergunto:

— Jéssica, você tá aí?

Mordo os lábios. Espero até a tensão se dissipar num silêncio sonolento cujo significado só pode ser "não".

Aliviado, avanço em direção às estantes que rodeiam o cômodo como um papel de parede tridimensional. Com certeza foram feitas por um marceneiro, sob encomenda.

"Direito Civil: Volume 1", diz a lombada do primeiro livro. Passo os olhos pelo resto da fileira, repleta de chatices jurídicas, e só então lembro que Marcos era juiz.

Parto para o segundo compartimento da estante e quase vomito ao encontrar a obra completa de Olavo de Carvalho, algumas releituras direitistas da Ditadura Militar e um exemplar ilustrado de "Como o comunismo destruiu o Brasil".

Não sei como minha bisbilhotice ajudaria a encontrar o fantasma de Jéssica, mas Marcos é uma peça fundamental nesse jogo de xadrez. Além do mais, como diz o velho ditado: "Diz o que lês, e te direi quem és".

O terceiro compartimento é de clássicos da literatura, com edições de luxo de Machado de Assis, Goethe, Dostoiévski – saúde! – e todos aqueles autores que uma pessoa precisa ler para ser considerada cultzona.

Já o quarto compartimento é... no mínimo, estranho.

A princípio, não consigo identificar o tema. Tem "A descoberta da pólvora", "O grande incêndio de Roma" e "Projeto Manhattan: da física à bomba".

Só quando chego ao final da fileira que a ficha cai.

Intrigado, estendo a mão na direção de "A história do fogo" e manuseio a edição de capa dura, com letras em relevo e uma grande fogueira na capa.

Ainda estou tentando entender por que alguém teria uma sessão sobre o fogo em sua biblioteca particular quando um objeto sequestra minha atenção: está escondido, no vão entre os livros e o fundo da estante.

Uma caixinha de metotrexato...

O que essa merda está fazendo em todos os cantos da casa?

Lembro-me da trilha de caixas que me conduziu ao tablet, e me pergunto se os espíritos da casa estão tentando me contar algo por meio delas. Sei que sou meio lento, e espero que eles não tenham perdido a paciência.

O pensamento mais óbvio é que Jéssica tenha usado metotrexato para dopar os pais antes de queimá-los, certo?

Percorrido por mil e um calafrios diferentes, espio por sobre o ombro, como se a dita cuja fosse brotar da soleira da porta para me contar a resposta. Em seguida, saco o celular e pesquiso "metotrexato" no Google. Rolo alguns anúncios e acesso a primeira página da busca: sempre a Wikipédia.

"O Metotrexato é uma droga usada no tratamento de câncer e doenças autoimunes. Essa droga age inibindo o metabolis..."

Mais interessado nos malefícios do que nos benefícios, pulo para a sessão "efeitos colaterais":

"Náuseas
Tontura
Cefaleia
Convulsões
..."

Mas nada de "sonolência" ou "sedação".

Não faria mais sentido usar uma droga psiquiátrica, tipo o Rivotril que a policial Jeane disse que Damares tomava para dormir?

Além do mais, o que um remédio esquisitão daqueles fazia na casa dos Gonçalves? Não me lembro de ter lido sobre Marcos, Damares ou Jéssica sofrerem de alguma doença.

Na sessão "tratamento", encontro uma listinha:

"Lúpus Eritematoso Sistêmico
Psoríase
Artrite Reumatoide
..."

E outros tantos nomes que deslizam por meus neurônios sem puxar nenhum significado.

Implorando para que os espíritos da casa sejam mais claros da próxima vez, deixo a biblioteca e passo para os outros cômodos da casa. Olho debaixo da cama de Jéssica – esconderijo mais do que batido nos filmes de terror –, e dentro do closet lixado dos seus pais, sem sucesso.

Não sei quanto tempo gasto com o resto da casa, mas chego à lavanderia quase entediado. Sim, deixei a lavanderia para o final de propósito, imaginando que a última coisa que o fantasma da garota faria seria uma faxina.

— Tem alguém aí?

Mas o rodo, os baldes e a vassoura que usei para varrer as chamas são os únicos a me receber. Com um suspiro, atravesso a cozinha e mergulho no corredor em direção ao banheiro. Em seguida abro a torneira e jogo água na cara para lavar a frustração.

O que a Jéssica quer que eu faça? Acenda velas? Se precisa tanto de ajuda, por que não aparece?

Puxo a toalha para secar o rosto e fito a mim mesmo no espelho. Passados dez anos, sou o mesmo garotinho assustado querendo entender por que a irmã o deixou tão cedo.

É então que vem a ideia...

Quando criança, eu costumava brincar de Loira do Banheiro na casa dos meus amigos. Cinco pirralhos trancados dentro de um banheiro pagando de corajosos. Claro, não era sério, e sempre acabava com alguém berrando ou fazendo sons bizarros para amedrontar os amiguinhos.

Dizem que essas "brincadeiras" são pontes para o outro mundo. Tabuleiro Ouija... Charlie, Charlie... Jogo do Copo... Afinal de contas, que atire a primeira pedra quem nunca conheceu alguém que jura de pé junto que o copo se mexeu sozinho?

Além do mais, tem a estranha similaridade entre a lenda da Loira do Banheiro e a chacina dos Gonçalves...

Partindo do pressuposto de que mal não vai fazer, ergo o rosto e estendo a mão para ligar o interruptor. Reparo que o espelho está sujo. Pequenas manchas de cobre que se espalham pela superfície como um filtro vintage do Instagram.

Só falta um fantasma nele.

Por alguns segundos, curto o silêncio daqueles azulejos azuis, então caminho até o vaso sanitário e pressiono o botão gelado da descarga.

Uma.

Duas

Três vezes.

Em seguida, refaço meus passos e desligo o interruptor.

— Loira do banheiro, loira do banheiro, loira do banheiro — digo, em alto e bom som, antes de reacender a luz.

Nada...

As regras do ritual são simples:

1. Dê descarga três vezes.
2. Apague a luz.
3. Diga "Loira do Banheiro" três vezes.
4. Acenda a luz.
5. Repita o processo mais duas vezes.

— Loira do banheiro, loira do banheiro, loira do banheiro — chamo pela segunda vez.

Uma sombra invade meu campo de visão assim que acendo a luz. Solto um gritinho e protejo o rosto com as mãos. Estou prestes a sair correndo quando percebo que é uma mariposa, dessas bem grandes e pretas que as avós dizem que traz má sorte.

Defensor dos animais longe e perto das câmeras, dou um peteleco na bundinha da atrevida, que sai voando pelo corredor para infartar outra pessoa.

Espero meu coração desacelerar e encaro meu reflexo novamente.

Dizem que a lenda da Loira do Banheiro é baseada num causo ocorrido no século XIX, em São Paulo, numa mansão não muito longe daqui.

Maria Augusta nasceu em berço de ouro. Filha do Visconde de Guaratinguetá, desde cedo se destacou das outras crianças pela facilidade com idiomas e pelo dom para pintura. Mas a vida de princesa da Disney estava com os dias contados: aos catorze anos, teve sua mão prometida a um velho rico da cidade.

Sem conseguir convencer o desnaturado do pai a desfazer o casório, vendeu as joias da família e debandou para a França, onde passou a frequentar festas e bailes de máscaras da alta sociedade parisiense.

Um final feliz, se não tivesse morrido de hidrofobia poucos meses depois.

Seu corpo foi trazido para o Brasil de navio, mas o caixão foi violado por marinheiros inescrupulosos, de olho nos anéis de ouro que enfeitavam o cadáver da moça. Enquanto confeccionavam um novo caixão e preparavam o enterro, a mãe de Maria Augusta ordenou que o corpo da filha ficasse numa redoma de vidro no banheiro da casa.

Foi quando começaram as visões.

Maria Augusta vagando pela casa, apontando o dedo acusador para os pais.

"Vocês me deixaram morrer."

Mas foi depois que a pobre coitada foi sepultada que a história ganhou ares Gonçalveanos, já que a mansão da família acabou sendo destruída por um incêndio misterioso.

Até hoje não se sabe a causa.

— Loira do banheiro, loira do banheiro, loira do banheiro — repito, no escuro, após dar descarga.

Não volto a ligar o interruptor de imediato.

Resistindo ao medo, respiro a escuridão e sinto ela preencher cada pedacinho dos meus pulmões.

Os músculos se enrijecem.

As pupilas se dilatam.

O coração para.

— Jéssica, você tá aí? — pergunto para o vazio.

3...

2...

1...

Acendo a luz.

À minha frente, no espelho, o rosto cadavérico de Gael, o maior trouxa do universo.

Bufando de ódio, cruzo o corredor em direção à sala e tombo no colchão de ar.

Pela janela, os primeiros raios de sol acenam no horizonte, embalados pelo canto irritante dos sabiás-laranjeira.

Um novo dia de fracasso nasce.

Ainda estou pensando em que merda estou fazendo da minha vida quando a campainha toca.

Passado

9 dias antes da morte de Eloá

O vaso é quase mais comprido do que o meu braço, o que torna a pescaria difícil, mas remexo as teias de aranha do fundo poeirento até encontrar seu tesouro secreto.

A chave do porão.

"Ajude a sua irmã."

Não sou nenhum bobo. Parece que estou fazendo exatamente o que Ele quer que eu faça – libertar Eloá antes que papai possa arrancá-lo de dentro dela –, mas não estou.

Não esperei até que mamãe e papai saíssem de casa para libertá-la. Só quero dar uma espiadinha. Ver se está tudo bem com a minha irmã.

Se Ele a machucou.

Equilibrando a chave, o tablet e a edição de bolso da Bíblia de papai em minhas mãos desengonçadas, caminho até a porta vermelha do porão.

Relanceio o relógio de pêndulo no canto da sala. Eu tinha vinte minutos, no máximo trinta, antes que papai voltasse do culto.

Não chamo Eloá dessa vez, nem dou batidinhas. Colo a orelha contra a madeira e aguço a audição, só para o caso de Ele estar me esperando atrás da porta com um martelo ou uma chave de fenda.

Mordendo os lábios, enfio a chave na fechadura e a giro.

As dobradiças rangem antes de girarem, revelando uma escada íngreme, sombria e vazia.

Engulo o medo e acendo a lanterna do tablet. Depois fecho a porta e começo a descida.

A primeira coisa em que reparo é o cheiro, pior do que quando fomos visitar os estábulos de um hotel-fazenda em Atibaia. O tipo de cheiro que te faz levantar a gola da camiseta para não vomitar.

Chego ao último degrau e aponto a lanterna para o porão, que, apesar das caixas e tranqueiras que me fazem lembrar do quartinho de achados e perdidos da escola, papai transformou numa capela. Em frente a uma das paredes tem o púlpito, com a Bíblia apoiada num suporte dourado, e do lado um aparador com uma garrafinha de óleo ungido.

No meio, uma cadeira.

Percebo um movimento nas sombras e quase tombo da escada. Então recupero o equilíbrio e direciono a lanterna para o canto do cômodo.

Olhos esbugalhados refletem o cone de luz.

— Ga? — pergunta a voz.

Ela está no chão, esparramada como uma boneca de pano que caiu da estante.

— Loá — sussurro. — É você?

— Como... Como você conseguiu entrar aqui?

— Papai esqueceu a porta aberta — minto, sem querer contar sobre a chave.

Ela não parece estar machucada. Mas está magra, com as bochechas chupadas. Braços e pernas finicos.

— Papai não traz comida? — pergunto, assustado.

— Uma vez por dia, à noite.

E é aí que me lembro do prato que mamãe prepara na janta e cobre com papel-filme. Duas colheres de arroz, uma de feijão, um pouco de verdura e a carne do dia.

Não dá para sobreviver só com aquilo.

— Posso pegar umas bolachas pra você.

— Preciso de água.

— Vou buscar — digo, com urgência. — E meu carregador portátil também, pra você não ter que ficar economizando bateria à noite.

Um meio sorriso brinca nos lábios da minha irmã.

— Posso subir com você?

— Mamãe pode chegar a qualquer momento.

— Só alguns minutos, pra tomar um ar. Aqui dentro é muito abafado.

Não consigo responder, e assim nós caímos num silêncio triste que faz meu coração murchar. Quando percebo o olhar de Eloá em minha mão esquerda, escondo a Bíblia atrás das costas
Tarde demais.
— Você... tá com medo de mim. — Suas sobrancelhas tombam.
— Não de você, mas...
— Do que tá dentro de mim — completa ela.
Minha mudez concorda.
— Encontrei Ele ontem, no quintal — confesso, estremecendo só de lembrar.
— Ele me contou.
— Vocês conversam?
— O tempo todo.
Engulo em seco.
Aquela garota é realmente minha irmã ou só está querendo me enganar?
Dona Rute, minha professora da escola dominical, dizia que os olhos são a janela da alma. Por isso mergulho fundo nos olhos de Loá.
Mais fundo.
Mais fundo.
À procura do demônio malvado que a roubou de mim.
Mas, antes que eu possa encontrá-lo, ouço o pior som do mundo: a porta sendo destrancada acima de nós.
Parece que papai chegou mais cedo.
— Rápido, se esconde! — murmura Eloá.
O desespero faz meu cérebro escanear o porão com a velocidade de um supercomputador. Estou quase entrando em tela azul quando avisto os pezinhos de uma cama debaixo de um punhado de caixas.
Desligo a lanterna e me arrasto para baixo dela um milésimo de segundo antes que a porta se abra.

Capítulo 32

Quem visita uma casa abandonada às seis da manhã?
Devo estar imaginando cois...

Trrriiimmm!!!

O interfone toca de novo, e de novo, fritando o meu cérebro. Eu me levanto com dificuldade e, com preguiça de conferir a câmera, cato a chave e saio para o jardim.

Mas minha esperança de que fosse Sabrina ou o fantasma de Jéssica pregando uma peça morre no momento em que abro o portão e dou de cara com o Irmão Gastadeiro.

— Posso entrar? — pergunta ele, de braços cruzados e com ar de valentão do oitavo ano.

— Claro, seu André — respondo, abrindo caminho. — A casa é sua.

Caminhamos de bico fechado, o Irmão Gastadeiro na frente, com suas sandálias de couro bregas. Uma brisa ruidosa sopra os pés de manga e faz cair uma chuva de folhas verdes.

Meu anfitrião estaca no meio da sala e relanceia as carcaças dos sofás, fazendo uma careta de quem comeu e não gostou.

— Você tem trinta segundos pra se explicar.

Engulo em seco.

— Foi um acidente — digo, me fazendo de sonso.

— Acidente? Não é o que me contaram.

Num gesto enfático, ele saca o celular e o estende na minha direção. Por pouco não estilhaça a tela na minha cara.

Aberto no navegador, o aparelho exibe o inconfundível logo de fantasminhas do Portal do Medo, sob o qual letras garrafais estampam a pior manchete possível:

"Youtubers queimam móveis de casa de ex-candidato à prefeito de São Paulo para ganhar seguidores".

A matéria, tão sensacionalista quanto o programa do Datena, foi escrita por um antigo desafeto de Sabrina. "Desafeto" para ser bonzinho. O cara perseguiu minha amiga durante meses. Criou dezenas de perfis *fake* para fugir dos bloqueios nas redes sociais e fez tocaias em frente ao prédio da coitada. Até receber uma ordem de restrição e se transformar no nosso hater número um.

"Segundo Xande, do canal 'Explorando com Xande', que se encontrou com os farsantes ontem, o próprio Gael admitiu que forjou as supostas manifestações sobrenaturais. 'Eu cheguei a gravar a conversa, mas ele percebeu, me espancou e tomou meu celular', relatou o youtuber, mostrando os ferimentos."

Aquele mestre Pokémon filho de uma ég...
— E então? — questiona o Irmão Gastadeiro, me trazendo de volta à realidade.
— É mentira — respondo, mas minha voz sai como o ar de um pneu furado. — Eles estão tentan...
— Mentira é a historinha que vocês contaram sobre serem universitários escrevendo o TCC. Vocês transformaram essa casa num Big Brother. — Os olhos dele dançam pelo teto. — Onde estão as câmeras?
— Sabrina levou embora. Eram dela. Nós... — Hesito por um instante — brigamos.
— Balela! — dispara ele, mergulhando no corredor. — Onde estão?
E, enquanto o esquentadinho inspeciona a casa, eu desabo na poltrona. Passos pesados e perguntas dirigidas a mim que na verdade são monólogos. Tem algo de teatral no comportamento do Irmão Gastadeiro, de escandaloso. Como os youtubers xaropes que fingem estar sempre putos com tudo e todos.

Mesmo assim, meus músculos estão tensos.

— O senhor encontrou as câmeras? — pergunto, assim que ele reaparece. Percebo uma pitada involuntária de deboche na minha voz e me arrependo na mesma hora.

— Eu quero vocês fora daqui — ordena ele, seco como o sertão. — Agora.

— Nós ainda temos dois dias.

— Dois dias? Vocês mentiram na cara dura! Deviam ficar agradecidos por eu não chamar a polícia por invasão de domicílio.

— Mas... nós pagamos. Foi o combinado.

O Irmão Gastadeiro inclina o tronco numa gargalhada vilanesca.

— Imagino que você tenha o contrato assinado.

Sentindo o desespero inundar minhas veias, mordo os lábios.

— Por favor... Só mais dois dias.

— Nem pensar.

— Eu posso pagar.

Não, eu não podia. Nós só receberíamos a comissão pelas vendas da Artigos Macabros daqui a dois meses, e o limite do meu cheque especial estava prestes a estourar.

Mas a gente sempre pode vender nossos móveis, não é mesmo?

— Quero dois mil — anuncia meu carrasco.

— Que tal mil?

— Mil reais não pagam nem um fim de semana na Praia Grande.

— Dois mil por três dias, então — arrisco, me perguntando se uma geladeira e uma máquina de lavar com o botão de ligar emperrado cobririam o rombo.

Ele escora o tronco na mesa e faz cara de agiota suburbano.

— Só não entendo uma coisa — comenta.

— O quê?

— Por que ainda quer ficar na casa se não tem mais câmeras?

Trinco os dentes.

Não posso contar a verdade ao Irmão Gastadeiro. Ele não acreditaria em mim e, de sobra, acharia que estou tirando com a cara dele.

Sem conseguir pensar numa desculpa razoável, dou de ombros.

— Não posso falar.

Ele estreita os olhos, procurando em meu rosto por algum sinal de que eu o estava desafiando.

— "Não posso falar" vai te custar três mil.

— Não tenho esse dinheiro — respondo, me encolhendo em mim mesmo.

— Então pode dar o fora.

— Eu abro mão do terceiro dia. Dois mil por dois dias.

— Com segredinhos é três mil — rebate ele. — É pegar ou largar.

A palavra "fechado" se forma em minha boca, mas a engulo. Três mil reais talvez me obrigassem a vender minha cama, ou o sofá.

Um problema para o Gael do futuro.

— Só posso pagar no final do mês.

— Você tem uma semana — sentencia ele, erguendo o indicador.

Suspiro fundo e enterro o queixo no peito.

— Pode deixar.

Sem dar nem mais um pio, André me contorna e desliza em direção à porta. Sigo-o pelo jardim como um cachorro adestrado, desejando secretamente que o anjinho do chafariz o pulverizasse com um raio laser saído dos seus olhos esbugalhados.

Abro o portão e torço para que o Irmão Gastadeiro vá embora sem pisar ainda mais em mim. Mas o desgramado dá meia-volta e me encara com superioridade.

— Se quer um conselho, preste vestibular no ano que vem. Se não for burro demais, quem sabe um dia você deixa de ser um aproveitador de uma figa e consegue um emprego de verdade.

Disse o viciado em jogos de azar que torrou a fortuna dos pais.

Com um xingamento na garganta e um cronômetro na cabeça, assisto ao Irmão Gastadeiro se afastar pela calçada.

Dois dias.

Nem um dia a mais, nem um dia a menos.

Capítulo 33

Sem a menor ideia de como fazer o fantasma de Jéssica dar as caras, passo o resto da manhã no celular, perguntando ao Google "como invocar fantasmas?".

Sim, a brincadeira da Loira do Banheiro está nos resultados, junto de uma série de rituais caseiros que iam desde alfinetar bonecos de vodu a escutar músicas da Xuxa de trás para a frente. Também acho dezenas de "profissionais" que prometem criar uma ponte com o Além, como "Madame Lucrécia, trago seu amor de volta em 7 dias".

Mas, quando chego à página dez da busca e não encontro nada de útil, a ficha começa a cair.

Eu teria que engolir o orgulho e ir atrás Dele.

Com um suspiro derrotado, tomo banho e visto a camiseta menos fedida da minha mala-guarda-roupa. Em seguida abro uma barrinha de chocolate e guardo uma segunda no bolso.

São dez da manhã quando saio para a rua, os olhos atacados por um sol de rachar. Percorro as quatro quadras que me separam da Estação Higienópolis-Mackenzie, suando litros ao descer pelas escadas rolantes. Espio o mapa do metrô para não me perder no labirinto subterrâneo de São Paulo, então pego a Linha Amarela sentido Luz, fazendo a baldeação para a Linha Azul.

Desço na Estação São Bento e mergulho na correnteza de pessoas com mil e uma sacolas nas mãos. A Rua 25 de Março é o maior centro comercial de São Paulo, e não é à toa... Afinal, por que ir ao shopping comprar Lacoste e Polo, se você pode encontrar jacarés e cavalos por um preço cinco vezes menor nos camelôs espalhados pelas calçadas?

Um ótimo lugar para um médium morar.

Entre trancos e barrancos, deixo minha memória me guiar por aquele formigueiro até alcançar uma travessa estreita, cheirando a esgoto. Lembra um pouco o Beco Diagonal de *Harry Potter*, só que com lojas de fantasias em vez de poções.

Por um momento, acho que me perdi, mas logo avisto a fachada brega da "Sonho de Princesa". A loja fica no andar térreo de um predinho marrom de três andares. Arquitetura chinfrim, caindo aos pedaços.

"Você chegou ao seu destino", anuncia meu GPS interior.

Entro pelo vão na lateral da loja e subo as escadas a passos rápidos. No caminho, cruzo com uma moça emagrecida, o corpo todo tremendo. Solto um "boa tarde", mas tudo que recebo em troca é um olhar de desconfiança.

Chego ao terceiro andar ofegante, mas não paro para descansar. Percorro o corredorzinho de azulejos até estar frente a frente com a porta do apartamento 33.

Ergo a mão e pressiono a campainha.

Ding, dong!

O silêncio da espera vai se misturando a lembranças mais amargas do que café sem açúcar.

"Melhor esquecer e seguir em frente."

O som de passos me traz de volta à realidade. Aproximam-se e param, criando uma pausa que meu anfitrião usa para me espiar pelo olho mágico.

Então a porta se abre.

— Quem é vivo sempre aparece.

Nicolas tem mais ou menos a minha idade, mas o rosto liso e os quinze centímetros a menos o fazem parecer o irmão caçula do seu melhor amigo. Sob os olhos inquisidores, bolsinhas de pele arroxeadas lhe emprestam um ar de *gamer* insone.

— Sabe como é, né? — respondo, com um meio sorriso. — Às vezes a vida obriga a gente a procurar o nosso amigo médium preferido.

Nicolas ri entredentes, então abre passagem.

— Sente-se — diz, apontando para o sofá de couro descosturado. — Chá ou café?

— Energético — respondo, sabendo que apenas cafeína não seria suficiente para me manter em pé.

Mais uma risada e, com um aceno de "entendido, chefe", ele desaparece pela porta da cozinha.

A sala é como minha lembrança de dois anos atrás pintou: as plantas na varanda, as rachaduras se esgueirando pelas paredes como pernas de aranhas colossais e a mesa de escritório espremida entre o baú de tranqueiras e o rack da tv. A única diferença talvez seja a estante: antes abarrotada de mangás, agora transbordante.

Isso porque, além de médium, Nicolas também é otaku. Um combo e tanto para colocar na descrição do Tinder.

Ele reaparece e me entrega uma lata de energético. Agradeço e abro a tampinha num estalo gasoso.

Dou um gole.

— O que traz o maior youtuber de casas mal-assombradas ao meu cafofo? — pergunta Nicolas, se sentando na poltrona à minha frente.

Ele tenta disfarçar, mas o ar de chacota ao falar "youtuber de casas mal-assombradas" cai sobre a minha cabeça - e autoestima - como um coco maduro. Apesar dos dons mediúnicos, Nicolas não participaria de um canal como o Assombrasil nem ferrando. "O sobrenatural é um assunto sério demais para virar espetáculo", disse ele certa vez.

— Imagino que tenha ouvido falar do assassinato de Marcos Gonçalves, candidato a prefeito de São Paulo — começo.

Ele concorda com um joinha, então brinca:

— Só não conhece esse caso quem passou o ano de 2012 sem ligar a televisão.

E assim eu passo os próximos minutos contando sobre as mss da casa. O ursinho flamejante lhe arranca um "hum" desinteressado; os sofás incendiários, um menear de cabeça; e o pedido de socorro de Jéssica, um franzir de sobrancelhas.

Depois de quatro anos lidando com espíritos malignos, nada mais o impressiona.

— Por que você acha que Jéssica pediu socorro?

Abro a boca, mas volto a fechá-la. O silêncio nos abraça como um tio distante que quer forçar intimidade.

— Pode dizer. — Ele sorri, convidativo. — Se tem algo que nós, médiuns, aprendemos a valorizar é a intuição das pessoas.

— Acho que a Jéssica tá sendo mantida prisioneira na casa — desembucho.

— Por quem?

— Asmodeus.

A expressão de Nicolas não desmorona porque mencionei o nome do demônio mais promíscuo do inferno, mas porque provavelmente se lembrou de minha última visitinha.

Foi dois anos atrás, quando a fama do "garoto que falava com gente morta" chegou aos ouvidos do Clube das Almas Penadas. E se isso aconteceu é porque o cara é bom. Afinal, Nicolas não é daqueles médiuns modinha que fazem marketing apelativo na internet.

Sem Instagram.

Sem Twitter.

WhatsApp por pura necessidade.

Enfim, um médium raiz.

Humilde e esperançoso, atravessei São Paulo e bati na porta dele. O motivo? Talvez o Todo-Poderoso pudesse entrar em contato com Eloá e, assim, me ajudar a entender de uma vez por todas o que aconteceu com a minha irmã.

Ele não diria "não" ao maior youtuber de casas mal-assombradas, diria?

Sim, diria...

Eu argumentei, e ele disse "não".

Eu insisti, e ele disse "não".

Eu implorei, e ele disse:

"Melhor esquecer e seguir em frente."

— Sei em que tá pensando — digo, por fim. — Que tô imaginando coisas, criando conexões que não existem.

Nicolas apoia as costas na estante de mangás e me encara com severidade.

— Essa história toda foi muito traum...

— As semelhanças são grandes demais pra ser coincidência — interrompo, impaciente. — Minha irmã e a filha de Marcos morreram no mesmo dia, dois meses depois de se encontrarem no acampamento da igreja do meu pai. Além do mais, elas tavam usando o mesmo colar bizarro.

Ele enruga a testa.

— Colar bizarro?

Enfio os dedos trêmulos no bolso, torcendo para não ter sido roubado pelos batedores de carteira da 25 de Março.

Os olhos espertos do médium mergulham no lilás da pedra assim que a coloco em suas mãos.

— Os símbolos parecem ser de algum dialeto africano — afirma, após uma pausa. — Não sei dizer qual.

Engulo em seco.

— O acampamento acontecia numa fazenda no Vale do Ribeira, perto de uma comunidade quilombola. Talvez minha irmã e Jéssica tenham conseguido os colares lá.

— É uma possibilidade — concorda ele, neutro. — Não parece ter sido feito com material industrializado. As alças são de cipó.

— Você acha que os colares podem estar relacionados com as mortes?

Meu anfitrião entorta a sobrancelha.

— A pedra é uma ametista, não costuma ser usada em rituais de ocultismo e magia das trevas. Então, se tivesse que chutar, diria que não. — Ele dá de ombros. — Mas teria que traduzir as inscrições.

— Entendo... — murmuro, cético. — Sabe de alguém que possa fazer a boa?

— Conheço alguns especialistas da Faculdade de Letras da USP e da UNIFESP, mas a resposta pode demorar. Conversar diretamente com algum membro do quilombo seria melhor.

Suspiro fundo.

Uma viagem longa, mas...

— Acho que posso dar um jeito nisso.

Nicolas se ergue e caminha em direção à varanda, os olhos perdidos no horizonte cinza-poluído.

— Essa história tá estranha — sussurra ele.

— Como assim?

— É só... um sentimento, uma intuição.

Saber que o médium mais poderoso de São Paulo está preocupado com os fantasmas que te assombram definitivamente não é um bom sinal.

Mordo os lábios.

— Só tenho mais dois dias na casa dos Gonçalves — explico, e resolvo abrir o jogo: — Tava pensando se você não poderia me ajudar a...

Nicolas gira o tronco e me lança uma expressão dura feito aço, mas não me deixo intimidar.

— ... derrotar Asmodeus — concluo.

Nicolas balança a cabeça com ênfase.

— Derrotar Asmodeus não vai trazer Eloá de volta.

Palavras que me atingem como um balde de água fria.

— Garanto que você não pensaria assim se o filho da puta de um demônio tivesse possuído a sua irmã! — disparo, trazendo à tona o rancor de dois anos atrás. — Se tivesse visto ela morrer na sua frente!

— Eu entendo a sua dor, Gael. Juro que entend...

— Não entende merda nenhuma. — Espremo as lágrimas. — Não fale como se entendesse!

Na fração de segundos em que os olhos dele engolem os meus, penso que consegui perfurar sua armadura.

Mas aparentemente havia uma malha de ferro por baixo.

— Invocar demônios tá fora de questão — diz ele, com um gesto de mãos. — O que posso fazer é te ajudar a entrar em contato com Jéssica.

Abro a boca para retrucar, mas percebo que seria inútil. Pelo jeito, teria que me contentar com aquele prêmio de consolação.

— A primeira coisa que você tem que fazer é desligar as câmeras.

Isso não seria um problema, considerando que não tem mais câmeras na casa. Mesmo assim, fico curioso.

— Por quê?

— Fantasmas já não gostam de ser vistos. Quem dirá filmados.

— Pensei que eles não aparecessem em vídeos.

Nicolas chacoalha os ombros.

— Se você vê o fantasma, significa que ele reflete os raios de luz e pode ser detectado por câmeras e outros dispositivos ópticos. É física.

Tenho que me esforçar para não vomitar com a palestrinha daquele sabichão metido.

— E depois? — pergunto.

— Vai precisar de um objeto da Jéssica.

— Qualquer um?

Ele faz que não com o indicador.

— Precisa ser um objeto com o qual ela tinha uma ligação forte. De preferência com valor sentimental.

Meu primeiro pensamento é o ursinho de pelúcia, então lembro que o coitado não está mais entre nós.

— Certo — respondo, criando notas mentais. — E depois?

— Vai ter que recitar um cântico de invocação.

— Cântico de invocação? — Franzo o cenho. — Em que língua?

— Imagino que Jéssica falasse português, não latim ou qualquer outro idioma antigo — retruca Nicolas, debochado. — Você precisa parar de assistir a filmes de terror.

Me permito dar um risinho discreto.

Sem dizer nada, ele caminha até a escrivaninha, pega uma folha amassada e começa a escrever com a caneta.

Dois minutos até que se vire e estenda o bilhete para mim.

— Aqui.

Passo os olhos pelo que parecem ser estrofes de um poema épico, tipo Lusíadas ou Odisseia.

— Letrinha de médico essa sua, hein?

— Ha-ha-ha, muito engraçado — rebate ele, revirando os olhos num mau humor fingido.

— Mais alguma recomendação?

Ele fica sério de repente. Silêncios eletrificam o ar.

— Se eu disser pra dar o fora daquela casa, você escutaria?

Respondo sem nem pensar duas vezes:

— Não.

Com um "muito obrigado" sincero e um "quem sou eu pra recusar um segundo energético?", sigo o médium pelo corredor.

Ele abre a porta e se afasta para me dar passagem.

— Então acho que é isso — digo, mordendo a bochecha.

Ele estende a mão num gesto amistoso.

— Espero ter ajudado.

Meus pés estão grudados no capacho. Não quero admitir, mas parte de mim espera que Nicolas assuma o caso e se ofereça para ir junto. Não é esse o trabalho dele? Ajudar pessoas com problemas sobrenaturais?

Mas ele apenas sorri. Um sorriso morno, sem brilho. Logo acima, seus olhos contam uma outra história.

Apreensão?

Medo?

Não sei, mas é o mesmo olhar de dois anos atrás.

Capítulo 34

Com o papelzinho do ritual de invocação no fundo do bolso, refaço meus passos em direção à Estação São Bento. A hora do rush traz consigo o terror de qualquer paulistano: a lotação do metrô, que obriga pessoas cansadas a viajar espremidas entre mochilas e sovacos fedidos.

Em vez de pegar a linha azul no sentido Tucuruvi – que, após a transferência para a linha amarela, me levaria à Estação Higienópolis-Mackenzie –, pego o trem no sentido Jabaquara.

Afinal, se Sabrina não está a fim de responder minhas mensagens ou atender minhas ligações, só me resta tentar encontrá-la pessoalmente.

Desço na Estação da Sé e faço a transferência para a Linha Vermelha, seguindo até a Estação Tatuapé. Em seguida saio pelas catracas e subo as escadas rolantes até a superfície.

Por toda a cidade de São Paulo, os lojistas começam a baixar os portões, transformando ruas comerciais como 25 de Março num cenário pós-apocalíptico de filme de Hollywood. Mas isso não acontece com bairros residenciais, como o Tatuapé, cujas calçadas estão abarrotadas de adolescentes voltando da escola e adultos carregando sacolas de supermercado.

Viro a esquina e avisto o prédio amarelo de Sabrina, erguendo-se algumas quadras à frente feito uma espiga de milho. Como ela mora com os pais, nossos encontros costumavam acontecer no meu apê. Claro, isso não significa que eu não a tenha visitado pelo menos umas quinze vezes e que todos os porteiros do condomínio dela não me conheçam.

Ao alcançar a portaria, cumprimento Nelson e coloco a mão no portão, esperando que ele libere meu acesso.

O que não acontece.

Em vez disso, o interfone chuvisca.

— Nelson?

— E aí, Gael, tudo certo?

— Tudo — respondo. — A Sa não tá em casa?

Há uma pausa do outro lado da linha, e tenho um mau pressentimento.

— Acho que sim, mas... preciso interfonar antes.

Faço que sim com a cabeça.

Talvez seja uma regra nova do prédio.

Através do vidro escuro da portaria, Nelson não passa de um borrão silencioso e sem expressão facial, o que só aumenta meu nervosismo.

Passam-se trinta segundos até sua voz brota do interfone:

— Ela tá descendo.

Sorrio de boca fechada.

Talvez Sabrina não estivesse me evitando, afinal.

Talvez só estivesse assustada e precisasse de um tempo para colocar as ideias no lugar.

Fico papeando com Nelson para descontrair. Ele me conta sobre o morador do 35B, que esqueceu um baseado no quiosque da churrasqueira e quase botou fogo no prédio, e também sobre uma briga de vizinhos que acabou na delegacia.

Minha ansiedade está fazendo suas palavras entrarem pelo meu ouvido direito e saírem pelo esquerdo quando um rosto conhecido surge pelo hall de entrada, caminhando em direção à portaria.

Não é Sabrina.

— Olá, Gael — diz seu Samuel, estacando do outro lado do portão.

— Boa tarde, seu Samuel.

Há uma pausa constrangedora em que espero ele explicar por que veio no lugar da filha e pedir para Nelson liberar meu acesso.

Mas ele não faz nenhuma das duas coisas.

— Como Sabrina está? — pergunto, por fim.

— Estranha... Saiu ontem de manhãzinha sem me avisar e, quando voltou, se trancou no quarto. — Ele enruga os lábios. — Só me disse uma coisa.

Franzo a testa.

— O quê?

— Que não era pra deixar você subir.

Uma pedra de gelo toma o lugar do meu coração.

— O que aconteceu na casa em que vocês tavam, Gael? — seu Samuel ergue a voz. — E por que minha filha não quer te ver?

"É o que eu tô tentando descobrir", penso em dizer, mas acho que só o deixaria ainda mais irritado. "Porque ela tá possuída por um demônio" também não parece uma boa opção.

— Nós vimos um fantasma ontem — digo, por fim.

Seu Samuel me encara por um instante, como se duvidasse da própria audição, então endurece as linhas de expressão.

— Se for pra mentir, não sei por que veio até aqui.

Soco no estômago.

— Não tô mentindo — retruco, mas minha voz sai tremida.

— Fantasmas não existem, Gael.

Se eu recebesse um real toda vez que escutasse esse absurdo, já estaria rico.

Mas não vou ganhar nada discutindo com o pai da minha melhor amiga.

— Só quero saber se Sabrina tá em segurança — respondo, mudando o foco da conversa. — É por isso que vim.

— E por que minha filha não estaria em segurança?

— Por que... — começo, escolhendo as palavras com cuidado — tem alguém querendo fazer mal a ela.

Ele cerra os punhos.

— De quem você tá falando?

— Um fantasma — disparo, dando de ombros —, mas, como o senhor mesmo disse, fantasmas não existem.

Há uma pausa tensa em que um Samuel pálido feito um boneco de neve parece entender que eu não estou brincando.

— Pelo menos, Sabrina tá em casa — acrescento, antes de dar tchau para o Nelson, que com certeza estava bisbilhotando a nossa conversa. — De qualquer forma, fique de olho nela, seu Samuel. Sua filha é muito importante pra mim.

Então dou meia volta e começo a me afastar pela calçada.

— Gael? — ouço seu Samuel me chamar, mas o ignoro.

Eu não tinha mais o que fazer ali. Sabrina não queria falar comigo, e mesmo que eu conseguisse convencer o cabeça dura do pai dela sobre a ameaça que a espreitava, não é como se ele pudesse fazer muita coisa.

Ao lembrar de nosso beijo, no quintal, sinto um aperto no peito.

Seu Samuel chama meu nome mais uma vez.

Mais alto.

Continuo andando.

Pensei que tirar Sabrina da casa acabaria de vez com a influência de Asmodeus sobre ela, mas, considerando a forma como minha amiga vem agindo, não tenho mais tanta certeza.

Talvez a sementinha demoníaca já estivesse plantada em seu coração.

Merda...

— Sabrina não tá em casa! — a voz de seu Samuel atinge minhas costas.

Numa fração de segundo, meu tronco gira e meu sangue gela, então refaço meus passos em direção ao portão.

— Como assim, não tá em casa? — questiono.

— Depois de sair ontem pela manhã, ela não voltou mais — confessa, demonstrando fragilidade pela primeira vez.

Estreito as pálpebras.

— Mas o senhor disse que ela ficou trancada no quarto depois que chegou em casa.

Ele faz que não com a cabeça.

— Sabrina me mandou mensagem pedindo pra eu mentir caso você aparecesse. — Ele solta um suspiro pesado e enterra o queixo no peito. — Desculpe.

Engulo em seco.

Então ela estava usando o WhatsApp, afinal de contas.

Só não para conversar comigo.

Mais confuso do que nunca, e dez vezes mais preocupado, meu cérebro começa a criar as teorias mais mirabolantes, todas orbitando ao redor de uma única pergunta:

Onde está Sabrina?

Capítulo 35

Após seu Samuel abrir o bico, trocamos mais meia dúzia de palavras – o suficiente para que eu me convença de que ele não faz a menor ideia do paradeiro da filha – e nos despedimos com a promessa de que ele mandaria mensagem quando Sabrina aparecesse.

Ao descer no ponto de ônibus da Avenida Higienópolis, são oito da noite, e faço uma segunda tentativa de falar com Gustavo.

Mas ele nem atende o interfone.

É, parece que ninguém está a fim de uma visita do Gael ultimamente.

De volta ao meu hotel cinco estrelas, inspeciono cada cômodo e buraco da casa para me certificar de que Sabrina não me esperava com uma faca na mão. Em seguida, almoço/lancho/janto bolacha de água e sal com doce de goiabinha e me dirijo ao quarto de Jéssica.

"Precisa ser um objeto com o qual ela tinha uma ligação forte", dissera Nicolas, "com valor sentimental".

— Tá, tá — respondo para o vazio, como um aluno malcriado.

Meu primeiro pensamento são os colares, mas percebo que é burrice. Afinal, que valor sentimental Jéssica nutriria por algo que a fez ser possuída pelo capiroto?

Suspiro fundo e começo pela estante da falecida, mentalmente descartando os candidatos:

Souvenir de viagem para Paris, não.

Ursinho de pelúcia mais feio do que seu antecessor, não.

Exemplar de *O Pequeno Príncipe*? Promissor, mas não tão surrado a ponto de sugerir leituras repetidas.

Enfileiro os favoritos sobre o tapete para decidir depois. Atacado por uma legião de ácaros e grãos de poeira, abro a janela e passo cinco minutos no corredor espirrando os pulmões para fora.

O resto da busca segue sem grandes emoções, até que, vasculhando a segunda gaveta da mesa de cabeceira, percebo algo estranho:

O fundo está descolando...

Sei que o mais provável é que o móvel esteja velho, mas assisti a séries de investigação policial demais para não dar uma checadinha.

Com cuidado, retiro a tábua e confirmo minhas suspeitas:

Um fundo falso!

Nada de drogas ou revistas de *boy bands*. Até na hora de guardar segredos a Filha Perfeita conseguia ser... perfeita.

A folha pautada de papelaria nada mais é do que uma carta de amor.

"Para aquela que me fez entender que até os pássaros mais medrosos podem voar para fora de suas gaiolas.

Eu e você contra o mundo, sempre.

Te amo".

Então quer dizer que a Jéssica tinha um namorado? Não me lembro de ler nada a respeito nas reportagens da época. Mas também, o que é uma paixonite adolescente comparada aos assassinatos mais brutais da década?

Seria esse o motivo de sua briga com Gustavo? Se tem uma coisa que faz caras escrotos erguerem a mão para garotas, essa coisa se chama ciúmes.

Real ou imaginário.

Duas horas e dezenas de objetos depois, cinco finalistas aguardam, ansiosos, sobre o tapete:

Uma camiseta autografada do NX Zero, de quem sei que Jéssica era fã por conta da coleção de CDs na estante.

Um quase-diário que ela manteve durante dois meses, com reflexões sobre qual a melhor temporada de *Malhação* de todos os tempos e qual o melhor destino para um intercâmbio no ensino médio.

Um pingente antigo, diferente dos modelos sem graça da Vivara e da Swarovski que infestam seu porta-joias. Provavelmente um presente da sua avó.

A carta de amor.

E, para terminar, um gesso.

Encontrei-o no fundo do armário. É pequeno, feito para um bracinho de oito anos. Dez, no máximo. A superfície deve ter sido branca um dia. Agora está bege, encardida.

Mesmo assim, consigo ler as assinaturas.

Dezenas.

Passo os olhos pelas letras infantis, cheias de garranchos, emojis e erros de ortografia. Leio uma por uma.

Encontro a de Gustavo e a de Letícia, e fico me perguntando se alguma delas pertencia ao admirador secreto de Jéssica.

Sem conseguir decidir entre a carta e o gesso, pego os dois e retorno à sala de jantar.

Passado

9 dias antes da morte de Eloá

Seguro a respiração assim que vejo os sapatos pretos e lustrosos de papai, cada passo escada abaixo fazendo a temperatura desabar em alguns graus.

Ao alcançar o último degrau, estou batendo os dentes.

— A chave não tava onde devia estar. Tive que usar a reserva — dispara ele, desabotoando as mangas do paletó. — Sabe de alguma coisa a respeito disso?

— Como eu poderia saber, se você não me deixa sair daqui?

Silêncio nervoso.

— O culto terminou mais cedo hoje. — Pernas em direção ao aparador. — Falta de fiéis.

— O problema não são os fiéis — retruca Eloá, afiada feito um cacto —, mas o pastor, que os estragou.

Papai solta um riso debochado.

— Você sabe muito bem quem é o "problema".

— A garota de 15 anos trancada no porão?

— Você não é uma garota — ele pega a garrafinha de óleo ungido e tira a tampa —, muito menos tem quinze anos.

Hã?

Como assim?

Tento controlar o tremor das minhas pernas e decifrar aquela conversa sem pé nem cabeça. Duas tarefas difíceis de se fazer sozinhas. Imagine juntas.

— A Igreja do Paraíso Eterno não tem mais salvação. — Eloá vira de lado, criando uma sombra assustadora na metade esquerda do rosto. — Não com você no comando.

— É o que veremos.

Minha irmã prepara o próximo ataque, mas a voz de papai engole a dela:

— Sente-se.

Com uma torcida de nariz, ela se levanta e caminha até o centro do porão. Os ossinhos dos tornozelos saltados, rentes aos pés da cadeira.

Eu me arrasto até a borda da cama para ver melhor.

Papai se aproxima com a garrafinha de óleo ungido e para a poucos centímetros da cadeira.

— Você vai sair do corpo da minha filha.

Então ele passa um pouco de óleo na testa da minha irmã.

— Por bem ou por mal.

Mais um pouquinho.

— Asmodeus.

Foi a primeira vez que escutei aquele nome, o nome que me atormentaria pelos próximos dez anos como uma abelha presa dentro do ouvido.

A
S
M
O
D
E
U
S

O demônio que carregou minha irmã para o Inferno.

Papai então ergue a garrafinha e derrama o restante do óleo sobre a cabeça de Eloá, lambuzando seus cabelos.

O tempo para enquanto os dois se encaram.

— Não vou sair.

Quase faço xixi nas calças com a voz que sai daquela garganta. Isso porque não é a voz da minha irmã, mas uma outra: grossa e rouca, quase um arroto.

Papai não parece surpreso. Suas linhas de expressão não se mexem um centímetro sequer. Como um rei do gelo.

— Vire-se — ordena ele.

Asmodeus enruga os lábios e faz que não com a cabeça.

— Vire-se!

O grito de papai é imperioso, faz todo mundo obedecer. E não é diferente com o demônio, que gira o tronco e apoia os cotovelos nas costas da cadeira. Com um péssimo pressentimento, assisto a papai deslizar em direção ao aparador, abrir a gaveta e pescar um objeto comprido, fino e flexível.

Um chicote.

Asmodeus não protesta, mas vejo lágrimas formando poças em seus olhos. Demônios choram? Os dos filmes de terror, não. Estão sempre soltando gargalhadas maléficas e enganando as pessoas.

Mas como papai sempre diz: "O Diabo é ardiloso."

Pode até chorar para fingir ser humano.

O estalo da primeira chicotada me puxa de volta para a realidade:

Shhhtá!

Levo a mão à boca para conter o espanto.

— Se acha que vou deixar você corromper minha filha, destruir minha igreja, tá muito enganado!

— Eu faria tudo de novo — retruca o coiso, entre caretas de dor.

Asmodeus treme a cada chicotada, espremendo os gritos entre os dentes. A camiseta, antes branca, agora parece um tabuleiro de jogo da velha. Linhas vermelhas de sangue.

Travo o choro.

Sei que papai está tentando exorcizar minha irmã, mas será que precisa mesmo machucá-la desse jeito? Tá, tecnicamente é Asmodeus, mas o corpo é de Eloá, as costas são de Eloá, e...

A dor é de Eloá.

Sem conseguir assistir àquele show de horrores, fecho os olhos e peço, com todas as minhas forças, que Deus intervenha.

Shhhtá!

Por

Shhhtá!

favor,

Shhhtá!

faça papai

Shhhtá!

parar.

Sei que a vida não imita os filmes, em que soluções mágicas surgem do nada quando os personagens estão em apuros. Mas talvez Deus tenha ficado com pena de nós, pois ouço batidas vindas da porta.

Papai olha para cima, para o topo da escada. Não parece irritado, mas confuso, como se a interrupção de algo tão importante só pudesse ser coisa da sua cabeça.

Mas o "toc toc" se repete, apressado.

Com um grunhido, ele deixa o chicote sobre a cômoda e sobe os degraus. Escuto a porta sendo aberta e a voz preocupada de mamãe. Não consigo entender direito. Parece que pegaram alguém pichando o muro da Igreja ou algo do tipo. Mas minha bisbilhotice acaba assim que papai fecha a porta atrás de si.

A escuridão me abraça.

Passam-se segundos de uma espera infinita até a chave girar na fechadura, e outros tantos até eu me certificar de que papai não vai voltar.

Em seguida acendo a lanterna do celular e, de fininho, deixo meu esconderijo. Eloá está com a cabeça apoiada na cadeira, as costas sangrando e o olhar perdido na escuridão.

— Mana... — digo, a fala aguda enquanto apoio a mão no ombro dela. — Você tá bem?

Mas ela não responde.

Nem se mexe.

— Quer água? — insisto, indo ao encontro da garrafa, no canto de porão. Mas descubro que ela está vazia.

Começo a chorar.

— Papai não pode fazer isso com você. Não pode. — Eu me agacho ao lado dela. — Vou falar com ele. Prometo. E, se ele não me ouvir, dou um jeito de te tirar daqui.

Ela tomba a cabeça e me encara com seus olhos de boneca de porcelana. As testas quase se tocando. Então afasta os lábios como se fosse falar algo, mas acaba desistindo.

— Eu não sou a sua irmã — sussurra ela, por fim.

Uma nevasca na barriga.

— Por que você tá fazendo isso com ela?! O que ela te fez?!

Um som estranho e inadequado. Seus dentes ficam à mostra e percebo que está... rindo. Num estalar de ossos, ele se ergue da cadeira.

Tento não sentir medo, mas falho miseravelmente.

— Se você não sair daqui em dez segundos — ele desliza a unha pelas bochechas —, vou arrancar os olhos da sua irmã.

— Não... — Dou um passo para trás. — Não faz isso.

— Dez, nove, oito. — Pelas pálpebras. — Sete, seis, cinco. — Pelo branco dos olhos.

Engolindo as lágrimas, disparo pela escada. Nunca fui tão rápido. Meu coração martelando no peito e me empurrando para cima.

Cato a chave do bolso e me atrapalho com a fechadura. Segundos de desespero que não me deixam pensar direito.

De repente, a porta se abre e sou engolido pela luz alaranjada do fim de tarde. Com a graça de Jesus, não encontro/vejo/ouço meus pais, que devem ter saído às pressas para a igreja.

Eu apoio a mão na parede para recuperar o fôlego. Então me viro, espio a escada escura, por onde sobe um som de...

Eloá está chorando de novo?

Com os lábios murchos, me aproximo da entrada do porão. Hesito. Chego a pisar no primeiro degrau, mas recolho o pé.

"Demônios não choram", penso, antes de fechar a porta.

Capítulo 36

São 23h15 quando começo o ritual.

Sentado com as pernas cruzadas no meio da sala de jantar, seguro o gesso com uma das mãos e, com a outra, desamasso o bilhete de Nicolas.

Releio o texto pela centésima vez para me certificar de que tenho as palavras na ponta da língua e depois guardo o papel no bolso. Segundo o Google, se trata de um poema brasileiro do século XIX. A autoria é incerta, embora alguns frequentadores de fóruns obscuros a atribuam a Álvares de Azevedo, poeta ultrarromântico que versava sobre solidão, cemitérios e fantasmas de moças bonitas.

O escritor morreu aos vinte anos, de tuberculose.

Ajeitando a postura, limpo a garganta e uso minha melhor voz de conjurador de espíritos:

"Serpes que espreitam das trevas
Alma penada e predida..."

"Predida".

Qual a porra do seu problema, Gael?

Bem, nada novo sob o meu sol. É normal eu trocar as sílabas quando o nervosismo aperta. Por isso escolhemos Sabrina como porta-voz do canal.

Sabendo que ficar com raiva ajudaria tanto quanto sair gritando pela rua, fecho os olhos e respiro fundo antes de recomeçar:

"Serpes que espreitam das trevas
Alma penada e perdida,

Ouça o canto que te enlevas
E passa do éter à vida.

Não te enojes deste servo
Que com versos te conjura.
Do orgulho não conservo
Mesquinhez ou trama impura.

Se ferir nosso tratado
E a ti obrar o mal,
Que me corte desmembrado
E me enterre no quintal."

É como falar com a parede do quarto. No final, o que sobra é o medo irracional de que ela responda e um silêncio mais pesado do que o de uma biblioteca cheia.

Encaro a boca do corredor sem piscar. Se Jéssica respondesse ao chamado, seria por lá que chegaria. A porta que dá para a sala de estar estava protegida pela cômoda, e uma entrada-surpresa pela janela não seria nada glamorosa.

Claro, ela podia simplesmente brotar atrás de mim.

Afinal, é um fantasma.

Com um estremecimento súbito, olho para trás, mas minhas únicas companhias são os móveis poeirentos e caros da família Gonçalves.

Respire, Gael.

Respire.

Com o braço cansado, coloco o gesso no chão. Essa desgraça deve pesar uns quatro quilos.

A carta de amor repousa sobre o colchão de ar como um boleto que esqueci de jogar fora, e me faz perceber o quanto fui burro.

A carga emocional relacionada ao gesso é antiga, de uma época em que Jéssica provavelmente assistia a *As Meninas Superpoderosas* e *Padrinhos Mágicos*. No momento de sua morte, não devia se lembrar do rosto de metade das pessoas que o assinaram.

Já a carta de amor...

Reconhecendo meu erro, pego a declaração do admirador misterioso, aperto-a contra o peito e, pela terceira vez, recito o soneto de Álvares de Azevedo.

É como a brincadeira da Loira do Banheiro, só que com palavras difíceis.
Cinco segundos...
Dez segundos...
Trinta segundos...
O que eu farei quando Jéssica aparecer? Na real, não parei para pensar no assunto. Acho que ajudaria a coitada a sair da casa e pediria algumas dicas para derrotar Asmodeus.
Um minuto...
Dois minutos...
Cinco minutos...
E nada.
Começo a achar que Nicolas me fez de trouxa quando percebo, com o canto do olho, que a tela do celular se acendeu sobre a mesa de mogno.

04:00

Que porra é es...
Mas meus pensamentos são interrompidos pelos passos.
Poderia ser o som de um objeto caindo, mas se repete. De novo. E de novo. De algum ponto no interior da casa, cada vez mais próximo.
Mas nada está tão ruim que não possa piorar.
Pois, de repente, uma segunda presença surge, ao longe.

Plack, plack
Prack, plack
Prack, plack

A dureza dos tacos do corredor cria uma acústica diferente da do quintal da casa dos meus pais. Mas, de alguma forma, sei que os pés são os mesmos.
Então os passos param.
O ar fica gelado.
Silêncio.
...
...
...

Teria eu imaginado tudo?

Ela surge pela boca do corredor com a calma de um monge tibetano. Não está vestindo o mesmo pijama de alça, nem segurando o mesmo ursinho de pelúcia.

Plack, plack
Plack, plack
Plack, plack

Seus cabelos não são claros.
Suas bochechas não têm sardas.
E os olhos...
Os olhos não são de Jéssica.
Dou um passo para trás e quase tropeço nos meus próprios pés. Sinto a pressão cair.

— Por quê, Ga?

Plack, plack
Prack, plack
Prack, plack

— Por que você não me salvou?!

Nós nos entreolhamos por um instante curto demais. Curto demais para matar as saudades. Curto demais para eu falar tudo que não falei em nosso último encontro. Curto demais para dizer que...

Sinto muito.

Afinal, Ele logo se junta a nós.

Não tem chifres, cauda ou três cabeças. É só sombra. Sombra em formato de homem, com um enorme buraco negro no lugar do rosto.

Não está em sua forma original.

Sei disso.

Senão eu estaria cego.

Ele para ao lado de Eloá, congelando seus movimentos. E, quando falo "congelando", não é força de expressão: as pálpebras dela travam no caminho da piscada, e os pelos arrepiados do antebraço não oscilam com minha respiração agitada.

— Solta a minh...

Mas Asmodeus não me espera falar.

Num movimento impossivelmente rápido, o demônio avança em minha direção até não sobrar um milímetro ente nós.

Quero correr, mas minhas forças são drenadas.

Minhas pernas bambeiam.

Vou ao chão.

Capítulo 37

Meus olhos são atacados pelo mar de luz que penetra as cortinas abertas. Eu me levanto com um salto e escaneio a sala em busca de Jéssica.

As imagens da "luta" retornam aos poucos, um pé no sonho e outro na realidade. Sinto uma pontada na cabeça e apalpo o galo que ganhei de presente. Do tamanho que está, lembra mais um chifre, o sangue coagulado formando casquinhas de dor.

Ainda consigo sentir o hálito azedo de Asmodeus em minha orelha:

— Saaaiiiaaa deeesssaaa caaassaaa.

Um aviso.

O primeiro e derradeiro aviso de um príncipe do Inferno.

Devo escutá-lo?

Depois de descobrir que o desgraçado mantém Eloá como prisioneira, a resposta só pode ser uma...

Nem fodendo.

Tomado por uma raiva de outro mundo, viro a casa de ponta cabeça à procura dos dois. Talvez ainda estivessem flutuando por aí, assustando youtubers desavisados. Juninho Ghost, um velho conhecido do Clube das Almas Penadas, diria que estou perdendo tempo. Afinal, "fantasmas são como nossas *bads*: só aparecem de noite."

Pelo jeito, estava certo.

Desabo na poltrona e por um instante fecho os olhos, tentando juntar as peças.

Será que Eloá está na casa desde que morreu, dez anos atrás?

Ela e Jéssica são as únicas, ou haveria outras garotas?

O que Asmodeus faz com elas?

A ideia de o demônio da luxúria possuindo adolescentes para matá-las e aprisioná-las em sua dimensão particular desperta um nojo supremo em mim. Tipo aqueles sequestradores estadunidenses que passeiam pelos subúrbios com seus furgões pretos à procura de garotinhas indefesas.

Só que, nessa versão, eles têm poderes sobrenaturais.

E, se meu celular não começasse a tocar, é provável que eu continuasse viajando na maionese.

Com um palpite de que era a vendedora da operadora querendo me oferecer um de seus planos "imperdíveis", reviro os olhos e enfio a mão no bolso.

Meu queixo quase cai quando o contato surge na tela.

Sabrina.

Amansando o galope descontrolado do meu coração, fecho os olhos e suspiro fundo antes de atender.

— Sa?

Chuviscos de estática do outro lado da linha. Então sua voz, sempre irritantemente animada, agora murcha:

— Oi, Ga.

Não sei o que dizer.

— Como... como você tá? — pergunto, por fim.

Mais chuviscos.

— Bem, eu acho. — Ela hesita por um instante. — E você?

— Bem também — respondo, embora "sobrevivendo" fosse mais adequado.

— Ainda tá na casa?

Um mau pressentimento se instala no meu peito.

— Sim, por quê?

— Porque você precisa sair daí.

Pego de surpresa, trinco os dentes.

— Não posso, Sa.

— As lives foram um sucesso, o número de inscritos quase dobrou, e conseguimos renovar o contrato com a Artigos Macabros. — Sabrina dispara a falar. — Nós não precisamos ma...

Apesar do começo de conversa monossilábico, minha amiga não soa como alguém que foi possuída por uma entidade maligna.

A argumentação é precisa.

A dicção, perfeita.

Mas, como diria meu pai: "O Diabo é ardiloso".

— Você realmente se esqueceu da nossa conversa na piscina? — retruco, com um gosto amargo na boca. — O demônio que matou a minha irmã tá aqui.

— Eu sei, Gael, mas tenta avaliar a situação: ir atrás dele é perigoso, e não vai trazer Eloá de volta — argumenta, bem estilo Nicolas. — Ela tá morta. Você, não.

Palavras espinhosas como caules de roseira, que me deixariam *full pistola* se eu não soubesse que Sabrina só está me atacando desse jeito porque me quer longe da casa.

E porque não sabe das últimas novidades.

— Minha irmã tá aqui — sussurro.

Pausa.

— Como assim? — A voz dela salta uns quatro tons. — O que você tá dizendo?

— O fantasma de Eloá apareceu ontem à noite. Ela tá sendo mantida prisioneira por Asmodeus, junto com Jéssica e sabe-se lá mais quem.

Outra pausa, dessa vez mais longa. Por um momento, acho que a ligação caiu, então a voz de Sabrina ressurge, séria:

— Lembra da nossa aposta?

Cerro os dentes.

A "Nossa Aposta", com letra maiúscula.

Não sei o que tem a ver com o assunto, mas como poderia me esquecer? Foi no final do ano passado. Estávamos jogando *War*, uma batalha de oito horas que Sabrina queria declarar empatada por motivos de não-aguento-mais. Acontece que, em seis anos de amizade, a gente nunca terminou uma partida, então fiz a seguinte proposta: "Quem ganhar pode pedir um favor e o outro não pode recusar".

Juramos de mindinho.

E eu perdi.

— Sim, eu lembro — respondo, começando a entender aonde Sabrina queria chegar. — O que tem ela?

— Tava planejando usá-la pra te fazer passar vergonha em público. Entrar numa sessão da câmara dos vereadores vestindo o macacão do Pikachu ou encher um galão de vinte litros com o refil de refrigerante do Burger King. Mas você não tá me dando outra escolha. — Ela solta um suspiro cansado. — Gael Francisco da Silva Teixeira, eu ordeno que saia agora mesmo dessa casa e nunca mais volte a pôr os pés nela!

Juramentos de mindinho têm que ser cumpridos. Todo mundo sabe. É uma lei universal.

PS: a não ser que eles impeçam você de libertar o fantasma da sua irmã das garras de uma entidade maligna.

— Foi mal, Sa, mas vou ter que dizer não.

A primeira sílaba salta da boca dela para retrucar. Sou mais rápido, porém, e encerro a chamada.

Não foi a coisa mais certa a se fazer, nem a mais legal, mas desistir depois de chegar tão longe não é uma opção.

Além do mais, por que ela me quer longe da casa? Está realmente preocupada com a minha segurança ou está sendo manipulada por Asmodeus para me impedir de libertar Eloá e Jéssica?

Mordo o canto interno da bochecha, mais confuso do que nunca.

Fitando o papel de parede de fantasminhas do meu celular, percebo que já é quinta-feira, o que, no calendário da minha triste vida, significa que é o meu último dia de estadia na casa.

Não tenho mais dinheiro, o cheque especial estourou e metade dos meus móveis já estão comprometidos para venda. Pela forma como o Irmão Gastadeiro explodiu em nosso último encontro, duvido que fique com pena de mim e abra uma exceção.

Ele não me ajudaria.

Nem Sabrina.

Nem Nicolas.

Aperto a cabeça com as mãos, como se pudesse espremer alguma solução.

Pense, Gael, pense!

O.

Que.

Eu.

Faço?

Então me levanto da poltrona e caminho até a mesa de mogno, onde as pedras dos colares reluzem, lisas e lilases. Cato um deles e passo o indicador sobre os símbolos estranhos no suporte de madeira.

Um "adolescente" de 20 anos contra um demônio milenar capaz de nocauteá-lo em menos de cinco segundos. Não parece uma luta justa, mas o meu eu interior diz que minhas chances aumentariam se eu soubesse mais a respeito dos colares, como Eloá e Jéssica os encontraram e, principalmente, quem os entregou.

E só agora, depois de juntar as informações que Nicolas e Letícia me deram, que sei onde encontrar as respostas.

Com um único destino em mente, entro no site de passagens de ônibus para ver os horários, dando graças a Deus pelo cartão de crédito da minha mãe ainda estar cadastrado como forma de pagamento.

Capítulo 38

A viagem até Iporanga dura quatro horas.

Esparramado na poltrona do busão, faço uma rápida pesquisa sobre a Fazenda Recanto Feliz – que tem site próprio e meia dúzia de menções no jornal local por sua participação na Festa da Banana – e as comunidades quilombolas do Vale do Ribeira.

Elas surgiram por conta de escravizados que foram abandonados por seus "senhores". Aparentemente, os crápulas descobriram que Minas Gerais tinha dez vezes mais ouro do que São Paulo, e que comprar escravizados novos saía mais em conta do que transportar os antigos.

Segundo o ITESP (órgão que cuida das terras do estado de São Paulo), são 66 comunidades no Vale do Ribeira, e outras tantas não registradas/regularizadas.

A que fica perto da Fazenda Recanto Feliz parece ser uma delas, pois não aparece no mapa.

Desembarco na rodoviária e compro uma coxinha de procedência duvidosa antes de traçar o trajeto até a fazenda usando o Google Maps. Sem grana para pegar um táxi ou condicionamento físico para ir a pé, caminho até a rodovia e gasto todo o meu charme para descolar uma carona.

— Sobe aí, sangue bom — diz um barbudo sem camisa, apontando para a caçamba da caminhonete.

Hesito por um instante, mas acabo topando. Afinal, como diz aquele ditado de vó que nunca entendi: "De cavalo dado, não se olha os dentes". No começo da viagem, fico deitado no piso de plástico junto de um monte de tralhas rurais, morrendo de medo de cair.

Até que crio coragem e me sento.

É legal.

A adrenalina.

A paisagem infinita.

A rajada de vento.

Claro, não tão legal quanto vir num ônibus entupido de adolescentes celebrando a glória do Senhor com brincadeiras educativas e hinos de louvor.

Será que Eloá também cantava?

A entrada da fazenda teria passado batido se a caminhonete não começasse a reduzir a velocidade. Ao redor, os pastos e as plantações de cana foram substituídos por arvorezinhas anãs com folhas espalhafatosas: bananeiras.

Desço da caçamba e agradeço ao barbudo gente fina com um "Deus te pague, sangue bom". Em seguida, caminho em direção à placa que, pela pompa, mais parece o letreiro de um motel:

"Bem-vindo à Fazenda Recanto Feliz, o paraíso das bananas".

Risos.

À minha frente, uma estrada de terra batida que se estende por centenas de metros, milimetricamente reta, como se criada por uma máquina especializada.

Mal coloco os pés nela e uma voz me chama do meio do bananal:

— Tarde!

Seu dono é mais novo do que eu, talvez menor de idade. Ele veste botas grossas e compridas e um chapéu de pano para se proteger do sol. O facão na mão direita faz meu gogó tremer e o transforma numa espécie de versão caipira do Jason, de *Sexta-feira 13*.

— Opa, tudo bem? — respondo, sem jeito. — Sou amigo do seu Valdomiro. Tô procurando por uma comunidade quilombola que fica do lado da fazenda. Não sei se pode me ajudar.

— Comunidade quilombola do lado da fazenda? Vish... Conheço a Arapá, mas fica a uns bons quilômetros daqui. — Ele coça a cabeça, confuso. — Se quiser perguntar pro seu Valdomiro, ele tá lá na casa.

Eu arqueio as sobrancelhas.

Então quer dizer que o tio Valdomiro estava na fazenda? Sei que ele vinha de vez em quando para administrar os negócios, mas passava a maior parte do tempo em São Paulo.

Pelo menos, era assim dez anos atrás.

Com a instrução de "só seguir em frente", retorno à estrada. Quinze minutos de caminhada transformam a casa, que, da entrada da fazenda, não passava de uma peça de Banco Imobiliário, num belíssimo sobrado de estilo colonial.

Não preciso tocar a campainha e perguntar pelo tio Valdomiro. Ele está na varanda, sentado numa cadeira de balanço contemplando seu latifúndio. Praticamente o senhor de engenho de uma novela das seis.

Ao me ver, ele enruga a testa. Mas o brilho do reconhecimento logo lampeja em seus olhos.

— Gael?

Estico um sorriso.

— Tio Valdomiro!

A cadeira solta um rangido lenhoso quando ele se ergue e caminha em minha direção.

— Deus pai amado! Da última vez que te vi, você não batia nem no meu ombro. — Ele ignora minha oferta de aperto de mão e parte para um abraço. — Agora tá maior do que eu.

O papo é de tiozão, mas a animação é genuína e derrete meu coração de gelo.

— O que te traz a esse fim do mundo? — pergunta ele, por fim.

É aí que conto a primeira mentira do dia, seguindo a tradição do Assombrasil:

— Tô cursando história e meu TCC é sobre as comunidades quilombolas do Vale do Ribeira. — Ele faz que sim com a cabeça, ao estilo "Jura? Que legal!". — Cheguei de viagem agora há pouco. Resolvi fazer uma visita.

— Já esteve aqui antes, não? Pro acampamento?

— Infelizmente não, tio — respondo, entortando as sobrancelhas. — Eu ainda não tinha doze anos na época.

— Mas você era filho do pastor.

Rio entredentes.

— Era o que eu dizia à minha mãe. — Então, aproveitando a deixa: — Se não for pedir demais, gostaria de conhecer o lugar onde acontecia o acampamento.

— Seu pedido é uma ordem — responde ele, assentindo, mas faz menção de entrar na casa. — O que acha de um cafezinho antes? Posso pedir pras empregadas prepararem.

"Empregadas", no plural.

— Não precisa se incomodar com isso. Tô de dieta. — Segunda mentira do dia, seguida pela terceira: — Além do mais, não posso demorar. Tenho uma reunião com o grupo de pesquisa às quatro e meia.

— Mas que garoto atarefado — comenta o tio Valdomiro, arregalando os olhos de um jeito caricato. — Sem café, então. Vamos pro tour.

Assustadoramente rápidos, seus passos mancos ecoam pela varanda. Ao descer os degraus, ele solta um grito de saudação para os peões, que retribuem com acenos. Depois começa a contornar a casa.

— Como anda a sua mãe?

— Bem — respondo, preferindo que ele tivesse perguntado sobre "as namoradinhas".

— Tá morando com ela?

— Não mais. Mudei faz dois anos.

— E ela não se sente sozinha?

— Acho que não. Tem bastantes amigas. - Quarta mentira do dia antes de jogar a bola para ele: — E o Christopher, como tá?

Pelo espasmo em seu rosto, não gostou da pergunta.

— Temos pouco contato hoje em dia. Digamos que ele... começou a andar com más companhias. Entrou num caminho sem volta.

A resposta é vaga, mas triste o suficiente para que eu não insista no assunto.

É... Parece que "família" não é o nosso forte.

Ao contornarmos a casa-grande, damos de cara com um gramado. Meio verde, meio amarelo, e definitivamente rebaixado, como se ficasse num andar inferior em relação à construção. No meio, dois quiosques e um galpão, e, para além, a Mata Atlântica - provavelmente uma área de reserva ambiental, única explicação plausível para ainda não ter sido transformada num bananal.

— Os quartos ficavam aqui atrás — conta o tio Valdomiro, apontando para as costas da casa, onde quatro portas beges se enfileiravam em frente à varanda. — Dois masculinos e dois femininos. Cabiam cinco beliches e três colchões em cada.

— E os adultos?

— Ficávamos na casa — responde ele, achando graça nos "adultos". — Todo ano eu oferecia a suíte principal pro seu pai, mas ele nunca aceitava. Preferia o quarto de hóspedes.

Pronto, a torta de climão está novamente servida. Penso em várias respostas, mas nenhuma parece servir.

Percebendo meu desconforto, tio Valdomiro pigarreia.

— Era aqui que acontecia a guerra de bexigas e o pique-bandeira. — Ele indica a área à nossa frente. — Sua irmã era uma das mais rápidas.

— Sim, fiquei sabendo — respondo, feliz por ele ter mudado de assunto.

Me lembro de uma das fotos do acampamento que Eloá postou no Instagram. Ela de regata vermelha – sim, os "jovens" eram divididos em equipes, uma de cada cor –, fazendo pose de pista de corrida antes de disparar em direção à bandeira adversária.

Parecia feliz.

Tio Valdomiro, então, me mostra o galpão, onde aconteciam os cultos – todos os dias, às sete, antes do jantar – e os quiosques, onde faziam os churrascos.

— E a fogueira? — pergunto, como quem não quer nada.

Ele enruga a testa.

— A Fogueira de Judas.

— Ah, sim.

Não espero até ele abrir caminho e sigo a linha invisível de seu indicador até o canto do gramado, a uns dez metros da mata. Não sei se esperava encontrar alguma falha na grama que denunciasse a localização da fogueira, ou uma mudança no ar.

Mas, dez anos depois, não há nada.

"Ela surtou."

— Era uma coisa bonita de se ver.

— O quê? — questiono, tomando um susto com a aparição do tio Valdomiro.

— A fogueira... A gente desligava todas as luzes da fazenda e acendia o fogo lá pelas dez, onze horas, quando a noite tava um breu. Era alta, mais alta do que as árvores, do que a casa. E quente também. Costumávamos estender as mãos pra espantar o frio enquanto assistíamos ao boneco queimar.

O homem desembestou a falar. Se fosse um amigo meu e não um fazendeiro rico e poderoso, eu provavelmente mandaria um: "Ah, é?

Quem perguntou?". Além do mais, há um brilho estranho em seu olhar, como se estivesse...

Possuído.

— Fiquei sabendo que uma garota surtou com a fogueira — arrisco, torcendo para a memória dele não falhar.

Ele reflete por um instante, então responde:

— Sim. Foi no último acampamento, se não me engano. Começou a gritar assim que as chamas atingiram o boneco. Gritar não, esgoelar. Nunca tinha visto algo assim. — Faz o sinal da cruz. — Era filha de um figurão amigo do seu pai.

Por "figurão" ele quer dizer Marcos, mas deve achar que não o conheço.

Melhor assim.

— E como ela era?

— Não cheguei a conversar com a garota. Se não me engano, trouxe uma amiga. Andavam sempre juntas, sem enturmar com os outros jovens. Eu devia ter desconfiado de que...

Ele fecha a matraca, tenso.

— Desconfiado de quê?

— Nada, não. — Estapeia o ar. — Mas vamos falar de você! Quer dizer que tá escrevendo seu TCC sobre as comunidades quilombolas do Vale do Ribeira?

A mudança brusca no rumo da conversa equivale a entrar com um caminhão na contramão, mas finjo não perceber.

— Isso mesmo. — Faço joinha. — Tava pensando em visitar algumas.

— Eles são bem receptivos com pesquisadores, principalmente depois que o Petar criou a "rota quilombola", uma opção de passeio pros turistas — explica ele, com ar professoral. — A comunidade mais próxima é a Arapá, do outro lado da rodovia. Só estacionar no quilômetro 483 e descer a encosta até o rio. Não tem erro.

— Sei qual é — respondo, criando uma nota mental antes de fazer a pergunta de um milhão de dólares: — Não sei se tô confundindo as coisas, mas não tinha um quilombo quase dentro da fazenda, entrando na mata?

Tio Valdomiro tenta disfarçar, mas percebo o nervosismo se infiltrando em suas linhas de expressão.

— Sim, o Jandira.

— Será que eu não poderia ir até lá trocar uma palavrinha com eles?
Ele dá de ombros e amassa os lábios, como um funcionário de cassino prestes a anunciar sua derrota num jogo de azar.
— O Jandira não existe mais.

Capítulo 39

Deixo para trás a porteira da fazenda Recanto Feliz com mais de uma pulga atrás da orelha.

Quando perguntei ao tio Valdomiro o que aconteceu com a comunidade quilombola Jandira, ele se fez de sonso, disse que os velhos morreram e que os jovens foram tentar a vida na cidade. Uma justificativa aceitável se ele não fosse um péssimo ator.

Finjo que acredito e me despeço com a promessa de que volto para a "costela de javaporco" que eles servirão no jantar.

Minha quinta mentira do dia.

Deixo a casa-grande e sigo pela estrada de terra batida. Trinta passos depois, espio por sobre o ombro para me certificar de que o tio Valdomiro não está me observando da varanda e me embrenho no bananal para conversar com os peões.

"Jandira? Tem certeza de que é nessa região?"

"A única comunidade quilombola perto daqui é a Arapá".

"Nunca nem ouvi falar".

Respostas escorregadias, seguidas por olhares desconfiados e desculpas meia-boca de que os fiscais brigariam se os flagrassem conversando, em vez de cortando.

Não preciso ser um gênio da lâmpada para saber que tem algo de podre no Recanto Feliz.

Ciente de que a única coisa que eu conseguiria ali seria despertar suspeitas, resolvo dar um pulo na tal comunidade Arapá.

Quem sabe eles me ajudem a desvendar o mistério do Jandira, ou, melhor ainda, talvez eu encontre um antigo morador que procurou refúgio no quilombo vizinho.

Cato o celular para pesquisar sua localização, mas as barrinhas no canto superior estão vazias.

Sem sinal, óbvio.

Me lembrando do tal quilômetro 483, do qual tio Valdomiro falou, atravesso a entrada da fazenda em direção à rodovia e posiciono o polegar para descolar a segunda carona do dia.

Em São Paulo, nunca funcionaria, mas o interior tem seus encantos, e o quinto carro a passar estaciona ao meu lado. Um engenheiro ambiental contratado para medir a "área verde" de uma fazenda não muito longe dali.

Quando pergunto sobre o Arapá, ela me dá a melhor notícia do dia:

— Tem uma trilha saindo da rodovia.

Dito e feito: em frente à placa desbotada "Km 483", a vegetação da Mata Atlântica se abre num estreito recorte marrom. "Estreito" é elogio, já que as árvores/arbustos/cipós avançam em direção ao centro da trilha como as ondas de um mar enlodado, por pouco não a engolindo por completo.

A descida é longa e, em certo momento, me pergunto se não seria melhor voltar e contratar um guia. Então lembro que a essa altura já devo estar com o nome sujo, o que me faz rir de nervoso.

Tento não pensar nas cobras deslizando pela grama, loucas para picar o trouxa que preferiu tênis a botas, e nas onças-pintadas que ainda não lancharam. O alívio só vem quando começo a escutar o murmurar de um rio, à frente. Como diria meu professor de história: "Onde tem água, tem gente". Mais alguns passos e avisto uma clareira por entre a folhagem. Plana, bem iluminada, grande demais para ter sido criada pela Mãe Natureza.

Cinco crianças entretidas numa brincadeira parecida com cobra-cega percebem minha presença e correm para se abrigar sob o telhado da casa mais próxima, me encarando com desconfiança.

São trinta ou quarenta casas. Todas pequenas. Algumas pintadas, outras não. Tem uma igreja - a construção mais alta da comunidade, com uma cruz no topo - e um orelhão desbotado. Não vejo carros ou motos.

De repente, um homem de calça jeans e Havaianas se aproxima por entre as casas. Tem lábios grossos e ar de xerife de faroeste.

— Quem é você? — Seu timbre grave me atinge como um soco.

Tentando não desmaiar de medo, reciclo a primeira mentira do dia:

— Sou o Gael, estudante de história. Tô escrevendo meu TCC a respeito das comunidades quilombolas do Vale do Ribeira e gostaria de...
— TCC? — pergunta o homem, franzindo a testa.
— Um TCC é um... é um... trabalho da faculdade, um estudo.
O homem parece se divertir com meu embaraço, pois ri entredentes. Depois, vira-se para a rodinha de curiosos que se forma ao nosso redor.
— Vocês ouviram isso? — pergunta ele, erguendo a voz. — O Igor aqui quer nos estudar, realizar experimentos.
Me lembro do comentário do tio Valdomiro de que os moradores dos quilombos eram "bem receptivos com pesquisadores".
Aparentemente, não sou o único mentiroso por essas bandas.
— Já terminou de importunar o garoto?
O dono da voz também é um "garoto", embora a cicatriz de queimadura no braço direito sugira que ele passou por poucas e boas. Sem que eu peça ou possa impedir, meu cérebro cria uma conexão com aquela foto de ombro horrenda da conversa secreta de Eloá.
— Como assim, Zaire? Só estamos conversando.
— Acho que não. Ele tá tremendo. — O garoto aponta para as minhas pernas de gelatina. — Vai por mim, Juca. Ele não é uma ameaça.
Juca abre a boca para retrucar, mas Zaire é mais rápido:
— Venha, Gael, vou ser seu guia hoje.
Sem saber onde enfiar a cara, corro para a aba do meu salvador.
— Depois conversamos mais, Vini. — Juca erra meu nome pela segunda vez, e começo a achar que é de propósito. — E cuidado com os pernilongos.
Com essa bela despedida, ele dá meia-volta e desaparece atrás do que parece ser um bar. Os outros moradores, não mais com medo do patético Gael/Igor/Vini, também retornam a seus afazeres.
— Obrigado — sussurro, apertando o passo para acompanhar Zaire.
— Pode não parecer, mas Juca tem um bom coração. — Ele abre caminho por um corredor de casas. — Vamos pro rio. Lá é mais tranquilo.
Caminhamos com zíperes na boca, o que não acho ruim, já que estou ocupado demais dando uma de turista. Quando era criança e ouvia o tio Valdomiro falando das comunidades do Ribeira, a primeira coisa que me vinha à cabeça eram as gravuras do Quilombo dos Palmares, dos livros de história: ocas em círculo, berimbau e rodas de capoeira.
Mas as casas são de alvenaria e, pela janela de uma delas, consigo ver uma televisão ligada.

Maldito preconceito.

— Juca não tava mentindo quando falou dos pernilongos — diz Zaire, estacando ao lado da margem, a alguns metros da última casa. — Espero que você não seja alérgico.

— Eu também — respondo, mas Zaire não acha graça.

A água desce a serra num ritmo lento de lesma. O rio não é largo, pelo menos não o suficiente para que eu não consiga atravessá-lo com meus dois meses de aulas de natação.

— E, então — diz Zaire, por fim. — O que traz um garoto da cidade grande pra cá?

Arqueio as sobrancelhas.

— Como sabe que sou da cidade grande?

— Já olhou pras próprias roupas?

Checo minha camiseta do Slenderman, minha bermuda de tactel e os tênis de plataforma.

Minhas bochechas esquentam.

— Como eu disse, sou estudante de história e tô fazendo um trabalho sobre as...

Ele faz careta e dá tapas no ar.

— Não, não... O que realmente te trouxe pra cá?

Arregalo as pupilas, surpreso.

O que ele é, um polígrafo humano?

— Minha irmã — confesso. — Ela recebeu um colar que acredito ter sido feito numa das comunidades quilombolas aqui perto.

— E por que não foi até lá perguntar?

— Porque fiquei sabendo que ele não existe mais.

Uma sombra mancha seu rosto.

— O Jandira?

— Esse mesmo — respondo, sério. — E como o Arapá é o quilombo mais próximo de onde ele ficava, pensei que alguns de seus antigos moradores pudessem ter se mudado pra cá.

— E pensou certo.

Meus olhos cintilam.

— Sério? Será que eu poderia conversar com eles?

— Já tá conversando. — Zaire dá de ombros. — Eu nasci lá.

Poker face.

Por essa eu não esperava.

Antes que eu transforme meu assombro em palavras, porém, ele continua:

— Então quer dizer que você saiu da cidade grande e desceu até o Vale só por causa de um colar?

Falando assim, parece ridículo, mas contar que o colar é amaldiçoado está fora de questão.

— Era um colar muito importante pra minha irmã.

— Chegou a perguntar como ela o conseguiu?

— Não... Nós não temos mais contato.

Zaire parece perceber a energia sombria exalando de mim, pois muda de assunto:

— Sorte a sua eu ter aparecido pra falar com você. Não acho que os habitantes do Iporanga, nem os das outras comunidades, poderiam ajudar. — Ele estapeia um pernilongo em sua coxa. — O Jandira era um quilombo... diferente, e tínhamos pouco contato com quem era de fora.

A forma como ele fala "diferente" eletrifica minha pele.

— Diferente como?

— Digamos que nós levávamos a sério nossas raízes africanas, principalmente as cerimônias religiosas, e isso assustava as pessoas.

Alguém deve ter escrito "estou me sentindo desconfortável" na minha testa, pois Zaire abre um sorriso zombeteiro.

— Pelo visto já ouviu falar das lendas de bruxaria.

— Mais de uma vez — confesso, envergonhado.

— A sua gente nunca nos olhou com bons olhos. Nossos costumes, nossa cultura. — ele ergue a voz. — O que foi que te contaram?

Hesito por um instante, me sentindo o cara mais preconceituoso do mundo.

— Que vocês sequestravam crianças pra rituais de magia das trevas.

Zaire não contém a gargalhada.

— Sério, é cada coisa... Pra você ter ideia, fizeram até um filme de terror sobre nós.

Engulo em seco.

— *Acampamento Sangrento*?

— Esse mesmo! Já assistiu?

— Aham...

— Se eu disser que o fantasma do filme foi inspirado na minha avó... Ela era a curandeira do quilombo, e de repente pareceu uma boa ideia transformá-la numa feiticeira vingativa e sanguinária.

Engulo em seco pela segunda vez.

Então quer dizer que Zaire era neto de Madame Hulu?

— E sabe de quem é a culpa de tudo isso? — continua ele. — Dos fazendeiros, que inventaram as piores mentiras pra colocar as mãos no nosso tesouro.

— Tesouro?

— O território do Jandira abrigava uma das maiores jazidas de ametista da região.

Nas pesquisas que fiz durante a viagem, descobri que o Vale do Ribeira era mesmo rico em pedras preciosas. Mas segundo as fontes...

— Pensei que vocês já tinham extraído tudo.

Zaire balança a cabeça em negação.

— Fizemos o possível pra mantê-las em segredo, mas é como se... eles sentissem o cheiro. — Zaire cerra os punhos. — A gente sabia que não tinha a menor chance contra os fazendeiros, então fechamos um acordo que permitia a exploração de metade da jazida. Funcionou durante algum tempo, mas eles queriam mais. Eles sempre querem mais.

— E então eles expulsaram vocês de lá?

Zaire esprime os lábios numa linha tensa que faz eu me arrepender de ter perguntado.

— Antes fosse... Mas os covardes preferiram mandar os jagunços de noite, enquanto estávamos dormindo.

Cada um dos 206 ossos do meu corpo estremece.

— As casas eram de madeira, e o fogo se alastrou num piscar de olhos. Fizeram parecer um acidente — prossegue ele, as sobrancelhas tombadas. — Por algum motivo, não consegui pegar no sono e saí pra tomar um ar. Fui o único que sobreviveu.

Como assim, o único que sobreviveu? Pelo que o tio Valdomiro contava, eram dezenas de famílias. Cem, duzentas pessoas.

Engolidas pelo fogo.

De canto de olho, observo a cicatriz de queimadura no braço de Zaire e sinto meu estômago embrulhar.

— Eu... Eu sinto muito. — É a única coisa que consigo dizer.

Ele gira o tronco e se aproxima da margem do rio, seus olhos tristes mergulhados no horizonte. Meu senso de direção – ou a falta de um – não ajuda, mas posso apostar que o Jandira ficava para aqueles lados.

— Obrigado, mas... são águas passadas — afirma ele, sem um pingo de convicção. Então, se virando para mim, pergunta: — Tá com o colar?

Grato pela mudança de assunto, faço que sim com a cabeça e enfio a mão no bolso para pegá-lo.

E é aí que esse dia nada tranquilo me presenteia com mais uma reviravolta:

Os olhos de Zaire mal tocam a superfície espelhada da ametista e se enchem d'água.

— Sem chance... — sussurra ele, baixinho. — Não tem como a sua irmã ter conseguido um desses.

— Por quê?

— Era minha avó quem fazia esses colares, pra dar de presente aos moradores da nossa comunidade. Seja lá quem fosse o dono, não teria se desfeito dele. — Chacoalha a cabeça, descrente. — Quando foi que sua irmã conseguiu o colar mesmo?

— Há dez anos, em 2012.

— Ano em que o Jandira foi destruído.

A hostilidade dele faz o ar faiscar entre nós.

— O que você quer dizer com isso?

— Não sei, mas essa história tá no mínimo estranha.

Comprimo os lábios.

— Minha irmã jamais teria... — retruco, sem conseguir completar a frase. — Ela tava num acampamento aqui perto. Nós fazíamos parte de uma igre...

— Sei que acampamento é esse — interrompe Zaire.

— Sabe?

Mas seus olhos estão nublados como um céu de tempestade.

— Era o acampamento do fazendeiro que ordenou a chacina.

Meu estômago quase cai no chão.

— Deve haver algum engano. O tio Valdomiro...

— Tio Valdomiro? É assim que vocês o chamam? — Ele lança os braços para cima, indignado. — O desgraçado não poupou nem as crianças. Disse que poderiam servir de testemunhas.

E de repente as doações nada singelas dele à igreja começam a fazer sentido. Afinal, bananas podem dar dinheiro, mas quantas toneladas de bananas podem ser compradas com um único quilo de ametista?

Ametistas sujas de sangue.

— Eu... Eu juro que não sabia.

— Melhor voltar pras asas do titio, garoto da cidade grande — dispara ele, me dando as costas.

Sim, eu entendia a raiva de Zaire, mas ele não podia falar comigo daquele jeito, como se eu, Eloá e os vilões cruéis e inescrupulosos que massacraram o Jandira fôssemos tudo farinha do mesmo saco.

— Ei! Você não é o único que perdeu alguém importante — retruco, segurando-o pelo ombro. — Minha irmã também morreu de uma forma horrível e, se eu saí da "cidade grande" pra vir até aqui, é porque quero descobrir o que aconteceu com ela.

Minhas palavras são como ímãs que forçam Zaire a se virar.

— O que o colar tem a ver com a morte dela? — pergunta, suavizando a expressão.

— Aparentemente, nada. Mas outra garota tinha um colar parecido, e também morreu.

Ele enruga a testa.

— O que você tá sugerindo?

Minha língua coça para falar da possessão, mas sei que seria mal interpretado.

— Nada em particular. — Dou de ombros. — Mas você tem que concordar que é uma coincidência e tanto, não?

Zaire parece considerar meu ponto, então assente.

— Imagino que não esteja com o outro colar.

Enfio a mão no bolso e cato o colar de Jéssica, colocando-o nas mãos dele.

Ele os examina com cuidado, deslizando o indicador pelas faces da ametista.

— Não são parecidos — constata Zaire, por fim. — São iguais.

— E o que isso quer dizer?

— Os colares de vovó eram únicos, transmitiam mensagens específicas. Ela não faria dois iguais à toa.

— O que tá escrito? — pergunto, apontando para os símbolos entalhados no suporte de madeira.

Mordo os lábios enquanto as engrenagens do cérebro dele trabalham para traduzir a frase.

— Que esse colar seja o *juniki* entre vocês — anuncia Zaire, por fim.

— *Juniki?*

— Não tem um equivalente em português. *Juniki* é um caminho de pedras que liga as duas margens de um rio. O mais próximo seria "ponte".

Trinco os dentes.

Zaire pode não perceber, mas o significado é óbvio para mim.

Numa das margens, Jéssica e Eloá.

Na outra, Asmodeus.

Alguém poderia dizer que estou viajando, que Asmodeus é uma entidade cristã e nada tem a ver com as religiões africanas. Mas a questão não é tão simples assim.

Jeová, Alá, Zeus, Kami Sama... Uma famosa teoria teológica afirma que os nomes podem até mudar, bem como as representações, mas o deus continua sendo o mesmo.

Infelizmente, isso também vale para os demônios.

— O que foi? — A voz de Zaire me puxa de volta para a realidade. — Faz algum sentido pra você?

— Não — minto. — Dei uma viajada.

Do nada, a árvore ao nosso lado treme e cospe dezenas de aves em direção ao céu de fim de tarde.

Ele ri com meu quase-ataque-cardíaco.

— Não existem pássaros na cidade grande?

— Só sabiás-laranjeira — respondo, desacelerando a respiração. — Começam a cantar às três da manhã e não param até torrar toda a sua paciência.

Mais uma risada antes de Zaire voltar a vestir a máscara da seriedade.

— Acho que te devo um pedido de desculpas, Gael.

— Deixa pra lá — respondo, sincero. — Foi só um mal-entendido.

— É que... — Ele suspira fundo. — Depois de passar por esse inferno, fica difícil confiar nas pessoas.

— Ainda mais num garoto da cidade grande.

Seus lábios se esticam num meio sorriso.

— Principalmente.

Nesse clima de "amizade", batemos cinco minutos de papo-furado e refazemos nossos passos pela margem do rio. De volta à comunidade, o cheiro de peixe cozido com temperos desconhecidos assanha as minhas lombrigas.

— Não quer ficar pra jantar, Lucas? — Juca pergunta da mesa do bar.

A hostilidade em sua voz desapareceu, sendo substituída pela típica cumplicidade de homens héteros que acabam de se conhecer.

— Obrigado pelo convite, Tuta — engrosso a voz —, mas meu ônibus sai às sete. Tô atrasado.

Achando graça na troca de nomes, ele se despede com um aceno e um: "Quando criar coragem para experimentar meu cascudo com pimenta, apareça".

Zaire me conduz até a entrada sob o olhar atento de um total de zero pessoas, já que os moradores dali têm mais o que fazer do que ficar fofocando sobre um forasteiro que nem bonito é.

— Não sai da trilha — adverte ele, ao alcançarmos o limite da floresta. — Se não vai acabar sendo comido por uma onça.

— Assim você também não ajuda.

Ele solta um riso melódico.

— Então é isso, Gael. Espero que nossa conversa tenha sido de alguma ajuda.

— Ajudou demais. — Selamos um aperto de mão. — Se precisar de um guia na cidade grande, só chamar.

Já estou me enfiando na mata quando a voz dele segura meus passos:

— Se não for pedir muito, guarde os colares da minha avó com carinho. — E, após uma pausa que pareceu longa demais: — Tenho certeza de que, se um deles chegou à sua irmã, foi porque ela o mereceu.

Sei que a intenção era boa, mas o duplo sentido da frase gruda em meu cérebro feito cola quente. E nos quinhentos metros de subida até a rodovia, fico me perguntando se o colar foi...

1. Um presente.
2. A maldição de uma curandeira que não conseguiu impedir que seu povo fosse queimado vivo em nome do dinheiro.

Passado

4 dias antes da morte de Eloá

O professor fala algo sobre raízes quadráticas quando alguém bate à porta. Ele bufa e termina de escrever a equação mais rápido do que o Flash.

Abandonando a caneta no pé da lousa, cruza a sala e gira a maçaneta.

— Olá, professor Jurandir — cumprimenta a inspetora Jéssica, com seus óculos redondos de coruja. — Posso interromper sua aula um minutinho?

"Minutinho". A inspetora Jéssica sofre de um caso sério de amor por diminutivos. Sempre arruma um jeito de enfiá-los nas frases, mesmo quando não fazem o menor sentido.

O professor faz cara de quem tomou leite estragado, então abre um sorriso falso.

— Claro! Sem problemas.

A inspetora dá um passo à frente e volta sua atenção para nós, como uma loba espreitando um rebanho de carneiros.

— Gael, pode me acompanhar por gentileza?

Num estalar de dedos, pescoços giram e oitenta olhos caem sobre mim. O ar, a sala e as pessoas congelam no tempo.

— O que você fez, trouxa? — pergunta Pietro, atrás de mim.

Antes que eu sussurre "sei lá", a voz da inspetora me atinge com impaciência:

— Vamos, Gael?

Engolindo em seco, fico em pé e atravesso o labirinto de carteiras em direção à lousa.

O professor Jurandir me lança um olhar de "boa sorte, vai precisar" e fecha a porta às nossas costas. De repente, somos apenas Jéssica e eu nos corredores vazios do colégio. Algo que só aconteceu uma vez, quando Pietro estourou um rojão no banheiro das meninas e me pediu para ficar de guarda.

Detalhe: eu não sabia sobre o rojão.

— O que aconteceu? — pergunto, como quem não quer nada.

— A diretora não me contou — responde ela enquanto caminhamos —, mas se eu fosse você já começava a rezar, meliantezinho.

Não sei o que é um "meliantezinho", mas não parece coisa boa.

A porta da diretoria ofusca todas as outras com sua cor vermelha. Larga, pesada, com uma placa fixada com tachinhas. A inspetora Jéssica ergue o punho e dá duas "batidinhas" rápidas. Mais um aviso do que um pedido de permissão, pois gira a maçaneta logo em seguida.

— Diretora Noriko? Trouxe o Gael, como a senhora pediu.

— Obrigada, Jéssica. Pode deixar que eu assumo daqui.

A voz pertence a uma mulher de cabelos longos, lisos e pretos, estilo protagonista de dorama, e olhos de raposa que parecem tudo ver. Ela veste um casaco azul e um colar de pérolas, que formam um *look* phino, com "ph".

Como não saio do lugar, a inspetora dá um "empurrãozinho" em meu ombro para eu pegar no tranco.

— Estarei te esperando aqui fora, carinha — dispara, antes de fechar a porta.

A diretora Noriko abre um sorriso quente à medida que me aproximo de sua mesa.

— Tudo bom, Gael? — pergunta ela, indicando a cadeira à frente. — Desculpa interromper sua aula de matemática.

"Não tava prestando atenção mesmo", é o que quero dizer, mas acabo soltando um "tranquilo".

— Não precisa ficar nervoso. — Ela ri para descontrair, o que só me deixa ainda mais nervoso. — Você não fez nada de errado. Pra ser sincera, a conversa não é sobre você. — Uma pausa pincela o ar. — É sobre a sua irmã.

Engulo em seco.

Claro! Como posso ser tão tapado? Faz duas semanas que Eloá está trancada no porão. Por mais que o colégio seja grande e tenha seis turmas de nono ano, uma hora dariam falta dela.

— Seus pais me contaram que Eloá tá doente.

Doente?

Foi isso que disseram?

— É... — concordo, fincando as unhas no estofado da cadeira.

— Espero que ela se recupere logo. Estamos preocupados. — Tia Noriko comprime os lábios. — O que ela tem?

Imaginando a mim mesmo numa cena de interrogatório policial, desvio o olhar. Percebo que pareceria suspeito e volto a encará-la.

Responde, Gael.

"Possuída..."

Fala alguma coisa, caramba.

"... por um..."

Mas o que eu vou falar?

"... demônio."

— Febre amarela — digo, por fim, me lembrando do noticiário.

Ela apoia os cotovelos sobre a mesa e entrelaça os dedos, matutando minha resposta com uma expressão de se-um-garoto-de-dez-anos-disse-algo-tão-específico-deve-ser-verdade.

— Tá tendo um surto no estado de São Paulo — responde ela, com pesar. — Já consultaram um médico?

— Sim — minto. — Papai levou Eloá ao doutor Conrado.

— Doutor Conrado?

— Nosso pediatra.

— Ah! — Suas sobrancelhas saltam. — E ela tá melhorando?

Enfio o queixo do peito.

— Sim.

— Gael... não precisa ter medo de mim. Eu posso até ser a diretora da escola, mas também sou sua amiga.

É o que os adultos sempre dizem quando querem arrancar segredos de nós.

Mas a tia Noriko é diferente. Não está só cumprindo um papel, como o professor Jurandir e a inspetora Jéssica. Ela realmente pensa no nosso bem.

Será que acreditaria em mim se eu contasse sobre Asmodeus? Conseguiria nos ajudar, ou só acabaria atrapalhando?

"Nem toda doença pode ser tratada por um médico, filho."

Ou uma diretora.

— Eu só quero que... — uma cobrinha de lágrima desliza pela minha bochecha — ela fique bem.

— Vai ficar — diz ela, inclinando o tronco para frente. — Eloá é uma menina forte.

Então a tia Noriko abre a gaveta, tira um pacote de lenços do fundo e o entrega a mim. Abandonando a pose de chefona, ela contorna a mesa e se agacha ao meu lado.

Enquanto a torneirinha jorra dos meus olhos, sinto o toque gentil do seu casaco.

Mas a cena não é o que parece ser.

Ela está apreensiva, desconfiada.

Posso sentir.

Reza a lenda que a tia Noriko sabe quando um aluno está mentindo. Na treta do rojão no banheiro das meninas, Pietro e os outros garotos tentaram incriminar o Daniel Trombadinha, que não tinha nada a ver com a história e só estava passando por perto na hora da explosão.

Bastou uma olhada de perto para a diretora identificar os verdadeiros culpados.

— Quero que pense com cuidado na pergunta que vou te fazer, querido — diz ela, secando a voz. — Tem mais alguma coisa que queira me contar sobre a sua irmã?

Com o olhar atrás dela, penso no cheiro nauseante do porão, nas bochechas fundas de Eloá e no barulho das chicotadas. Lembranças que cruzam minha mente como tiros de naves no espaço.

"Tem algo dentro de mim, Ga. Algo ruim."

Ela.

"Você vai sair do corpo da minha filha."

Não.

"Eu faria tudo de novo."

Pode.

"Se você não sair daqui em dez segundos, vou arrancar os olhos da sua irmã."

Ajudar.

— Não — respondo, com um soluço aguado —, mas obrigado por se preocupar.
Sinto seus braços se afrouxarem ao redor do meu corpo, e quando finalmente encontro seus olhos, tem um sorriso encorajador embaixo.
— Logo, logo ela tá de volta. Você vai ver.
Ela não me apressa. Espera eu me recompor e enxuga minha última lágrima. Só então se põe de pé.
— Consegue voltar pra aula?
Hesito por alguns segundos, mas faço que sim com a cabeça.
— Se precisar de qualquer coisa, estarei aqui — tia Noriko diz, depois caminha em direção à porta e gira a maçaneta. — Só bater na minha porta.
Com uma sementinha de dúvida plantada na minha mente, me despeço com um aceno e volto para os braços da inspetora Jéssica.

Capítulo 40

Desembarco em São Paulo à meia-noite e pouco e encontro as catracas do metrô travadas. A moça da bilheteria lança um olhar de pena, o que é legal da parte dela, mas não faz o último trem do dia dar meia-volta para me pegar.

Xingando minha má sorte, deixo a estação e me embrenho pelas ruas sombrias do bairro da Barra Funda, em direção ao ponto de ônibus mais próximo.

Faço minha melhor cara de mau para me blindar da bandidagem, mas sei que minhas chances de acabar sem a carteira e o celular estão longe de serem desprezíveis. De qualquer forma, nenhum assaltante – real ou imaginário – consegue ser mais assustador do que...

A avó de Zaire.

Tá bom que parte da grana do tio Valdomiro ia para a Igreja do Paraíso Eterno na forma de doações, mas por que ela iria querer se vingar dos garimpeiros amaldiçoando Eloá e Jéssica?

Só por que as duas estavam se divertindo no acampamento?

Eu não vou demorar para descobrir a resposta. Posso sentir, como um tumor que cresce escondidinho nas profundezas de um órgão antes de se espalhar.

Pego o busão e atravesso São Paulo na companhia de um bebum que conversa sozinho e um casal de adolescentes que se beija nos bancos de trás como se não houvesse amanhã. Digo "atravessar São Paulo" porque não estou indo para Higienópolis – a menos de vinte minutos da rodoviária –, mas para o meu apê.

Para quê?

Bem, isso é segredo.

Sabendo que a noite não é infinita, e que o Irmão Gastadeiro entrará pela porta da casa dos Gonçalves para me despejar assim que o sol raiar, corro do ponto de ônibus até o meu prédio. Ergo a mão e bato no vidro da portaria para acordar Adalberto.

— Voltando da balada? — pergunta ele, limpando o fio de baba que escorria pelo queixo.

— Quem me dera — respondo, mais sincero do que nunca.

Na calada da noite, pego o elevador vazio e subo sem paradas adicionais até o 22º andar. Quando abro a porta de casa, o primeiro sofá não queimado que vejo em dias parece convidativo em frente à tevezona de quarenta polegadas.

Mas não voltei para descansar, nem para assistir a séries de comédia que, por um momento, me fariam esquecer o pesadelo que é a minha vida.

Voltei porque não posso me dar ao luxo de ser nocauteado por Asmodeus novamente.

Sem perder tempo, caminho até meu quarto, coloco a cadeira *gamer* em frente às prateleiras e subo em cima dela.

Dividindo espaço com livros e pastas de documentos, uma caixa acolchoada com fecho dourado. Seu design sóbrio destoa da decoração geek do quarto, e sua energia pesa mais do que a de todos os pôsteres de filmes de terror espalhados pelas paredes.

Afinal, é a única lembrança que trouxe da casa dos meus pais.

Desde que me mudei, ela permaneceu intocada sobre a última prateleira. Quase esquecida. Esperando pelo dia em que cumpriria seu propósito. Seu destino.

E esse dia enfim chegou.

Com cuidado, abro o fecho e contemplo o revólver mata-demônios de papai.

Capítulo 41

No busão para Higienópolis, o segundo bebum da noite aponta para o meu colo.

— O que tem na caixa?

Dou de ombros.

— Um revólver.

Ele me encara por um instante. Olhos arregalados. Então transborda numa gargalhada.

— Essa foi boa!

Não me orgulho dos meus privilégios, mas que eles existem, existem. Afinal, nada melhor do que um nerdola branco para levar uma arma de fogo carregada no transporte público sem despertar suspeitas.

O bebum passa o resto da viagem falando sobre a ex-mulher, que o trocou por um "garotão" quinze anos mais novo. Não estou nem aí, mas balanço a cabeça e murmuro um "uhum" atrás do outro, só para não criar antipatia.

Desço no ponto e contorno o quarteirão a passos rápidos. Chego à casa dos Gonçalves às duas em ponto, mas não entro pela sala de estar. Deixo a caixa sobre uma das cadeiras de balanço do alpendre, pego o corredor lateral e caminho em direção aos fundos, onde a piscina refletiria belamente a lua cheia se não estivesse vazia e cheia de musgo.

Por mais que eu quisesse, ainda não era hora de brincar de *Free Fire* com Asmodeus. Precisava conversar com alguém antes. Um "alguém" que vem fugindo de mim igual o Diabo foge da cruz, e que sabe muito mais do que aparenta.

Paro em frente ao muro com um ar de caubói fora da lei.

Puxando da memória a filmagem reversa da invasão do meliante, apoio o pé no hidrômetro e seguro a luminária, mais acima. Com um impulso, agarro o topo com a outra mão. Tento içar meu corpo, mas me falta força e paro no meio do caminho. Cerrando os dentes, faço uma segunda tentativa e me arrependo de todas as vezes que passei em frente à academia e preferi seguir em frente até a sorveteria.

Por um milagre, consigo subir.

Passo as pernas para o outro lado e me sento no muro. A escada ainda está lá, apoiada na diagonal como um escorregador de parquinho. Desço com cuidado, e assim que meus pés tocam o gramado, relanceio o casarão, escuro a não ser pela luz da sala.

Alguém acordado ou só uma artimanha para afugentar ladrões?

Sem escutar vozes, cruzo o jardim até ficar embaixo da varanda do quarto de Gustavo, no segundo andar. O vidro está fechado, bem como as cortinas. Provável que esteja dormindo.

Mas não por muito tempo.

Estranhamente empolgado, procuro por uma pedra no quintal, torcendo para não ser picado por nenhum inseto venenoso. Não demoro a achar uma candidata. Nem grande nem pequena, sinto seu peso em minha mão. Ergo o olhar e ajusto a mira.

Estou prestes a arremessar quando escuto o portão ser aberto com um "creck".

Congelo.

Alguém entrando? Às duas da manhã?

Cinco segundos de silêncio e a porta da frente se abre. Então, passos. Chinelos contra o azulejo do jardim.

Alguém está... saindo.

Sem pensar demais, dou meia-volta e disparo até a escada. Subo os degraus e salto para o quintal dos Gonçalves. Sem pensar demais, dou meia-volta e disparo até a escada. Subo os degraus, salto para o quintal dos Gonçalves e, como um raio, avanço em direção ao portão.

Na calçada, giro o pescoço a tempo de flagrar uma silhueta dobrando a esquina. Resisto ao impulso de correr para não denunciar minha presença, mas aperto o passo.

Sentindo a brisa da madrugada acariciar meu rosto, me lembro da plaquinha de "NÃO PERTURBE" pendurada na maçaneta do último quarto do corredor e da afirmação de que Gustavo só continuava morando na casa porque precisava cuidar da mãe doente.

Começo a bolar uma teoria bizarra.

E se o terceiro corpo queimado na cena do crime na verdade fosse dela, e Jéssica estivesse vivinha da silva, morando com seu namorado que todo mundo – inclusive a espertinha da Sabrina – pensava ser gay?

Sendo assim, Jéssica jamais poderia deixar a casa, ou seria reconhecida.

A não ser que só esticasse as pernas de madrugada.

Certo de que solucionei um crime que deixou dezenas de policiais federais – inclusive a inspetora Jeane – a ver navios, dobro a esquina e uso a escuridão como camuflagem para encurtar a distância entre mim e o andarilho misterioso. Mas a vida não é tão interessante quanto um episódio de *Detetives do Prédio Azul*, pois, assim que me aproximo, percebo que é só Gustavo mesmo, elegante em seu casaco de gomos.

Aff...

No encalço dele, percorro ruas desertas de prédios modernistas até que desembocamos no coração jovem de São Paulo: a Avenida Paulista, onde sempre se cruza com alguém – indo ou voltando das baladinhas da Augusta –, mesmo num apocalipse zumbi. Alguns quarteirões à frente, alcançamos o MASP e contornamos o Parque Trianon até darmos de cara com uma construção de ar clássico e tijolos à vista.

O colégio onde Gustavo, Jéssica e Letícia estudaram.

Contrariando o resto do bairro, as calçadas que rodeiam o colégio não estão vazias. A cada cinco ou seis metros, um cara usando roupas sensuais faz pose de modelo para os carros que passam na rua.

Cinco segundos de perplexidade até a ficha cair.

Com um "huuum" surpreso, assisto a nosso vizinho caminhar até um deles – grande e peludo, estilo ursão – e puxar conversa.

Claro, um cara esquisitão como Gustavo dificilmente conseguiria conhecer outros caras pelos meios convencionais, como bares e festas. Imagino a seleção de fotos e a descrição de seu perfil no Tinder e começo a rir sozinho.

Percebo que ele está nervoso, secando as mãos nas calças e espiando por sobre o ombro a cada minuto.

Está com medo de ser reconhecido.

Identificando uma ótima oportunidade de me vingar, deixo meu esconderijo atrás do poste e atravesso a rua na direção dele.

— Rum, rum — pigarreio, parando ao lado dos pombinhos.

Gustavo se vira, seu rosto passando, num estalar de dedos, do vermelho de irritação ao branco da clara do ovo.

— O que você tá fazendo aqui? — questiona.

Cruzo os braços em frente ao peito.

— Precisamos conversar.

Seus olhos trêmulos saltam de mim para o ursão, e do ursão para mim.

— Que seja. — Ele dá um tapa no ar ao se afastar. — Vou esperar na praça.

O ursão mostra a palma das mãos em sinal de rendição. Um tanto engraçado, considerando que tem duas vezes o meu tamanho.

— Não quero confusão.

Enrugo a testa, confuso. Então percebo que entendeu a cena errado.

— Não é o que você tá pensando — tento me explicar.

O ursão alarga um sorriso matreiro.

— É o que sempre dizem.

Com as bochechas afogueadas e um risinho sem graça, eu me afasto pela calçada. Ao alcançar a esquina - e receber uma piscadela de um Deus Grego cacheado -, avisto o contorno cabisbaixo de Gustavo sentado num dos bancos da praça.

A praça não-sei-o-nome também ocupa um quarteirão inteiro, desafiando o asfalto com seus arbustos ornamentais e flores diferentonas. Um verdadeiro oásis nas entranhas de São Paulo, onde crianças de condomínio jogam *frisbees* com seus cachorros e senhorinhas dão farelos aos pombos antes da aula de pilates. Isso de dia, porque à noite se transforma em ponto de encontro de narguileiros e motel a céu aberto para os garotos de programa.

Ignorando o lugar vago ao lado de Gustavo, paro em frente ao banco.

— Por que você tá me seguindo? — dispara ele, com cara de quem comeu e não gostou.

— Porque você saiu fugido do nosso último encontro e desligou o interfone na minha cara, duas vezes — retruco, ressentido. — Que escolha eu tinha?

— Eu não tenho nada pra conversar com você e sua amiguinha.

— Nós só queremos entender o que aconteceu com a Jéssica.

Gustavo ri entredentes, como se eu tivesse contado uma piada.

— O que vocês querem é transformar a tragédia dos Gonçalves num *reality show* sensacionalista.

— No começo era mesmo — admito, torcendo a boca. — Mas nós paramos de gravar. Até tiramos as câmeras.

— Como se eu fosse acreditar em alguém que fingiu ser estudante universitário pra entrar na minha casa.

Gustavo se ergue e começa a se afastar pela estradinha de cimento. Minha primeira reação é correr atrás dele e gritar "espera!", mas por que arriscar um tiro de estilingue se posso soltar logo a bomba?

— Se você gosta tanto assim de Jéssica, por que bateu nela?

Gustavo gira o tronco, a expressão congelada.

— Do que você tá falando?

— Não se faça de desentendido. Um dia antes da morte de Jéssica, vocês brigaram — rebato, diminuindo a distância entre nós. — E brigaram feio.

— Quem te contou isso?

— E faz diferença?

Ele suspira fundo, como se fosse necessário um esforço descomunal para manter a calma.

— Eu e Jéssica brigamos, sim. Até gritamos um com o outro. Mas eu não bati nela — argumenta, com uma segurança que quase me faz acreditar nele. — Posso contar nos dedos quantas pessoas sabem sobre a nossa discussão e, pelo nível das mentiras, sua fonte só pode ter sido a Letícia.

Tento disfarçar, mas sou um péssimo ator.

Gustavo sorri, vitorioso.

— Aquela lá não vale o peso dela em farinha. — Bufa com desprezo.

— Aposto que ela nem contou o motivo da briga.

— Letícia disse que não sabia.

— Mentira — retruca ele, de supetão. — Ela, inclusive, botou lenha na fogueira.

— Como assim?

Gustavo estreita as pálpebras, como se estivesse se decidindo se valia a pena gastar sua preciosa saliva comigo.

— Jéssica tava... estranha naquelas últimas semanas. Começou a faltar às aulas, não respondia às minhas mensagens e, toda vez que eu tocava o interfone, a empregada vinha com a mesma conversa-fiada de que ela tava "indisposta". — Ele ajeita a gola do casaco como se o tecido o sufocasse. — Achei aquela história muito mal contada, então esperei Marcos e Damares saírem de casa e pulei o muro. Encontrei a Jéssica sentada no alpendre, observando o jardim. Ela não demonstrou qualquer emoção ao me ver. Parecia... anestesiada. Respondia com monossílabos e, quando a coloquei contra a parede, disse que — seus lábios tremem antes de se abrirem novamente — tinha decidido se matar.

Travo o maxilar, sabendo que aquela não era a Jéssica, mas Asmodeus.

— Eu... Eu entrei em desespero, não sabia o que fazer. Tentei entender o que tava rolando, disse que ficaria ao lado dela e arranjaria um jeito de resolver as coisas. Mas ela não me deu ouvidos. Se esquivava com comentários sarcásticos, como se fizesse pouco caso da situação — continua a relatar Gustavo, batendo o pé no chão. — Enquanto isso, sua informantezinha de quinta categoria concordou com essa maluquice, disse a Jéssica que o suicídio era a única saída.

Franzo o cenho.

— Por que ela faria isso? As duas não eram amigas?

Gustavo faz que não com a cabeça, parecendo se divertir com minha ingenuidade.

— Jéssica e Letícia eram muito mais do que amigas. Elas eram primas.

Me sentindo dentro de uma novela mexicana, levo a mão à boca para conter a surpresa. Meu primeiro palpite sobre a paternidade da sorveteira é o Irmão Gastadeiro, então me lembro de que o *stalkeamos* antes de entrar em contato para negociar a casa e descobrimos que não tinha filhos.

O que faz sobrar...

Otávio.

Parando para pensar, os dois tinham os mesmos olhos azuis e o mesmo jeito petulante de se impor.

— Tá, elas são primas, mas o que isso tem a ver?

— Jéssica é filha única. — Gustavo revira os olhos, como se explicasse quanto é dois mais dois. — Adivinha quem herdaria a fortuna de Marcos se Jéssica morresse?

Trinco os dentes. Só um cego não perceberia que Letícia tem uma *vibe Meninas Malvadas*, mas disso para empurrar a prima para a morte é um abismo que só pode ser atravessado por uma psicopata.

Gustavo percebe meu espanto.

— A família Gonçalves é um saco de lixo. Nem um pouco perfeita, como os jornais diziam — acrescenta. — A única que salvava era a Jéssica.

— E Marcos e Damares?

Gustavo hesita por um instante, então responde:

— Tá... Eles também.

Posso sentir o ressentimento em sua voz. Será que os pais de Jéssica não gostavam de Gustavo por ele ser gay? Se a mentalidade dos falecidos seguisse a cartilha ultraconservadora do PBREU, então a resposta é um grande SIM.

— Sobre essa mudança repentina no comportamento de Jéssica, tem ideia do que possa ter causado?

Ele morde os lábios.

— É o que eu me pergunto até hoje.

Um "é o que eu me pergunto até hoje" que na linguagem dos espertos significa "até sei, mas não tô a fim de te contar".

Gustavo está fechado, apreensivo. Age como se eu fosse um jornalista de site de fofocas pronto para espalhar suas revelações para os quatro cantos da internet.

Não, eu não posso sair desse encontro de mãos abanando. Não depois de tanto esforço para ficar cara a cara com ele.

Me sentindo um clichê ambulante, percebo que minha única chance de penetrar suas defesas seria...

A sinceridade.

— Eu tenho uma teoria — arrisco.

— Não me diga...

— Você acha que a Jéssica poderia estar possuída?

Suas linhas de expressão se desmancham numa careta.

— Isso é algum tipo de piada?

— Não — respondo, com uma seriedade de funeral. — É que... tenho motivos pra achar que Jéssica foi possuída pela mesma entidade maligna que possuiu a minha irmã.

Se arrependimento matasse, eu estaria enterrado a sete palmos abaixo da terra. Mas, pela primeira vez em nossa conversa, Gustavo não torce o nariz. Não sei se por estar com dó do doido varrido que acredita em fantasmas ou por descobrir que meu interesse em sua melhor amiga não se restringe a *likes* e visualizações.

— E de onde você tirou isso? — pergunta ele, por fim.

Durante os dez minutos seguintes, narro a saga do ursinho flamejante, dos sofás incendiários e dos colares amaldiçoados.

— Além do mais, Sabrina e eu conversamos com uma das policiais responsáveis pelo caso, na época. Ela garantiu que o partido de Marcos mexeu os pauzinhos pra alterar o rumo das investigações.

Gustavo engole em seco.

— Pra mim isso aí tá mais pra fofoca de grupo de WhatsApp — rebate ele. — Vocês checaram se ela realmente é quem diz ser?

— Sim.

Do outro lado da praça, uma garota da rodinha dos narguileiros solta uma risada efusiva.

— Segundo ela, ninguém invadiu a casa dos Gonçalves na noite do crime.

Gustavo não responde, o maxilar contraído repuxando a musculatura das bochechas. Hesito por um instante, mas a pressão esmagadora do silêncio me força a continuar:

— Foi Jéssica quem os matou.

Esperava xingamentos, protestos acalorados, mas o que recebo são pupilas trêmulas e vazias, como se refugiadas numa memória particularmente sombria.

E é nesse momento que percebo, para meu espanto, que ele já sabia.

Posso me imaginar na pele de Gustavo. Sua reação ao descobrir que a família Gonçalves foi queimada viva logo depois que Jéssica lhe revelou sua intenção suicida. O esforço mental para se convencer de que tudo não passava de uma coincidência infeliz e, por fim, a culpa.

"Tem mais alguma coisa que queira me contar sobre a sua irmã?"

— Você mentiu sobre o vulto pra proteger Jéssica? — questiono, mordendo o canto interno da boca.

Seus olhos são como dois baldes de água prestes a transbordar.

— As pessoas pensariam que ela era um monstro. — Enxuga as lágrimas com as costas das mãos. — Você pode até não acreditar em mim, mas nunca conheci uma garota tão sensível e bondosa quanto a Jéssica. Ela era minha melhor amiga. Eu não podia deixar a imagem dela ser manchada desse jeito.

Gustavo pode ter cometido um crime ao omitir sobre a briga, mas de uma coisa estava certo:

A fundação Jéssica Gonçalves para crianças com leucemia.

A Escola Municipal Jéssica Gonçalves, inaugurada no aniversário de dois anos de sua morte.

O folclore construído em torno da Filha Perfeita.

Se soubessem que Jéssica foi a autora dos assassinatos, tudo viraria pó.

— A Jéssica não tem culpa pelo que fez. — Pouso a mão sobre o ombro dele. — Ela tava sendo controlada.

Gustavo assente, fungando o nariz.

— O que mais quero no mundo é pegar quem fez isso com minha irmã, quem fez isso com a Jéssica — prossigo, me afundando em seus olhos. — Mas, pra isso, preciso que me conte o que tava fazendo no closet de Marcos e Damares, com a lixa. O que tava tentando apagar?

Um chacoalhar de elétrons preenche os poucos centímetros entre nós. Gustavo abre a boca. Muda de ideia e volta a fechá-la.

— Símbolos — diz ele, por fim.

— Que símbolos?

— Símbolos estranhos. — E, após uma pausa: — Assustadores, pra falar a verdade.

Uma bola espinhosa entala na minha garganta.

— Consegue se lembrar de algum?

Ele enterra o queixo no peito e faz que não com a cabeça.

— Tem certeza? Iria ajudar muito.

— Tinha um que se repetia — desembucha. — Uma linha, com uma espiral... Não lembro ao certo.

Com um mau pressentimento, saco o celular e faço uma pesquisa rápida no Google Imagens. Exibo a tela assim que o rocambole de formas geométricas termina de carregar.

— Esse?

— O que ele significa? — Um lampejo de reconhecimento em seus olhos. — E por que Jéssica o desenhou?

— É o que tô tentando descobrir.

Mas eu obviamente sei a resposta.

Algo que aprendi estudando demonologia é que cada um dos 72 demônios do Inferno tem seu próprio selo. Sob a influência do colar, Jéssica desenhou o de Asmodeus no armário e no forno. Talvez em mais lugares da casa.

Para que ele serve?

Trazer o príncipe da luxúria das profundezas do Inferno para o mundo de carne e osso.

— Prometo te manter atualizado — digo, sem querer assustar Gustavo.

Seus lábios retribuem meu sorriso triste.

— Se puder fazer isso...

— E desculpa por ficar te importunando. É que eu preci...

— Não tem problema — me interrompe ele. — Confesso que te julguei mal.

Já estamos trocando tapinhas nas costas quando me lembro...

— Uma última coisa.

— O quê?

— Encontrei uma carta de amor na gaveta da escrivaninha de Jéssica. Não tava assinada. Tem ideia de quem pode ter escrito?

Nuvens de tempestade acinzentam seus olhos. Gustavo nem se preocupa em disfarçá-las.

— A pessoa que destruiu a vida da Jéssica.

Capítulo 42

Percebendo que o assunto "namorado secreto de Jéssica" não deixa Gustavo nem um pouco confortável, opto por não bombardeá-lo com uma nova bateria de perguntas. Me despeço com um "obrigado" sincero e dou no pé para o caso de ele ainda querer se encontrar com Ursão.

São três da manhã quando refaço meus passos bairro adentro. Tão sombrias quanto na ida, as ruas parecem mais solitárias agora que não tenho um vizinho suspeito para perseguir.

"Símbolos estranhos", "assustadores, pra falar a verdade". As falas de Gustavo ressoam em minha mente como um mantra macabro.

E, me perguntando se minha irmã também os teria desenhado, tento me lembrar da casa dos meus pais. Eu teria reparado, não? Morei lá por mais sete anos depois da morte de Eloá, e já me enfiei em cada cômodo e cada canto brincando de esconde-esconde com os meus primos.

Mesmo no quarto de Eloá.

Mesmo no porão.

Não, nossa casa não é assombrada, pelo menos não com fantasmas de verdade.

O verdadeiro covil de Asmodeus, e de todas as garotas que ele possuiu, é...

Paro em frente à mansão dos Gonçalves, os muros altíssimos fazendo com que eu me sinta menor e mais fraco do que nunca. Sem escapatória, destranco o portão com a mão trêmula e percorro a estradinha de cascalhos com um cagaço maior do que o habitual.

Medroso? Talvez, mas pelo menos o medo me impediu de ter um infarto quando, após pegar a caixa do revólver que deixei sobre a cadeira de balanço, ligo o interruptor e dou de cara com Sabrina.

— Boa noite, quebrador de promessas — dispara ela, antes que o gritinho de surpresa escape da minha boca.

Está parada no meio da sala, no ponto médio da linha traçada entre os restos mortais dos sofás. As mechas azuis, um pouco desbotadas, são como vislumbres do céu naquele cenário decadente de tons pastéis.

— Você não devia estar aqui — alerto, pousando a caixa sobre a cômoda. — É perigoso.

Sabrina sacode a cabeça.

— Nenhum de nós deveria.

— Não posso desistir agora — retruco, com firmeza. — Eu já te disse.

— Você tá obcecado, Ga. — Sua voz soa como uma profecia trágica. — Não tá conseguindo pensar direito.

Dou uma boa olhada na minha amiga, à procura de estranhezas. Mas, tal como aconteceu na nossa conversa por telefone, nada nela lembra as garotas endemoniadas dos filmes de terror.

"O Diabo é ardiloso", penso com meus botões.

— Sério mesmo que você vai vir com essa? — disparo, por fim.

— Eu tô falando a verdade. — Ela gesticula com as mãos. — E não sou a única pessoa que tá preocupada com você. Sua mãe tamb...

— Não acredito que você envolveu minha mãe nisso.

Ela não responde, o que, de onde eu venho, é uma declaração de culpa.

Isso explicaria as saídas misteriosas de Sabrina que seu Samuel mencionou, ontem: ela deve ter ido visitar a minha mãe, e sabe-se lá quem mais. Tudo para me afastar da casa.

Meu estômago borbulha de raiva.

— Claro que tô obcecado! Que parte do minha-irmã-está-sendo--mantida-presa-nessa-casa-por-um-demônio você não entendeu?!

Sabrina encolhe os ombros, fechando-se em si mesma como um porco-espinho.

A imagem me atinge como uma voadora no peito.

Está com medo de mim?

— O pepino que eu tenho que resolver já não é fácil — amanso a voz. — Sozinho, então... Tô sofrendo pressão de todos os lados, Sa. Tem o irmão Gastadeiro, Gustavo, Xande...

Ela franze o cenho.

— Xande?

De repente, percebo que estou baixando a guarda e me repreendo.

Não tem como eu ter certeza se a garota à minha frente é de fato Sabrina.

Deus, como isso é confuso...

— Xande esteve aqui ontem — afirmo, controlando as emoções. — Disse que as manifestações sobrenaturais foram forjadas.

Em vez de explodir de indignação, Sabrina desvia o olhar e gira os polegares da forma que só faz quando está prestes a contar uma notícia ruim.

— É verdade — diz ela, por fim.

— O quê?

— Que as manifestações sobrenaturais foram forjadas.

Sem saber o que dizer, tranco a respiração por alguns segundos.

— Você só pode estar tirando uma com a minha cara — rebato. — Os objetos pegaram fogo do nada. As câmeras registraram.

— Eu comprei dispositivos de combustão e os instalei nos sofás e no ursinho. — Ela enruga os lábios. — São tipo isqueiros. Acionam à distância.

"A melhor opção do mercado para destruir a plantação do seu concorrente sem deixar rastros."

Xande 1 × Gael 0.

— O dispositivo precisaria de uma resistência metálica pra gerar calor, e metal não derrete com fogo — argumento, entrando no jogo dela. — Nós limpamos o montinho de cinzas do ursinho. Não tinha nada lá.

— Eu tirei antes.

Arqueio a sobrancelha.

— Quando?

— Fui eu que examinei o montinho primeiro, esqueceu?

Forço a memória e percebo que Sabrina tem razão.

Mas isso não prova nada.

— E quanto aos sofás? — indago.

— Não precisei tirar. O que sobrou dos dispositivos se fundiu com o estofado. — Ela caminha até a cristaleira e finge apreciar as porcelanas caríssimas, como se quisesse evitar contato visual a qualquer custo. — Se olhar com cuidado, talvez ainda possa achá-los.

Um blefe? Talvez... Se bem que ela pode ter implantado os resistores nos sofás hoje mesmo. Estive fora desde as sete da manhã, e como fui direto para os fundos ao chegar de viagem, não tenho como saber há quanto Sabrina tempo está aqui.

Mas não é esse o ponto. Está claro como água que minha amiga armou esse teatrinho para me afastar da casa, mas qual sua real motivação? Está realmente preocupada comigo ou está sendo usada por Asmodeus para frustrar meus planos de salvar Eloá e Jéssica?

Saaaiiiaaa deeesssaaa caaasaaa

Ele sabe que não cedi à ameaça, sabe que não abandonei o ringue mesmo não tendo dons mediúnicos, como Nicolas, ou conhecendo técnicas de exorcismo, como o meu pai. Sabe, ainda por cima, que os filmes de terror ensinam a lição mais valiosa sobre como derrotar demônios: eles se alimentam de medo e, se você não tem medo deles, eles não têm poder sobre você.

— Foi mal, Sa — digo, desabando na poltrona —, mas essa historinha pra boi dormir não vai colar comigo.

— Não tô inventando. — Ela abandona as porcelanas e para a um passo de mim. — Juro por tudo que é mais sagrado.

Sua expressão desesperada é a única coisa que me impede de vazar para a sala de jantar e deixá-la falando sozinha.

— Você até poderia acionar os dispositivos à distância — pondero —, mas como conseguiu instalá-los se a primeira coisa que fizemos ao chegar na casa foi ligar as câmeras? Elas teriam registrado tudo.

— Não se eu os tivesse instalado antes.

Num estalar de dedos, me lembro do sumiço de Sabrina nos dias que antecederam a exibição de *Acampamento Sangrento*.

As mensagens não respondidas... Os atrasos nas edições dos vídeos... As desculpas esfarrapadas para não me encontrar...

Um arrepio escala as minhas vértebras.

— Se os incêndios foram forjados, então a possessão também foi fingimento? — questiono.

— Sim. — Rente ao tronco, seus dedos nervosos dedilham um piano invisível. — Eu não ficava com os olhos cem por cento fechados. Deixava uma fresta pra ver por onde tava andando. Treinei bastante.

Faço que não com a cabeça.

— A Sabrina que eu conheço nunca se esqueceria do trato que fizemos quando criamos o canal.

Das poucas coisas que decidimos na tarde chuvosa em que tiramos o Assombrasil do papel e nos tornarmos youtubers de casas mal-assombradas, uma delas nunca mais precisou ser dita ou lembrada:

"Não forjar, em hipótese alguma, uma manifestação sobrenatural."

Alguns canais tentaram. Queriam crescer rápido. No começo, até conseguiam viralizar um vídeo ou dois, mas com o passar do tempo as pessoas sacavam que era mentira e paravam de acompanhar.

Ninguém quer saber de farsantes.

— Você não pode me culpar por tentar salvar nosso canal, não é justo — sussurra ela, e por um instante parece que vai transbordar em lágrimas. — Eu não tenho dormido mais do que cinco ou seis horas nas últimas semanas, e o resto do dia passo queimando os neurônios pra fazer o Assombrasil crescer. Como você disse na piscina: "Sem esse canal, não sou nada".

Cerro os dentes.

Foi a frase que usei como desculpa para não abandonar o barco quando os sofás pegaram fogo e Sabrina surtou querendo ir embora da casa.

Se bem que, de acordo com a sua nova versão, só fingiu surtar, né? Já que foi ela mesma quem incendiou os sofás.

Mas há um furo de roteiro, um buraco que não dá para tapar.

— Os incêndios e a possessão até podem ser uma farsa — admito, com um dar de ombros —, mas o fantasma de Jéssica, não.

As linhas de expressão de Sabrina se fecham numa máscara de perplexidade, e uma pausa se estica entre nós.

— O que você viu naquela noite pode não ser Jéssica, ou Eloá — murmura, por fim. — Talvez seja uma armadilha.

— Ah, então agora você admite que as manifestações sobrenaturais não foram forjadas?

Sabrina não responde, apenas enruga os lábios.

— Sério... — digo, chegando à única conclusão possível. — Se é pra ficar me trollando, não sei por que veio até aqui.

— Mas...

— Mas nada — corto-a.

Ela reflete por um momento, então dá um passo em minha direção até ficarmos a um nariz de distância. Há um mar de tristeza e preocupação em seus olhos.

— Sério, Ga. Se eu soubesse que armar essas MSS resultaria nisso, eu jamais teria feito, não importa quantos inscritos e visualizações a gente ganhasse — diz, tombando as sobrancelhas. — Infelizmente, eu não posso mudar o passado, mas posso fazer tudo que estiver ao meu alcance pra não te perder.

Ela aproxima seus lábios dos meus, mas eu desvio o rosto.

Pela primeira vez naquela noite, fico realmente balançado. Demônios são capazes de simular sentimentos com tamanha perfeição, ou é só minha melhor amiga abrindo o seu coração para mim?

Pelo sim ou pelo não, eu não posso desistir.

Não só por Eloá, mas por Sabrina, também. Afinal, se o mesmo processo de possessão demoníaca pelo qual a minha irmã passou dez passou anos atrás estiver acontecendo com ela, agora, eu tinha que agir rápido para impedir que...

Percebendo que eu não ia ceder de jeito nenhum, Sabrina enfia a mão no bolso, de onde tira um objeto pequeno e retangular.

Um pendrive.

— O que tem aí? — pergunto, com zero interesse.

— Algo que você precisa ver.

— Você não desiste mesmo, né?

Ignorando minha patada, ela estende o pendrive para mim até quase plugá-lo em meu peito.

— Só veja, por favor.

Cruzo os braços e faço que não com a cabeça.

Sabrina abre a boca para argumentar, mas a fecha logo em seguida. Então zanza pela sala, rodeando os sofás queimados. Parece aflita, à beira de um ataque de nervos, mas se segura. Com um suspiro, apoia as mãos sobre a mesa e inclina o tronco para trás.

— Não vou desistir de você — anuncia ela, antes de se virar. — Não vou.

Está prestes a mergulhar no alpendre quando ergo a voz:

— As chaves, por favor.

Ela para sobre a soleira e me lança um olhar desolado. Em seguida cata o molho de chaves e o joga no chão.

Acompanho minha amiga pelo jardim, tão absorto em pensamentos que quase tropeço num galho de mangueira que a ventania lançou sobre a estradinha de cascalhos. Vigiado pelo olhar atento do anjo do chafariz, destranco o portão.

— Da próxima vez, vou trazer reforços — diz ela, mergulhando fundo em meus olhos.

Sem me dignar a responder, observo Sabrina dar meia-volta e se afastar pela calçada, engolida pela escuridão cósmica da madrugada. Espero-a dobrar a esquina e, então, fecho o portão.

Suspiro fundo.

Essa quase-briga me cansou mais do que trinta minutos de esteira. Atordoado, retorno à sala, sentindo o ar abafado descomprimir ao meu redor.

Relanceio a carcaça do sofá maior e sinto os dedos finos da curiosidade coçarem o meu cérebro. Tento resistir, digo a mim mesmo que conferir o estofado seria dar razão a Sabrina, mas, antes que eu perceba, já estou deitado rente ao chão, a poucos centímetros do móvel.

Aspiro partículas de fuligem e tusso. Xingando o vazio, enfio a mão por baixo do sofá até encontrar uma abertura por onde possa enfiá-la.

Meu tato encontra uma maçaroca esfarelenta estranhamente úmida que por um momento me faz ter a impressão de estar remexendo as vísceras de um animal morto. Então, de repente, toco algo pequeno, fino e duro.

Com um cuidado sobre-humano, arranco o objeto que mal ultrapassa o comprimento da unha do meu dedão. Mesmo com a espuma aderida à sua superfície, consigo distinguir o formato de macarrão parafuso.

Um resistor.

Capítulo 43

Revólver em mãos, suspiro fundo e caminho até o quintal para tomar um ar.

Roubo uma das cadeiras da bancada, contorno a piscina vazia e a coloco junto ao muro, de frente para a casa.

O cricrilar de um grilo é o único som a perturbar a calada da noite, mas sei que a tranquilidade é enganadora.

E também perigosa.

Com o olhar frio, escaneio a área de piso antiderrapante ao redor da piscina, cinco ou seis metros até se fundir aos azulejos da varanda gourmet.

Será que os espíritos das garotas aprisionadas estão ali, ectoplasmáticas e desesperadas, implorando por ajuda?

Ssooccoorrrroo!
Sssooocccooorrrrrrooo!
Sssssooooccccooooorrrrrrrrooo!

O último é de Eloá, às minhas costas:

— Socorro!

Quase aperto o gatilho sem querer ao me virar, fitando a coluna de ar que me separa do muro. O coração desembestado feito um tropel de elefantes.

— Eloá? — sussurro, me colocando de pé.

Silêncio.

— Eloá? — repito.

Sem saber por quê, sou tomado pelo medo de nunca mais encontrar o fantasma dela. Juntando as mãos em prece, peço a Deus para que seja mentira, para que me deixe ver minha irmã pelo menos mais uma vez.

Abraçá-la.

E não soltar nunca mais.

Tenho esperado por esse momento desde que ela me deixou, desde que soube que nunca mais brincaria de quem-encontra-a-maior-pinha.

Meu interesse súbito pelo sobrenatural...

Minha amizade com Sabrina...

A criação do Assombrasil...

Tudo me levou a esse momento.

E agora que ele chegou, meus ossos pesam, e minhas pernas parecem feitas de pudim.

Mas recuar, jamais.

— Vou te salvar, Loá — digo, derretendo o gelo em meu peito —, ou morrerei tentando.

Quando Juninho Ghost disse que fantasmas só aparecem à noite, eu zoei com a cara dele: "O que você esperava? Que puxassem seu pé durante o Lollapalooza?".

Hoje entendo o que O Grande Sábio do Clube das Almas Penadas queria dizer.

Fantasmas não são vampiros. Não queimam com a luz, nem se levantam de caixões ao badalar da meia-noite. O problema do "dia" é que ele... distrai. Está sempre cheio de gente e preocupações banais como provas de faculdade e o-que-vou-comer-no-almoço?

Mas os fantasmas estão lá. Sempre estiveram. Nas ruas, na sua casa e até mesmo no Lollapalooza.

É você que não consegue vê-los.

Por isso, se feche no seu quarto, desligue as câmeras e se concentre.

E, acima de tudo, acredite que eles existem.

Passos firmes, retorno à sala de estar, caminho até o interruptor e desligo a luz.

Chegou a hora.

Passado

1 dia antes da morte de Eloá

Engulo em seco e enfio a cabeça pela porta entreaberta.

Sentada na cama, minha irmã sorri para mim.

— E aí, maninho?

Ela deixou o porão pela manhã, mas eu já tinha recebido spoiler. Escutei papai e mamãe sussurrando na cozinha, ontem.

"Nossa filha está curada", dissera ele. "Curada!"

Então corri para o quarto e chorei de alívio.

— É você mesmo, Loá? — pergunto, com metade do corpo no corredor.

— A própria. — Ela repete o sorriso, batendo no espaço de colchão ao seu lado. — Vem cá.

Vinte e dois dias depois, a saudade fala mais alto. Corro ao encontro dela e dou um abraço apertado, quebra-costela.

— Orei tanto por você — confesso, me segurando para não abrir o berreiro pela décima vez na semana.

— Tenho certeza de que ajudou. — Ela me puxa para perto e faz cafuné.

— Tá tudo dando certo — comento, me permitindo um risinho. — Os fiéis voltaram a encher os cultos, eu escapei da recuperação em matemática, mamãe recebeu uma herança...

As sobrancelhas de Eloá quase vão ao teto.

— Herança?

— Sim, da vovó Elma.

A soltura de Eloá não foi o único bafão que pesquei da conversa dos meus pais. Pelo jeito, o governo devia uma grana para a vovó por causa de um acidente de trabalho.

Não entendi direito.

— Uma "bolada" — continuo, repetindo a expressão que mamãe usou. — Papai até brincou que dá pra quitar todas as dívidas e ainda sobra pra fazer uma viagem.

O olhar de Eloá se esvazia e, por um instante, penso que minha irmã bugou.

— Seria bom viajar, né? — pergunta ela, se recompondo.

— Sim! E agora que você tá curada, pode ir com a gente.

Um sorriso de canto de boca.

— Já ia me esquecendo de agradecer por me emprestar o iPad todas as noites — diz ela, mudando de assunto. — Foi muito corajoso.

Minhas bochechas coram.

— Ah, não foi nada.

— Espero que isso não tenha atrasado as obras dos seus castelos no Minecraft.

Estou prestes a responder quando me lembro do sms do FoodTurbo que desceu a tela enquanto eu construía "meus castelos no Minecraft", e as mensagens misteriosas que, acidentalmente, ele me fez ler.

A.

Foto.

Do.

Ombro.

Queimado.

— O que foi? — pergunta Eloá, farejando meu desconforto.

— Nada, não...

— Pode falar. — Ela pisca com leveza. — Essa confusão toda deve ter mexido com a sua cabeça.

— Um pouco.

Silêncio de cemitério.

— É que, bem... Acabei espiando os seus smss. Mas foi sem querer.

— Não tem problema — retruca minha irmã, mas a forma como embrulha os lábios diz o contrário. — Ficou muito assustado com o que leu?

— Não li quase nada, mas vi as fotos.

— Ah, as fotos...

— De quem são?

— Uma amiga. — Sem perceber, ela toca a pedra lilás do colar em seu pescoço. — Ela também tava possuída.

Arregalo os olhos.

— Ela também ficou trancada num porão?

— Não num porão. — Eloá hesita por um instante, então completa: — No caso dela, foi pior.

Pior?

Engulo em seco, sem conseguir imaginar como poderia ser possível.

— Pelo menos conseguiram tirar o demônio de dentro dela?

Ela não responde. Seus olhos se perdem na janela ao lado da cama, onde as primeiras gotas de chuva começam a batucar a garoa.

— Sabe, maninho, o demônio assume várias formas, algumas tão inesperadas que nem dá pra desconfiar. A gente pode acabar procurando por ele nos lugares errados, achando o que quer, e não o que é.

Me lembrando dos famosos enigmas da esfinge que meu professor de história fez a gente adivinhar na aula passada, enrugo a testa.

— Hã? Como assim?

— Nada, não. — Minha irmã balança a cachola num gesto de deixa-pra-lá. — Só tô viajando na maionese.

Não entendo nada de nada, mas estou feliz demais em ter minha irmã de volta para me importar. Uns quilos mais magra, claro, mas posso desviar parte do meu furto de bolachas para preencher aquelas bochechas.

Com o canto dos olhos, percebo algo saindo por baixo do travesseiro. Pequeno, quadrado e feito de plástico.

— O que é isso?

Ela estende a mão para pegar a caixinha e a segura em frente ao rosto.

"ME-TO-TRE-XA-TO", leio o rótulo, me perguntando por que as pessoas inventam nomes tão difíceis.

— Não é o remédio da mamãe?

— Sim, pra artrite.

Faço careta.

— Você também tá com artrite?

— Não — responde ela, de repente séria. — Só vou ter que tomar uma vez.

Um pernilongo passa zunindo e pousa na minha perna. Dou um tapa com as costas da mão para espantá-lo.

— Caiu jogando bola? — Ela aponta para o roxo em minha coxa, e me arrependo de não estar usando calça de moletom.

— Não. — Tapo o roxo com a mão. — Fingi que tava com dor de barriga pra não ir ao culto no último domingo e papai descobriu.

— Ele te bateu?

Faço que sim com a cabeça.

Seus olhos se esvaziam por um instante longo demais, os lábios chupados para dentro.

— Posso te fazer uma pergunta importante?

— Qual?

— Você acha que papai ama a gente?

Se me pedissem para escrever uma lista das cem perguntas que imaginei Eloá fazendo naquele momento, eu teria escrito as coisas mais bizarras.

Menos aquilo.

Eu acho que ele nos ama. Nunca disse com todas as letras, mas existem outras formas de demonstrar amor, certo? Amor é calor, fogo que aquece nosso peito nos dias cinzentos. Abraços, brincar junto depois de chegar cansado do trabalho, festejar quando terminamos de construir castelos no Minecraft mesmo não manjando nada sobre o jogo e "não fique triste por não poder ir ao acampamento, filho".

Não faz muito o estilo de papai, também.

Quando penso nele, a primeira palavra que me vem à cabeça não é Amor.

É Frio.

— Os pais amam os filhos, né? — respondo, engolindo em seco.

Minha irmã abre um meio sorriso.

— Acho que sim.

De repente, escuto mamãe chamado da cozinha. Pela voz, deve ter descoberto meu assalto ao armário das bolachas.

— Ops... — Ergo as sobrancelhas.

— Só você fazer cara de coitadinho que ela amolece.

Dilato as pupilas e junto as mãos em frente ao peito, estilo Gato de Botas do *Shrek*.

Ela ri e joga o travesseiro em mim.

— Seu sem-vergonha!

Mamãe volta a me chamar, aguda feito sirene de ambulância.

— Tenho que ir nessa — digo, me levantando da cama.

— Boa sorte, maninho. Vai precisar.

Antes que eu deslize porta afora, entretanto, ela estende a mão e toca o meu braço. Em seu rosto, uma expressão recheada de significado.

— Te amo, Ga.

A vergonha sobe pelo meu pescoço como um arroto, e torço para que não core minhas bochechas. Claro, eu amo a minha irmã, mas nós não temos o costume de dizer esse tipo de coisa aqui em casa.

Se bem que nunca é tarde para começar, né?

O "também te amo, Loá" está na ponta da minha língua quando mamãe volta a gritar meu nome, dessa vez com o dobro de braveza.

Estremeço da cabeça aos pés, e o medo das broncas e das chineladas me faz perder o fio da conversa. Sabendo que, quanto mais eu demorasse, pior seria, apenas sorrio para a minha irmã antes de correr para fora do quarto.

O Gael de agora é muito diferente do Gael de dez anos atrás. Sei disso.

Mas tenho certeza de que, se ele pudesse prever o que estava por vir, teria ficado no quarto e dito a Eloá aquelas três palavrinhas mágicas:

Eu.

Te.

Amo.

Pela primeira e última vez.

Capítulo 44

Não sei se os espíritos da madrugada sabem o que estou prestes a fazer, mas eles mandam os grilos calarem a boca e fazem um minuto de silêncio quando me sento no chão da sala.

Numa das mãos, a carta de amor que a Jéssica recebeu e o bilhetinho de Nicolas; na outra, o revólver. Sem falar no punhado de ódio que carrego no coração.

Sem mais delongas, começo o ritual:

"Serpes que espreitam das trevas
Alma penada e perdida,
Ouça o canto que te enlevas
E passa do éter à vida.

Não te enojes deste servo
Que com versos te conjura,
Do orgulho não conservo
Mesquinhez ou trama impura.

Se ferir nosso tratado
E a ti obrar o mal,
Que me corte desmembrado
E me enterre no quintal."

Pisco duas vezes e me concentro na boca do corredor, atento a qualquer perturbação no ar. Seria bom ter aqueles sensores térmicos que os investigadores paranormais usam nos filmes, mas conto apenas com meus cinco sentidos humanos e pouco confiáveis.

Espero que sejam suficientes.

Não preciso esperar demais para saber que não funcionou. Com um suspiro, fecho os olhos e esvazio a mente. Seguro a carta do namorado secreto de Jéssica contra o peito e repito o ritual de invocação.

Trinta segundos depois, o vazio existencial da madrugada é minha única companhia.

O que estou fazendo de errado?

Foi como Nicolas disse:

1. Desligue as câmeras.
2. Segure um objeto do falecido.
3. Recite o ritual de invocação.

Se bem que, considerando que Jéssica e Eloá são prisioneiras de Asmodeus, ele teria um total de zero motivos para deixá-las se encontrarem comigo. Se deixou ontem, foi para me nocautear e mostrar quem é que manda, como um valentão que te dá uma folga de cinco segundos para respirar antes de enfiar sua cabeça na privada.

Posso até imaginá-lo escondido nas sombras, rindo da minha cara enquanto amordaça as garotas com seus braços viscosos.

Enquanto abafa os gritos delas.

Indignação e raiva borbulham em meu estômago como a poção de uma bruxa vingativa. Liberando a trava do revólver, fico de pé e avanço em direção ao corredor.

— Apareça, seu filho da puta!

Entro na biblioteca de peito aberto e espio debaixo da mesa, esperando encontrar o tinhoso rastejando pelo chão. Frustrado, seguro uma das estantes e a balanço com força, forçando-a a cuspir seus preciosos livros.

A *História do Fogo* me encara com sua fonte holográfica, as labaredas dançando pela capa como linguinhas demoníacas.

— Eu disse pra aparecer! — repito, mirando a esmo na escuridão.

Passo para o quarto de hóspedes e abro os armários com agressividade. Roupas velhas, jogos de tabuleiro e outras tranqueiras sem importância. Virado no jiraya, chuto o baú vintage que serve de mesa de cabeceira, derrubando o abajur e abrindo sua tampa amadeirada.

O que vejo faz meus ossos tremerem.

Nem Asmodeus enlatado, nem selo demoníaco.

Riscando as paredes do baú, marcas.
Marcas de... unhas?
— Socorro!
O grito de Eloá me atinge como o gancho de um boxeador.
Corro atrás do som como se fosse o oxigênio que respiro. Olhos agitados à procura de cabelos castanhos e pijamas surrados. O que será que Asmodeus está fazendo com minha irmã?
Machucando?
Torturando?
Ou coisa pior?

Shhhtá!

Mal piso no quarto de Jéssica quando a ouço novamente:
— Socorro!
Desesperado, dou meia-volta e me apresso em direção à sala para aguardar o próximo chamado. Eu estaco ao lado das poltronas, o suor escorrendo entre a pele e a camiseta.
10...
20...
30 segundos...
De volta ao ponto de partida.
Sobre a mesa de mogno, a tela do celular marca quatro horas da manhã em ponto.
Asmodeus está brincando comigo. Posso sentir. Quer me fazer correr de um lado para o outro feito barata tonta até o Irmão Gastadeiro acordar do seu sono bêbado para me despejar da casa.
Impotente, caio de joelhos no chão.
Como forçá-lo a aparecer?
Se pelo menos Nicolas tivesse tido a boa vontade de...

"... um objeto com o qual ela tinha uma ligação forte."

Considerando que as primeiras menções a Asmodeus são do Antigo Testamento, é de se imaginar que qualquer pertence seu tenha virado pó há séculos.
Mesmo assim...

Me colocando de pé, avanço até a mesa e apanho aquele par de ametistas que são como mundos encapsulados, me sugando para dentro delas.

Retorno ao centro da sala, onde o bilhete amassado do ritual de invocação me espera para o próximo round. Tendo decorado o texto até de trás para frente, chuto-o para longe.

Limpo a garganta e recito o poema pela terceira vez:

"Serpes que espreitam das trevas
Alma penada e perdida,
Ouça o canto que te enlevas
E passa do éter à vida.

Não te enojes deste servo
Que com versos te conjura,
Do orgulho não conservo
Mesquinhez ou trama impura.

Se ferir nosso tratado
E a ti obrar o mal,
Que me corte desmembrado
E me enterre no quintal."

Ao abrir os olhos, chego a pensar que falhei novamente. Então, uma leve mudança no ar. No Celsius, no Fahrenheit. Imagino um termômetro desabando à medida que o "leve" se torna "intenso", e encolho os ombros para me proteger do frio.

Não demoro a escutar os passos.
Os mesmos de ontem.
Os mesmos de dez anos atrás.

Plack, plack...

Faço o sinal da cruz e engatilho o revólver.

Plack, plack...

Eu não vou deixar que ele me nocauteie dessa vez.

Plack, plack...

Não tenho medo dele.

Plack, plack...

Eu o odeio.

Plack, plack...

Com todas as minhas forças.

Plack, plack...

De repente, o gritinho agudo da campainha ecoa pela casa.
A interrupção faz o frio fantasmagórico se dissipar. Alarmado, impulsiono meu corpo para a frente e mergulho no corredor, vazio como a minha existência.
Com um péssimo pressentimento, cruzo a sala de jantar em direção à sala de estar e desengancho o interfone. Mas o que a câmera de segurança mostra supera qualquer expectativa.
Sabrina, tudo bem, mas os rostos apreensivos atrás dela são como uma mistura de cenoura, Nutella e gengibre: não fazem sentido juntos.
Em ordem de estranheza:
Gustavo.
Minha mãe.
Os "reforços".
— Deixa a gente entrar, Ga — pede minha sócia. — Por favor.
Trinco os dentes.
— Saiam daqui.
— Nós só quer...
Mal desligo na cara e a campainha volta a tocar.
O pino da minha bomba-relógio foi retirado, disparando uma contagem regressiva curta demais para que eu consiga pensar num novo plano.
Por que eles vieram?
Por quê?
Vão acabar estragando tudo!

Conhecendo Sabrina e sua insistência de vendedora de telemarketing, sei que não vai dar o fora enquanto eu não abrir o portão. E, se eu me recusasse, chamaria a polícia, os bombeiros, ou, o que é pior, o Irmão Gastadeiro.

O cara que com certeza tem um par de chaves extras.

Merda...

Desesperado, volto à sala de jantar e paro em frente à boca do corredor. Não sei se é coisa da minha cabeça, mas nunca me pareceu tão escura e indecifrável.

— Eloá? — sussurro.

Solto um gritinho quando as janelas começam a tremer.

Respiro fundo.

É só a ventania.

A mesma ventania que faz o telhado estalar e passa pelos buracos da construção soprando flautas graves e dissonantes. A mesma que açoita os pés de manga e enfeita a estradinha de cascalhos com folhas e galhos. A mesma que chacoalha as janelas de uma forma estranha e antinatural e me faz imaginar todas as garotas-fantasma da casa socando as vidraças.

Ssooccoorrrroo!
Sssoooccooorrrrrrooo!
Ssssooooccccoooorrrrrrrooooo!

Tampo os ouvidos para conter os gritos e o canto ensurdecedor dos sabiás-laranjeira, que parecem ter instalado amplificadores em suas gargantinhas. O mundo gira ao meu redor e me agarro às costas da poltrona para não cair. Estou prestes a fugir para o interior da casa quando meus olhos o encontram, no canto da mesa.

O pendrive.

Num cair de ficha, a imagem de Sabrina escorada no tampo, se espreguiçando, cruza minha mente.

A espertinha deixou o pendrive para mim antes de ir embora.

"Tem algo que você precisa ver."

Meu cérebro tenta inibir o comando, mas minha mão se mexe sozinha em direção ao dispositivo, plugando-o na entrada do celular. A barrinha de "carregando" parece se alongar até a eternidade e, quando enfim se completa, descubro que contém apenas um único arquivo.

.mp4.

A campainha, as batidas nas janelas e o canto dos sabiás-laranjeira de repente se afastam. Sublimam, como se abafados por uma bolha. Encaro o ícone com apreensão, mas minha mão desobediente apronta de novo e clica nele, abrindo o app de vídeos.

A tela fica preta por um instante antes de começar a reprodução.

3...

2...

1...

A filmagem é de baixíssima definição, e parece ter sido feita por um celular. Não sei quem é o cinegrafista, mas não é bom. Seu dedão cobre metade da câmera.

O balançar nauseante sugere que está caminhando, e a imagem borrada de uma pia, que está dentro de um banheiro.

Que porra era aquela?

Ouço o raspar da entrada de áudio em sua calça e começo a baixar o volume quando um segundo som se insinua, ao fundo.

Um... gemido?

Sem querer fazer suspense, o cinegrafista misterioso ergue o celular, congelando os setenta trilhões de células do meu corpo de uma só vez.

Aquele não era só "um vídeo" a que eu precisava assistir.

Era "O Vídeo".

O vídeo que papai dizia ser cheio de mentiras e manipulação e me fez prometer não assistir de jeito nenhum.

O vídeo que fazia os outros garotos da igreja cochicharem pelas minhas costas.

O maldito vídeo.

O vídeo de Eloá.

Lá está ela, sentada sobre o vaso sanitário fechado. Os cabelos escaparam do rabo de cavalo, escorrendo pelos azulejos brancos da parede enquanto minha irmã morde os lábios. O sutiã e a blusa erguidos, a calça e a calcinha abaixadas. Na verdade, não tenho certeza quanto a essa última parte, já que a cabeça de Jéssica está em cima.

Meus dedos falham, e o celular se espatifa no chão. Tela trincada, preta, mas os gemidos continuam, cada vez mais intensos.

Com o olhar vazio, espremo o cérebro para encontrar o significado daquilo, juntar as peças de um quebra-cabeça que eu nem sabia que existia.

Não tenho tempo.

Num estalar de dedos, a temperatura da sala cai a zero.

Capítulo 45

— Por que você assistiu ao vídeo?

Real como em meus sonhos, Eloá está tão perto que posso tocá-la. E assim teria feito se seus olhos pretos não me engolissem, acusatórios.

Dou um passo para trás.

— Desculpa, Loá, eu não quer...

Ela balança a cabeça.

— Você prometeu — sussurra ela, chorosa. — Você prometeu que não assistiria.

Mais um passo.

— Eu não sabia que era o seu vídeo. Foi a Sabrina que...

Estou dando meu terceiro passo para trás quando minhas costas encontram um anteparo. Quente e contrátil, nem tão sólido quanto uma parede, nem tão pontudo quanto a quina de um móvel.

Não preciso pensar demais para saber que é Asmodeus.

Mal tenho tempo de me virar. Com um movimento brusco, o tinhoso se lança em minha direção.

Temendo um segundo nocaute, cruzo os braços em frente ao peito, mas seu corpo sombrio atravessa o meu como se fosse feito de plasma. Giro o pescoço para acompanhá-lo e percebo que ele agarrou Eloá.

O demônio a ergue do chão com uma facilidade desconcertante, tapando sua boca com a outra mão.

Minha irmã se debate, impotente. Lágrimas nos olhos.

— Solta ela! — grito, apontando o revólver em sua direção.

Não parece assustá-lo.

Na verdade, ele nem se mexe.

Sem hesitar, enrijeço os braços para absorver o tranco e puxo o gatilho.

Uma.

Duas.

Três vezes.

Eis a vantagem de uma arma abençoada: os tiros não passam direto por Asmodeus, como teria acontecido se eu tentasse socá-lo ou arremessasse uma cadeira. Eles perfuram, machucam. E, na área de contato entre a bala e o seu corpo, algo surreal acontece: as sombras se transformam em pele.

Pele humana.

Sangrando.

O capiroto solta um urro de dor, afrouxando a mão ao redor da boca de Eloá, que aproveita a deixa e corre ao meu encontro.

Meu oponente bambeia para trás como um boneco de posto, mas, quando penso que vai desabar, ele recupera o equilíbrio e...

— Eu não sou Asmodeus.

Dedos trêmulos ao redor do cabo, mantenho a mira do revólver cravada no buraco escuro em seu rosto.

— Não vou cair nos seus truques.

— Não sou eu que tô usando truques. — Sua voz é gorgolejante, de bueiro. — É você.

Solto uma gargalhada.

Chega a ser patético.

— Quem é você, então? O Papai Noel?

Sem se importar com a piada, ele endireita a postura, a cabeça a dois palmos do teto.

— Parece que você finalmente criou coragem e assistiu ao vídeo da sua irmã. — Asmodeus se inclina para o lado num ângulo impossível. — O que achou?

Sinto os dedos de Eloá se fecharem ao redor de meu braço.

— Por que tá me perguntando isso?

— Porque, se não fosse pelo vídeo, ela ainda estaria viva.

Cerro os punhos.

— Não foi o vídeo que matou Eloá, foi você — retruco, liberando novamente a trava do revólver. — Eloá, Jéssica e sabe-se lá quantas outras garotas!

— Outras garotas?

— Não se faça de sonso.

— Gael, Gael... Por que você continua fingindo que não sabe quem eu sou? — Seus pés descolam do chão, pairando como um drone. — Foi você quem me trouxe para essa casa, esqueceu?

A casa...

A casa parece a mesma de quando Sabrina e eu chegamos, uma semana atrás. Atenção para o "parece", pois um exame minucioso revela que fomos transportados para uma dimensão paralela.

O ar é gelado.

Os movimentos, lentos.

O silêncio, absoluto.

— Muitas coisas causaram a morte da sua irmã — continua Asmodeus. — O vídeo foi uma delas. Eu, outra. E, por último — uma pausa eletrifica o ar —, você.

— Eu? Do que você tá falando?

— Tem mais alguma coisa que queira me contar sobre a sua irmã?

Dou um passo para trás, o coração rodopiando feito um pião desgovernado.

Não é a voz de Asmodeus.

É a voz da tia Noriko.

— Ela não ia entender — eu sussurro, amedrontado. — Ia achar que...

Mas suas palavras engolem as minhas:

— Quem não entendeu foi você, Gael. Não quis entender naquela época, e não quer entender agora.

Meus dedos apertam o gatilho mais um punhado de vezes, transformando as trevas do rosto dele em olhos, dentes e barba.

— Esses tiros estão dez anos atrasados. — Passos trôpegos em minha direção. — Não servem de nada.

Tento não fraquejar, mas aquela conversa sem pé nem cabeça buga minhas bússolas internas. Atrás de mim, as mãos trêmulas de Eloá formam uma concha em minha orelha:

"Não dê ouvidos a ele."

— Você sabe quem eu sou.

"Ele tá mentindo."

— Sempre soube.

"Vai possuir você."

— Hora de aceitar a verdade.
— O que você tá fazendo?!
A voz que atinge o hemisfério esquerdo do meu corpo é familiar, e parece deslocada dentro daquela mansão maldita.

Minha mãe está plantada junto à porta da sala de estar, acompanhada pelo Irmão Gastadeiro. Olhos gigantes. Lábios pálidos.

— Filho, solte es...
Não.
Agora não.
Asmodeus vai...
Impulsiono o corpo numa corrida desesperada para protegê-la quando, com um zunido hipersônico, o demônio arremete contra ela.

Em câmera lenta, assisto à expressão de mamãe se contorcer enquanto grita palavras mudas para mim.

Mas ela não foge.
Fica parada.
É quando a ficha cai e percebo que ela e o Irmão Gastadeiro não conseguem enxergar Asmodeus.

Dou um novo impulso com o pé direito, torcendo para que a menor distância me desse vantagem contra meu inimigo.

Ledo engano.
Ele é rápido, impossivelmente rápido. E passa por mim como um cavalo de corrida.

Um carro de fórmula um.
Uma bala de revólver.
Em direção a....
Não.
Não!
Mamãe!
— Pare!
A voz surge do corredor, ao mesmo tempo infantil e firme como o chão sob meus pés. Derrete o frio demoníaco da sala com o calor dos seres vivos e paralisa Asmodeus em pleno ar. E, quando eu digo "paralisa", quero

dizer todos os borrões de sombra e gotas de sangue e átomos fantasmagóricos de seu corpo, como o botão de *pause* do controle da televisão.

Não preciso virar o rosto para saber quem é meu salvador. Afinal, só conheço uma pessoa com poder suficiente para enfrentar um Príncipe do Inferno.

O médium-mirim mais poderoso de São Paulo.

Nicolas, seguido de perto por Sabrina e Gustavo.

Mas meu alívio dura pouco.

Asmodeus ainda não foi derrotado, nem mesmo Nicolas conseguiria segurá-lo por muito tempo.

— Diga pra eles irem embora! Eles não conseguem ver os fantasmas! — disparo, apontando para mamãe e o Irmão Gastadeiro. — Antes que...

Mas o abismo melancólico em seus olhos me faz parar de falar. Mergulho neles por um instante, tentando decifrá-lo.

— Não tem fantasma nenhum nessa sala, Gael.

Capítulo 46

As palavras de Nicolas orbitam meu cérebro como um feitiço em idioma desconhecido.

Dou um passo para trás.

— Como assim, nenhum fantasma? — sussurro, relanceando Eloá e Asm...

Os tiros que acertei em seu rosto pincelaram as sombras com cores humanas:

O cinza tenaz de uma sobrancelha.

O castanho impiedoso de um olho

O amarelo feroz de um canino.

"Estamos entendidos?"

— Sei que nunca me perdoou por não ter feito a ponte entre você e Eloá. — Nicolas solta um suspiro tenso ao se aproximar. — Acontece que eu entrei, sim, em contato com sua irmã.

Esmago os punhos.

— E por que escondeu isso de mim?

— Porque você não tava preparado pra verdade.

Tento sustentar o olhar, manter o controle, mas, desde que me entendo por gente, a presença Dele faz minhas pernas tremerem feito vara verde.

E não seria diferente agora.

— Eloá era só uma garota que gostava de outras garotas. — Sabrina surge como um borrão azul e pousa a mão em meu ombro. — Ela nunca foi possuída.

— Você nunca acreditou em fantasmas, Sa. Nunca acreditou em mim. — Mais um passo para trás. — O que contou a eles?

Seus lábios se fundem numa linha fina.

— Não tô contra você, Ga. Ninguém tá.

— Mas... Jéssica. O Gustavo disse que a Jéssica desenhou o selo de Asmodeus pela casa.

— Eu menti — confessa o vizinho, um misto de pena e tristeza no canto da sala.

Giro o pescoço na direção dele.

— Por quê?

— Eu não podia deixar que a Jéssica se transformasse na filha psicopata que matou os pais. — Hesita por um instante, então completa: — E, quando você me mostrou aquela figura estranha, eu... eu só concordei.

Tenho que me segurar para não voar em cima daquele FDP mentiroso.

— O monstro dessa casa era Marcos! — Gustavo ergue a voz. — Ele queimava a pele da filha com o isqueiro, trancava Jéssica no closet, no armário. Isso quando tava de bom humor. — Ele trava o maxilar, o olhar vazio como o vácuo do espaço. — Quando tava bravo, mandava Jéssica pro forno.

Lembro das marcas de unha nas paredes do baú do quarto de hóspedes. Então era isso que Gustavo estava lixando? Tudo para encobrir os maus-tratos que Jéssica sofria?

— Pode até ser, mas com a minha irmã foi diferente. — Recuo sob o peso daquela conspiração demoníaca. — Eu vi. Na sala, de madrugada.

— Às vezes nós vemos o que queremos ver, filho. — Minha mãe dá um passo à frente. — Foi a forma que arranjou pra lidar com a tragédia.

— Mas Eloá... no tapete...

— Sua irmã morreu de overdose.

"Náuseas

Tontura

Cefaleia

Conv..."

"Só vou ter que tomar uma vez."

Num estalar de dedos, o corpo de papai incendeia, desprendendo cinzas que desafiam as leis naturais e são engolidas pelo chão. Da mesma forma, o fogo não toca nada desse mundo, apenas Eloá, cujas pernas e cabelos começaram a queimar devagarinho.

Balanço a cabeça.

De novo, de novo, como se pudesse anular a realidade.

— Não...

— A culpa é minha, filho — continua a minha mãe, o rosto borrado de lágrimas. — Eu sabia o que o seu pai tava fazendo, que tava indo longe demais. E mesmo assim...

— Eu não contei. Eu não contei pra diretora Noriko.

— Você era só uma criança, filho.

Suas palavras dizem uma coisa. Seus olhos, outra.

Pesar.

Desgosto.

Decepção.

Assim como os de Sabrina, de Nicolas, de Gustavo e do Irmão Gastadeiro.

Assim como os olhos de El...

"Tem mais alguma coisa que queira me contar sobre a sua irmã?"

Lá estão eles, tristes como o fim do mundo em meio às chamas que a consomem. Consomem seus ombros encolhidos, as pernas machucadas e as sobrancelhas assustadas. Quando me liberto da paralisia e dou o primeiro passo em sua direção, sobram apenas seus lábios pálidos, lambidos pelo fogo antes que formem um...

"Eu te perdoo."

Sentindo o chão sumir sob meus pés, solto o revólver e abro caminho até a sala de estar.

E corro.

Pelo alpendre.

Pelo jardim.

Em poucos segundos, estou do lado de fora.

Tudo o que eu quero é sumir.

Capítulo 47 / Passado

A madrugada ainda estremece sobre uma São Paulo sem estrelas quando alcanço as bandas mal iluminadas do Jabaquara, certo de que só não fui assaltado porque andei pela avenida com cara de louco.

Louco de pedra.

É isso o que eu sou.

Sigo bairro adentro e desemboco na rua da minha infância, onde o famigerado número 220 me espera. Desniveladas, a janela da sala e a janelinha do porão me encaram como um rosto torto que sussurra:

"Eu sempre soube que você voltaria."

Aproveito o galho de macieira entre as grades e escalo o portão, como já fiz dezenas de vezes ao chegar das festinhas no ensino médio.

Nessa época, a tia Noriko não era mais diretora do colégio.

Pediu demissão depois da morte de Eloá.

Torcendo para que mamãe ainda use o antigo esconderijo da chave reserva, enfio a mão dentro do vaso de samambaia e remexo as raízes até meus dedos tocarem uma superfície metálica e gelada.

Então encaixo a chave no buraco da fechadura, mas ela não gira. Impaciente, aplico mais força, chacoalho a porta. Quase quebro o trinco.

Cinco segundos de frustração e desespero supremos antes que eu perceba o erro.

Passos ligeiros, sigo pela garagem em direção aos fundos e paro em frente à porta de correr do quarto dos meus pais.

Dessa vez, a chave gira perfeitamente.

Entro na casa.

A.
Única.
E.
Verdadeira.
Casa.
Mal-assombrada.
Em.
Que.
Já.
Estive.

Se pisei dez vezes no quarto deles desde que deixei o berço, foi muito. Zona proibida para explorações infantis despretensiosas e esconde-esconde, o cômodo ataca minhas narinas com o odor nauseante de naftalina.

Posso imaginar mamãe deitada no canto esquerdo da cama, dormindo, o edredom erguido até o pescoço para se proteger do frio.

O canto direito vazio.

Onde papai foi?

Silenciando a respiração, cruzo o piso de madeira, abro a porta e mergulho no corredor. Um passo atrás do outro enquanto meus pés diminuem, do 42 para o 40, do 40 para o 38. Minha barba raleia, meu um e oitenta se encolhe e meus músculos murcham.

Não estou mais em 2022.

Estou em 15 de setembro de 2012.

A conversa de ontem com Eloá sobre ombros queimados, remédios para artrite e eu-te-amos me deixou cabreiro, e até bagunçou meu sono. Claro, não a ponto de me fazer ficar acordado até às quatro da manhã.

O que me acordou foi o som.

Não o dos sabiás-laranjeira, que sempre estão cantando quando levanto para fazer xixi. Mas outro... um som seco, pesado, como o de um objeto grande caindo no chão.

Um ladrão?

Não, as coisas andam muito estranhas em casa para admitir uma explicação normal como "um ladrão".

Avanço pelo corredor na ponta dos pés.

Sem conseguir ver um palmo à minha frente, resisto à vontade de ligar o interruptor. Quem quer que estivesse ali, não precisava saber que eu estava chegando.

De repente, outro som.

Sons, no plural.

Ficam se repetindo, tipo a britadeira do prédio que estão construindo na esquina.

A um passo da boca do corredor, minhas tripas congelam. Penso em dar meia-volta e me fechar no quarto, me enfiar debaixo das cobertas e só descobrir o rosto de manhãzinha.

Mas suspiro fundo.

Agora é tarde demais para amarelar.

3...

2...

1...

Me arrependo assim que ponho os pés na sala.

Papai está no chão, deitado num tapete que já foi de crochê, mas que agora é de sangue.

Sua boca está aberta, e seu olho esbugalhado reflete o brilho da faca enfiada em seu peito. "Olho", no singular, já que o outro virou uma maçaroca de carne tão feiosa que me faz virar o rosto.

Então a vejo, do outro lado do tapete, deitada.

Os barulhos de britadeira são de sua cabeça e seus braços e suas pernas se debatendo, como um peixe fora d'água.

— Loá! — grito, correndo ao encontro dela.

Seguro suas bochechas para ter seus olhos nos meus. Uma espuma de extintor transborda dos seus lábios, lambrecando minhas mãos.

— Solta a minha irmã!

Um chute involuntário atinge meu braço, mas me mantenho firme.

— Por favor! — imploro, meus olhos aguados. — Solta a minha irmã!

Então eu oro. Com todas as minhas forças. Junto as mãos e peço a Deus, Jesus e o Espírito Santo para que arranque aquele mal de dentro de Loá.

Eu nunca mais roubaria pacotes de bolacha do armário da cozinha para comer antes do jantar.

Eu nunca mais deixaria de fazer a tarefa de casa para jogar Minecraft.

Eu nunca mais faria birra para ir ao acampamento de jovens.

"Eu nunca mais veria minha irmã."

Os tremores atingem um máximo e param de repente. O corpo dela parece flutuar contra a luz da lua, curvando para cima como um graveto prestes a se quebrar.

Seus olhos se reviram uma última vez antes de se apagarem.

Silêncio.

Fazendo que não com a cabeça, cutuco minha irmã no braço, como se dissesse "você já pode se levantar, Loá", ou "engraçadona você, hein? Caí feito um patinho".

Mas ela não responde.

Sem sorriso, sem risadas.

Minha irmã está...

Quando o badalar do relógio anuncia quatro horas da manhã, volto a ter 20 anos. A sala é a mesma, a tristeza é a mesma, mas Eloá não está mais lá.

Com o canto dos olhos, detecto um ponto colorido desafiando a escuridão. Pequena, compacta e imaginária, uma caixinha de metotrexato. Outra depois dela, e outra depois da outra, formando a mesma trilha que me conduziu ao...

Sigo meu próprio coelho branco pela sala e pelo corredor. Há mais quatro ou cinco caixinhas no meu quarto. Elas cruzam o piso de taco num zigue-zague tortuoso. A última sobre a gaveta da escrivaninha.

Estendo a mão em direção ao puxador sem me preocupar em derrubar a caixinha, que desaparece antes de tocar o chão.

Olho para baixo, para o objeto real dentro da gaveta.

Meu antigo tablet.

Pego o carregador ao lado e subo no colchão para conectá-lo à tomada que pedi a mamãe para instalar atrás da cama só para eu poder jogar antes de dormir. Pressiono o botão lateral e torço secretamente para que o aparelho não ligue, mas seu brilho branco e sintético logo queima as minhas pupilas.

Digito a data do meu aniversário para desbloquear a tela e arrasto o indicador. Uma infinidade de aplicativos inúteis desfila sobre o pano de fundo de fantasminhas.

Continuando onde parei dez anos atrás, clico no ícone das mensagens.

Capítulo 48

> Jeh, aqui é a Elo
> Desculpa ñ ter ido te encontrar
> ☹

> Fiquei preocupada
> Vc ñ respondeu as minhas mensagens
> O q aconteceu?

> Meu pai me seguiu até o ponto de ônibus
> Descobriu q eu ñ tava indo pra aula de inglês

> Como assim, seguiu?
> Tipo um stalker?

> ↙ Chamada não atendida

> Ñ posso falar
> Tô com pouca bateria
> Mas sim
> Esperou eu sair de casa e foi atrás de mim com o carro

> Sério...
> Q tipo de pai faz isso?

> O meu
> Ainda mais depois que o nosso vídeo vazou

E q desculpa vc deu?

> Eu disse q uma amiga resolveu comemorar o aniversário de última hora
> Mas ele ñ acreditou
> Armou o maior barraco

Ñ é possível
Na frente de todo mundo?

> Sim
> Começou a gritar comigo
> Perguntar se eu ia me encontrar com vc
> Até q eu taquei o foda-se e contei q a gnt tava namorando

Ñ acredito q vc assumiu a gnt
Só ñ vou pular de alegria pq a situação é tensa

> Bota tensa nisso
> Ele ficou transtornado
> Praticamente me arrastou pra casa pelos cabelos
> E, o q é pior, me proibiu de te ver

Q coisa horrível

Sinto mto
Como vc tá?

> Na bad
> Queria vc aqui comigo

Ñ fala assim...
A gnt dá um jeito de se ver
Ele ñ consegue ficar de olho em vc 24 h por dia

E nem precisa

Pq?

Ele me trancou no porão

COMO ASSIM TE TRANCOU NO PORÃO???
Ele ñ pode fazer isso

Ele faz o que quer
Sempre foi assim

Por quanto tempo?

Ñ sei
Ele ñ disse
Espero q só por hj

☹️
Vou ficar com vc até vc dormir

Vc ñ tem treino de tênis amanhã de manhã, antes da aula?

Tenho, pq?

Vc precisa descansar

Q descansar o q
Sou mais forte do que pareço
💪

> Tem ctz?

> Absoluta!

> Então acho que vou aceitar
> 😐
> É meio assustador aqui embaixo

***

> Papai disse q tem algo dentro de mim
> Algo ruim

> Como assim algo ruim?

> Um... demônio.

> Nossa, q besteira
> Isso de possessão demoníaca ñ existe

> E como vc sabe?

> Sabendo
> É coisa de filme

> A forma como os fiéis ficaram me olhando no último culto
> Como se eu fosse um monstro

> Vc ñ é um monstro
> Vc é a garota mais incrível que eu já conheci

> Espero q vc esteja certa
> Meu pai chamou uma pastora amiga dele pra conversar comigo antes de ontem
> Ela disse q o Diabo colocou vc no meu caminho pra me fazer cair em pecado

E vc acreditou?

> N, mas...
> Tá na Bíblia
> Ela me mostrou

Foda-se a Bíblia
É só um livro velho escrito por homens querendo ensinar as mulheres a como viver

> Ñ fala assim da Bíblia
> É a palavra de Deus

Então vc tb acha que eu sou uma enviada do Diabo?

> Eu ñ falei isso

Mas tá pensando

> Talvez...

> A bateria do tablet tá acabando
> Meu irmão me entregou na metade
> Amanhã conversamos mais

O mistério da casa incendiada

> Espera, Elo
> Elo?
> Elo?

↙ Chamada não atendida

***

> Ñ sei se vc tá acordada uma hora dessas
> Fui uma babaca por duvidar de nós
> E, pra me desculpar, quero te contar uma história
> História real
> Juro!
> No ano passado, minha professora da escola dominical perguntou onde podíamos encontrar Deus. Fiquei pensando por um tempo, então respondi "Na igreja". Sei q ñ fui mto original. Teve mais quatro "Na igreja", dois "No Céu" e três "Em todas as coisas". Teve até um garoto bobo q mandou "Nos pés do Neymar" e levou a maior bronca da professora.
> "Vcs estão todos errados", disse ela. "Deus está onde existir amor"
> Achei brega, coisa de tiazona. Ela ainda ficou olhando pra gnt com cara de esperta, como se tivesse acabado de descobrir a roda e não soltado uma frase piegas do desenho Smilinguido
> Hj, cinco anos depois, eu escolhi acreditar nessa frase. Porque, se for verdade, o q eu sinto por vc ñ me afasta de Deus, mas me aproxima Dele
> Mandei textão, né? Tô emotiva
> Te amo pra sempre, minha namorada
> ♥

***

Ahhh, o que eu fiz pra merecer acordar com uma declaração dessas?
♥♥♥
Tb te amo, minha namorada
Minha namorada
Minha namorada
Vou passar o dia inteiro falando isso
Me fez chorar, satisfeita?
Ansiosa pra conversar com vc
Vou tirar uma sonequinha pra ficar acordada de noite, ok?
Até mais
Já tá aí?
?
?
Ei, minha namorada!

Segura essa ansiedade, garota kk
Meu irmão atrasou um pouquinho
Dormiu bem?

A tarde toda
Disse pros meus pais q tava doente
Ganhei até canja na cama

Fala de comida ñ
Barriga roncando aqui

Seu pai ñ leva nada pra vc comer?

Só uma vez por dia
E a comida tá sempre fria

☹
O que ele faz com vc aí embaixo?

Ora
Me obriga a ler trechos da Bíblia em voz alta
Fica conversando comigo, perguntando coisas nada a ver
Hj queria me fazer prometer dar uma chance pro filho do amigo dele q era "um rapaz ótimo"
E eu já mandei a real e disse q ele tava perdendo tempo fazendo propaganda de um garoto pra filha comprometida e lésbica dele

Orgulho de vc!!!
E ele?

Levantou e saiu andando
Kk

Isso pede uma comemoração
Q tal um bolo de cenoura com chocolate feito pela masterchef aqui?

Agora fiquei interessada kk
Como vc vai me entregar?
Por e-mail?

Só me passar o endereço q entrego pessoalmente

Q parte de eu-tô-trancada-no-porão vc ñ entendeu?

E a janela?
Sempre tem aquelas janelinhas nos porões
Pelo menos nos filmes

O problema é alcançar
Nem se eu fosse a Tandara do vôlei

Rafael Weschenfelder

> Só dar um pulinho

Já deu dessa maluquice kk
Ñ tá com sono?

> Ñ, e vc?

Tb ñ

> Ñ deve ter mta coisa pra fazer aí, né?

Além de matar as baratas que saem das caixas, ñ

> Eca, baratas!
> Quer jogar algo?

O q?

> Angry Birds?

Ñ tem no tablet do meu irmão

> Caiu no meu conceito
> E Gartic?

Gartic tem!

> Eu crio a sala
> Quer do q?

Animais?

> Mto fácil
> Que tal verbos?

> Bora!

> Sala *juniki*
> Senha: 123

> ♥
> Melhor sala

***

> Seu pai veio aqui em casa hj

> 😱
> O q?
> Como assim?

> Ele contou sobre nós
> Mostrou o vídeo
> Ele e o meu pai discutiram feio

> Ñ acredito
> 😖
> Seu pai ñ sabia sobre o vídeo, né?

> Ele inclusive negou q fosse eu, já que ñ aparece o meu rosto direito
> Mas claro q me reconheceu

> Pelo menos isso, né?
> Ñ vão poder usar o vídeo contra ele nas eleições

> Ñ é esse o ponto
> Seu pai retirou o apoio à candidatura do meu
> Ferrou tudo

Rafael Weschenfelder

> O apoio do meu pai é tão importante assim?

Ele é um dos líderes evangélicos mais influentes da cidade, e os evangélicos são 10% do eleitorado do PBREU

> Seu pai deve ter ficado uma fera

Jéssica enviou uma foto

> MEU DEUS
> Seu ombro
> O que ele fez?

Isqueiro

> 🙁
> Ele já fez isso antes?

Então
Tem uma coisa q preciso te contar...

> Quer ligar?

N vai gastar bateria?

> N tem problema
> Posso dormir no escuro hj

Então eu quero
🙁

↖ Chamada iniciada [1:34]
↙ Chamada encerrada [3:02]

***

O mistério da casa incendiada

> O q foi?

Meu pai começou o ritual de exorcismo hj

> Vc ñ pode tá falando sério
> Ele te machucou?

Ñ

> Elo...
> Ñ mente pra mim

Tá, um pouquinho

> O q ele fez?

Me obrigou a ajoelhar no milho
Eloá enviou uma foto

> Meu Deus
> Tá sangrando muito
> Quanto tempo vc teve que ficar ajoelhada?

Duas horas
☹

> Elo
> Isso é desumano
> A gnt precisa te tirar daí

Como?
Tô trancada
Debaixo da terra

> Ñ dá pra quebrar a janela?

> Ñ
> Ela tem grades

> Hum...
> Onde seu pai guarda as chaves?

> Tb gostaria de saber

> Garanto q a polícia faz ele contar rapidinho

> Ñ
> Vc ñ pode chamar a polícia

> Pq ñ?
> 😐

> Se meu pai for preso, minha mãe ñ vai conseguir pagar as dívidas
> Ele pegou dinheiro emprestado do banco pra ampliar a Igreja
> Ñ sei a quantia exata, mas sei q foi bastante
> Tenho medo de tomarem a casa

> Mas a gnt ñ pode deixar as coisas como estão
> Hj ele te fez ajoelhar no milho
> Quem sabe o q vai te obrigar a fazer amanhã?
> 😡

> O q vc quer q eu faça?
> Atravesse as paredes?

> Vc ñ pode pedir pro seu irmão te passar a chave?

O mistério da casa incendiada

> Eu ñ sei onde nosso pai guarda a chave
> E imagino q ele tb ñ

Ñ pode pedir pra ele procurar?

Ele já tá se arriscando mto trazendo o tablet pra mim todo dia
Se o nosso pai descobrir q o Ga tá me ajudando, pode acabar sobrando pra ele

Então eu passo aí pra te buscar
Amanhã

> Vc ñ tá falando sério, tá?

Eu nunca brincaria com um assunto desses

> Jeh, é mto arriscado
> E mesmo q vc consiga
> Pra onde eu iria?

Pensamos nisso depois

> Melhor a gnt esperar
> Uma hora esse inferno acaba

Ñ vou esperar ele te matar

> N faz isso
> Pf
> ☹

***

> O q aconteceu?
> Vc saiu correndo

Seu irmão
Ele ouviu a gnt conversando

> Ele te viu?

Ñ
Mas foi por pouco
Tive q me esconder dentro do armário de jardinagem

>
> Ficou esperando até ele voltar pra casa?

Longa história
Mas acabei fingindo q era o demônio q te possuiu

> O q?
> Vc ñ fez isso

Ñ tive escolha
Se ñ ele ia atirar em mim

> ATIRAR? COMO ASSIM?

Ele tava com um revólver
Uma criança com um revólver
Achei bizarro

> É o revólver do nosso pai
> Ele deve ter ido pegar quando ouviu a gnt
> Q perigo
> Se ele tivesse atirado, vc podia ter...

O mistério da casa incendiada

> Vira essa boca pra lá!
> Mas nada muda o fato de que eu ñ consegui te resgatar
> Eu falhei

O q importa é q vc tá bem
N tá ferida

> Mas vc tá
>
> Se eu tivesse prestado mais atenção
> Esqueci do seu irmão
> Merda...

N foi culpa sua
Ñ tinha como vc saber q ele ia tá em casa
Vc foi corajosa
Se arriscou por mim

> Grande coisa

Eu acho

>

Pelo menos a gnt conseguiu conversar um pouquinho
Até demos umas risadas

> Só vc mesmo pra rir das minhas palhaçadas kk

Sempre

> Ñ vai achando q só pq ñ deu certo hj eu vou desistir de vc
> Eu vou voltar
> E te tirar daí
> Prometo

***

↙ Chamada perdida [22:23]

> Elo?
> Hj ele me colocou no forno
> Quase morri sufocada
> Elo?

> FORNO???
> N acredito
> Q coisa horrível
> Vc se queimou?
> ☹

> Ñ, mas foi por pouco
> Fiquei no canto
> É mto mto mto quente
> Pensei q fosse desmaiar
> Pensei q fosse morrer

> PQ ISSO TÁ ACONTECENDO???
> PQ, MEU DEUS???
> Vc ñ fez nada de errado
> A gnt ñ fez

> N importa
> Pro meu pai, ñ importa
> Ele só quer saber das eleições
> Eu odeio tanto ele
> Vc n tem noção
> Odeio odeio odeio odeio

> Pq vc ñ denuncia?

Ele é um juiz renomado, e eu uma adolescente
Q chance eu teria?

> ☹
> As coisas por aqui tb ñ tão indo bem
> Ñ tô conseguindo reconhecer meu pai
> Ele tá mto bravo
> Gritando, xingando
> Pegou mais pesado no exorcismo hj

Como assim, pegou mais pesado?

> Disse q eu era um lixo
> Uma nojenta q corrompeu a filha dele
> E me encheu de chicotadas

Desgraçado!

> Foi o pior dia da minha vida
> Eu só queria sumir
> Minhas costas tão ardendo
> E o pior é que o Ga viu tudo

Ele obrigou seu irmão a ver?

> Ñ
> Ele entrou pra ver como eu tava
> Nosso pai chegou depois
> Quase ñ deu tempo de ele se esconder

Vc disse q seu irmão ñ sabia onde ficava a chave

> Pois é
> Ele disse que o nosso pai esqueceu a porta aberta
> Mas ñ é vdd, eu sempre confiro
> Acho que ele só tava com medo de mim mesmo
>

E vc ñ tentou conversar com ele?
Explicar?
Pedir socorro?

> Eu ia
> Mas desisti

Pq?

> Depois q o nosso pai saiu, ele chorou
> Chorou mto
> Me abraçou forte e pediu desculpas por ñ ter me ajudado
> Disse q falaria com o nosso pai amanhã, pra me deixar sair
> Mas, se ele fizesse com o Ga metade das coisas q fez comigo, eu nunca me perdoaria
> Nunca

Vc ama mesmo o seu irmãozinho, né?

> Mais q tudo

O q vc disse, então?

> Q a irmã dele tinha morrido
> E q agora eu era o Asmodeus

***

O mistério da casa incendiada

> Vi q saiu a última pesquisa de intenção de voto
> ☹

Sim
Meu pai tava encostando no primeiro colocado
Crescendo dois pontos percentuais por semana
Agora caiu

> É por causa do meu pai?

Ñ tem como ter certeza
Mas as lideranças do partido acham que sim

> Espero q dê tempo de virar

Espero q ñ
Pro bem de São Paulo
Kk

> Ñ é hora de fazer piada
> ☹

Ele tá desesperado
Fumando q nem uma chaminé
Quebrou um vaso e um jogo de taças durante um ataque de raiva
Digamos q ñ tá acostumado a perder

> Ele te mandou pro forno de novo?

Pq isso importa?

> Claro q importa
> ☹

Rafael Weschenfelder

> Tá, mandou
> Mais duas vezes

E vc se queimou?

> Só um pouquinho
> No braço
> Elo?

Desculpa
Tô chorando

> Chora ñ
> Já já sara

As eleições são daqui a duas semanas
Quantas vezes ele ainda vai te mandar pro forno até lá?

> Prefiro ñ ficar pensando nisso

Hj meu pai disse q ñ deixaria o demônio triunfar
E, se precisasse sacrificar sua filha pra isso, faria sem pensar duas vezes
Nunca pensei q fosse ouvir algo tão horrível
☹

> Ñ é vc q tá possuída, Elo
> É ele
> Mas esse inferno vai acabar

Promete?

> Prometo
> Mas vc vai ter q me ajudar

O mistério da casa incendiada

> Como?

Fingindo q o exorcismo deu certo
Dizendo o q o seu pai quer ouvir
É o único jeito

> Ñ sei se consigo

Eu tb ñ sei se consigo entrar no forno de novo sem pirar
Mas vou conseguir
Por nós

> Por nós!
> ♥

> Mas e depois?
> Meu pai vai vigiar cada passo meu
> Ñ vai deixar a gnt se ver
> Acho q me mataria antes disso

O meu tb
Ter uma filha lésbica destruiria a carreira política dele
Mas talvez tenha outro jeito

> Qual?

O q vc acha que acontece com as pessoas depois que elas morrem?

> Hum...
> Elas vão pro Céu
> Pq?

> Será que elas só ñ somem?

Ñ existe isso de só sumir

> Espero q ñ
> Seria mto ruim

Pq vc tá me perguntando essas coisas?
Tá me assustando

> Pq essa é a solução

Qual?

> Morrer

Ñ...
Vc ñ pode tá falando sério

> Eu ñ aguento mais, Elo
> Ñ aguento
> Ñ são só as queimaduras, ou o forno
> São quinze anos sem sair um centímetro da linha, baixando a cabeça e dizendo "sim, senhor" pra qualquer absurdo q saia da boca daquele escroto
> E agora q te conheci, q entendi o q é ser feliz de verdade, ele quer te tirar de mim
> Ele ñ pode fazer isso
> Ñ pode
> Se não podemos ficar juntas na vida, q seja na morte

O mistério da casa incendiada

> Jeh...
> Eu tb quero ficar com vc
> Ñ tem nada q eu queira mais
> Mas se a gnt se matar ñ vamos pro Céu
> Vamos pro Inferno

O inferno ñ pode ser pior q isso

***

> Sonhei com vc hj

Foi um sonho bom?

> Se foi com vc, foi bom

Ñ lembro onde estávamos
Só sei q ñ tinha mais ninguém e a gnt ñ tinha hora pra voltar
Pena q acordei

☹

> Pensei mto sobre a nossa conversa de ontem
> Da gnt, vc sabe...
> Acho q o sonho foi um sinal

Deus queira q sim
Vai dar certo, tenho fé

>
> Vou dar meu melhor na sessão de exorcismo hj à noite
> Torça por mim

> Só espero q ele ñ te machuque mto...

> Mais do q me machucou por dentro, impossível

> 😕

> Se der certo e eu conseguir sair, continuamos a falar pelo Whats pra combinar os próximos passos

> Sim...

> Q foi?
> Mudou de ideia?

> Tô com medo

> É o único jeito

> Eu sei, mas tô com medo

> De morrer?

> Tb
> Mas ñ é só isso
> Mesmo q a gnt ñ suma, quem garante q vamos conseguir nos encontrar?
> Na minha cabeça, o Inferno é grande
> E escuro...

> A gente pode usar os colares

> Como assim?

O mistério da casa incendiada

> N foi o q a senhora da floresta disse?
> Q os colares conectariam seus donos ñ importa o quão longe estivessem?

> Ñ sei se acredito nisso...

> Temos q acreditar
> Ela parecia manjar das coisas
> Parecia sábia

> Tomei o maior susto quando ela nos flagrou na mata
> Mas acho q ela gostou da gnt, né?

> Sim
> Aquele sorriso de vovozinha ñ pode ser falso

> O jeito como ela olhou pra gnt
> Como se nos conhecesse faz tempo
> É quase como se soubesse q a gnt ia precisar dos colares

> Talvez soubesse...
> *Eloá enviou uma foto*

>
> Vc tá usando
> Eu tb
> *Jéssica enviou uma foto*

> Q esse colar seja o *juniki* entre nós

Capítulo 49

Seis meses depois

Caminho em direção à milésima araucária do dia. Ao redor do tronco craquento, uma das pinhas se destaca em relação às demais. É quase como se gritasse "olhe pra mim!", com suas protuberâncias retorcidas. Tantas que parece ter sofrido uma mutação genética.

Com uma pontada de esperança, me agacho para examinar a candidata. Recorro à memória e comparo o seu tamanho com a pinha na estante de meu antigo quarto.

Quase, mas ainda não...

Eloá 1 × Gael 0.

Estou nessa brincadeira desde que cheguei ao sítio da vovó Elma, no interior do Paraná. Adoraria dizer que ela me recebeu no portão com seus óculos de sol e um potão de bolachas caseiras, mas já faz mais de uma década que o mundo a perdeu. Suas terras não encontraram compradores. Aparentemente, o solo é pobre demais para a cana-de-açúcar.

O resultado é que a casa continua lá.

Fria.

Abandonada.

Ideal para um vídeo do Assombrasil.

Isso se ainda existisse Assombrasil. O canal mal começou a decolar e os pilotos saltaram de paraquedas. Os motivos? Um deles tem nome e duas cicatrizes na testa: Sabrina, que quebrou o primeiro e único mandamento do canal e forjou as manifestações sobrenaturais da casa dos Gonçalves. Eu a perdoei, como bons amigos fazem, mas nunca mais voltaria a confiar nela.

O outro motivo?

Tudo que tenho a dizer é que ele também tem nome e passou metade da vida acreditando que a irmã foi morta por um demônio.

Gralhas-azuis grasnam acima de mim, o sol se infiltrando pelas galhadas das araucárias, iluminando a floresta inóspita que parece ter saído do filme *A Bruxa*, da A24.

Avanço até a última araucária, mas a coleção de pinhas aos meus pés não serve nem para enfeite de mesa. Com um suspiro, me sento no chão e apoio as costas no tronco.

Talvez não houvesse nenhuma pinha maior do que a de Eloá por aquelas bandas.

Meus olhos tristonhos se perdem no rio à minha esquerda, que desenha a fronteira norte do sítio da vovó. É pelo menos duas vezes mais estreito do que o da comunidade quilombola de Arapá, embora duas vezes mais furioso, com uma correnteza que assusta quem não sabe nadar.

Ainda estou curtindo minha derrota quando a vejo, na margem oposta.

Uma pinha que, de tão grande, deve ter entortado o galho da araucária antes de cair. Claro, primeiro eu teria que segurá-la e sentir seu peso, mas tenho quase certeza de que...

Fico em pé e me aproximo da margem. Tentar caminhar pelo leito parece fácil, mas na verdade é uma armadilha. Pedras lodosas podem transformar um passo em falso em costelas quebradas, além de te arrastar correnteza abaixo.

Engulo em seco e arrisco o primeiro passo, checando a firmeza da pedra antes de ir para o segundo. A água é gelada e cristalina, mas a força da correnteza dificulta a visão do fundo.

Sem nada a não ser o vento para me apoiar, dou o terceiro passo, e o quarto. Ou melhor, daria, se meu pé não resvalasse, por pouco não me derrubando. Inundado de adrenalina, relanceio a pinha no outro lado da margem, uns trinta passos/escorregadas à frente.

Que chance eu tinha?

Quando Eloá apareceu com a pinha gigante, vovó ficou de boca aberta e disse que a colocaria no topo da árvore de Natal. Eu, que também tinha me esforçado – e ralado o joelho ao tropeçar numa raiz de araucária –, fiquei borocoxô que só. Claro que minha irmã percebeu e, no dia de Natal, a pinha desapareceu da árvore ao mesmo tempo que um embrulho surgiu debaixo da minha cama. E foi quando eu prometi que, um dia, encontraria uma pinha maior e retribuiria o presente de Eloá.

Doze anos depois, a promessa não foi cumprida.

Decidido a não voltar para a casa da vovó de mãos abanando, começo a me perguntar como construir uma ponte quando enfio a mão no bolso e encontro o colar de Eloá.

"Não tem um equivalente em português. *Juniki* é um caminho de pedras que liga as duas margens de um rio", a voz de Zaire ressoa em minha mente.

Quase dou risada com a ideia ao pendurar o colar ao redor do pescoço, mas arrisco um novo quarto passo. A ametista reflete a luz fria do fim de tarde e meu pé encontra uma pedra firme.

Quinto passo: firme.

Sexto passo: firme.

Sétimo passo: firme.

A não ser que eu estivesse numa improvável maré de sorte, o feitiço da avó de Zaire estava funcionando.

Oitavo passo: firme

Nono passo: firme

Décimo passo: firme.

Uma estranha empolgação preenche meu peito. Sem que eu perceba ou possa refrear, as palavras saltam da minha boca:

"Serpes que espreitam das trevas / Alma penada e perdida,"

Décimo quinto passo: firme.

"Ouça o canto que te enlevas / E passa do éter à vida."

Se um dia encontrar minha irmã,

"Não te enojes deste servo / Que com versos te conjura,"

agora, ou depois que me for,

"Do orgulho não conservo / Mesquinhez ou trama impura."

espero finalmente poder dizer que a amo,
que sinto muito

"Se ferir nosso trato / E a ti obrar o mal,"

e então lhe entregar a maior pinha do mundo

"Que me corte desmembrado / E me enterre no quintal."

Do Céu,
do Inferno,
do universo todo.

Um trigésimo passo firme me conduz são e seco à margem oposta. Sem perder tempo, corro em direção à pinha, mas não preciso colocar as mãos nela para saber que minha busca de doze anos chegou ao fim.

Estamos em julho, e nenhum lugar do Brasil deveria ser mais frio do que uma floresta de araucárias no sul do país. Mesmo assim, sinto um calor reconfortante aquecer minhas extremidades.

Um calor que vem de fora.

Não de dentro.

O sorriso ainda está brotando dos meus lábios quando uma mão toca o meu ombro.

Agradecimentos

Se eu entrasse numa máquina do tempo, desembarcasse nos anos 2000 e contasse ao mini-rafa do cabelo de capacete que ele um dia escreveria os agradecimentos do seu próprio livro, ele riria da minha cara, mas cá estamos nós.

Em primeiro lugar, agradeço à minha família. Minha mãe, que lê todos os comentários dos meus posts no Instagram e faz colagens lindas com a capa dos meus contos. Meu pai, pela paciência de ter lido todos os livros da Coleção Fantasminha para a criança birrenta que eu era. Minha tia Telma, que me acolheu em sua casa quando eu me mudei para São Paulo, no auge da minha chatice de adolescente.

Não sei se acredito em Deus, mas deve ter sido ele quem colocou a Mariana Dal Chico na minha vida: rockeira, sommelier de cafés e melhor agente literária do mundo. Ela e as outras três mulheres que formam o quarteto fantástico da Increasy: Guta Bauer, Graziela Reis e Alba Milena. Obrigado por me darem o suporte e os puxões de orelha necessários para eu trilhar minha carreira como escritor.

À minha nova casa, a Companhia Editora Nacional, que transformou a minha história em um livro, desses bonitões que se encontra nas livrarias. Agradecimentos especiais à Luiza Del Mônaco, que disse "sim" para *O mistério da casa incendiada*, à Júlia Braga, que começou a editar o livro, e à Isadora Rodrigues, que terminou. À Mariana Iazzetti e à Juliana Ida, pelo carinho com que me acolheram na editora.

Um salve também para os meus primeiros mentores literários: Tiago de Melo Andrade, que me pagava cafés depois das aulas, e Felipe Colbert, que me fazia chorar toda vez que rabiscava as minhas cenas. Obrigado por me ajudarem a dar meus primeiros passos como escritor

Clarissa Progin, Tatiana Iegoroff, Clarissa Progin, Natália Aguilar e Fernanda Costa. Vocês passaram a Bienal de 2022 inteira vestidas com as camisetas personalizadas de *As 220 mortes de Laura Lins* enquanto distribuíam meus brindes e tiravam fotos minhas com meus leitores. Quem tem amigos tem tudo!

Nunca vou deixar de ser grato à minha ex-namorada, Isabela Harumi, que sempre acreditou no meu sonho e ofereceu a sua casa para que eu pudesse ter mais horas para escrever durante a faculdade. A vida pode ter nos separado, mas meu amor e minha gratidão serão eternas.

Todos os *bookinfluencers* que panfletaram os meus livros e me ajudaram a alcançar mais leitores do que eu jamais imaginei ter, vocês são incríveis! Agradecimentos especiais a Mayara Miranda (Estante Cósmica), Victor Almeida (Geek Freak), Helena Sanches, Lucas Barros e Mariana Moura, que estiveram comigo desde o começo.

E, como dizem que o mais importante fica para o final, aos meus leitores, sem os quais escrever não faria o menor sentido. Apesar do que está escrito na dedicatória, saibam que esse livro é para vocês.

Este livro foi composto nas fontes Stolzl e Skolar
pela Editora Nacional em julho de 2023.
Impressão e acabamento pela Gráfica Exklusiva.